Uma Viagem através dos Mitos

Liz Greene
Juliet Sharman-Burke

Uma Viagem através dos Mitos

O significado dos mitos
como um guia para a vida

Tradução:
Vera Ribeiro

Jorge Zahar Editor
Rio de Janeiro

Para meu pai e minha mãe, os primeiros a me contarem mitos e contos de fada, com amor.
Juliet Sharman-Burke

Para Charles e Suzi, com amor, por sua amizade.
Liz Greene

Título original:
The Mythic Journey:
The meaning of myth as a guide for life

Tradução autorizada da primeira edição britânica publicada em 1999 por Eddison Sadd Edition, de Londres, Inglaterra

Jorge Zahar Editor Ltda.
rua México 31 sobreloja
20031-144 Rio de Janeiro, RJ
tel.: (21) 240-0226 / fax: (21) 262-5123
e-mail: jze@zahar.com.br
site: www.zahar.com.br

Ilustrações: Clarissa da Costa Moreira

Capa: Carol Sá e Sérgio Campante

CIP-Brasil. Catalogação-na-fonte
Sindicato Nacional dos Editores de Livros, RJ.

Greene, Liz
G831v Uma viagem através dos mitos: o significado dos mitos como um guia para a vida / Liz Greene e Juliet Sharman-Burke; tradução, Vera Ribeiro; [ilustrações, Clarissa da Costa Moreira]. — Rio de Janeiro: Jorge Zahar Ed., 2001

Tradução de: The mythic journey: the meaning of myth as a guide for life
Inclui bibliografia
ISBN 85-7110-583-9

1. Mito – Psicologia. 2. Conduta. I. Sharman-Burke, Juliet. II. Título.

CDD 291.13
00-1606 CDU 291.13

Sumário

Introdução

A mitologia é a psicologia de auto-ajuda original. Durante séculos os seres humanos usaram mitos, contos de fadas e o folclore para explicar os mistérios da vida e torná-los suportáveis — desde por que as estações do ano mudam até o enigma da morte, passando por complexas questões de relacionamento. Jesus explicou seus ensinamentos por meio de parábolas, dando a seus seguidores problemas difíceis sob uma forma fácil de compreender. Platão transmitiu conceitos filosóficos obscuros através de mitos e alegorias simples. Na antiga medicina hindu, quando alguém com dificuldades mentais ou emocionais consultava um médico, este lhe prescrevia uma história sobre a qual meditar, com isso ajudando o paciente a encontrar sua própria solução para o problema. Muitas vezes, é nosso pensamento linear, racional e obcecado com as causas que obscurece o sentido mais profundo e a resolução dos dilemas da vida. Os mitos têm a misteriosa capacidade de conter e transmitir paradoxos, permitindo-nos enxergar, em volta e acima do dilema, o verdadeiro cerne da questão.

Nas páginas que se seguem, exploraremos mitos significativos, alguns conhecidos e outros menos familiares, provenientes de fontes greco-romanas, hebraicas, egípcias, hindus, indígenas norte-americanas, maoris, célticas e norueguesas, entre outras, todos relacionados com as várias etapas da vida e com os desafios importantes com que todos os seres humanos deparam. Em vez de seguir o conhecido formato dos "dicionários de mitologia", que fornecem pequenos retalhos de interpretação sobre cada componente de uma longa lista de antigas divindades e heróis, seguiremos o formato da vida humana, entremeando as antigas histórias com experiências humanas fundamentais, a começar pelas relações familiares e terminando com a morte, como derradeira viagem mítica. Cada parte do livro pode ser lida e relida independentemente das demais, porém, em seu conjunto, o livro conduz o leitor a uma viagem pelos principais ritos de passagem da vida humana.

Cada parte concentra-se numa área particular da vida e nos conflitos e alegrias característicos com que todos lidamos. Alguns mitos específicos, por sua vez, são usados para ilustrar questões particulares, tanto positivas quanto negativas, pertinentes a essa esfera da vida. Narra-se inicialmente a história, seguindo-se um apanhado psicológico que nos ajuda a compreender o sentido mais profundo e a aplicação do mito a nossa vida.

O objetivo deste livro é mostrar como as histórias e imagens míticas podem aliviar os conflitos internos e ajudar-nos a descobrir uma profundidade, riqueza e sentido maiores na vida. Uma das grandes funções curativas do mito está em ele nos mostrar que não estamos sozinhos em nossos sentimentos, temores, conflitos e aspirações. Com a mitologia aprendemos que a rivalidade entre irmãos é velha como o tempo; que Édipo está vivo e passa bem, e não se restringe ao divã psicanalítico; que o triângulo eterno é eterno mesmo, e tem sido escrito aproximadamente desde o momento em que os seres humanos aprenderam a escrever; que a beleza, o talento, o poder e a riqueza trazem suas próprias formas de sofrimento; e que, nas trevas da solidão, do fracasso e da perda, sempre descobrimos luz e uma nova esperança.

PARTE I

NO COMEÇO

O convívio familiar é a mais fundamental das experiências da vida. Seja qual for a natureza de nossas origens, todos tivemos pais — presentes, ausentes, amorosos ou não-amorosos —, e a Mãe-Terra e o Pai-Céu são os grandes símbolos míticos da origem do mundo, assim como de nosso próprio começo. Todos viemos de algum lugar e, não importa no que nos transformemos na vida, não podemos desfazer o passado. Herdamos de nosso meio familiar não apenas padrões genéticos, mas também padrões psicológicos, e os indivíduos em quem nos transformamos são em parte criação nossa, em parte herança do passado. Os mitos não nos dão soluções simples para as dificuldades familiares. Retratam a dinâmica familiar tal como ela é, com todas as suas alegrias, tristezas e complexidades. No entanto, há nessas histórias um poder misterioso e transformador. Embora a dinâmica arquetípica da vida familiar seja eterna, a mudança e a cura são sempre possíveis — dentro de nós mesmos, se não nas circunstâncias ao nosso redor.

Capítulo 1

Pais e Filhos

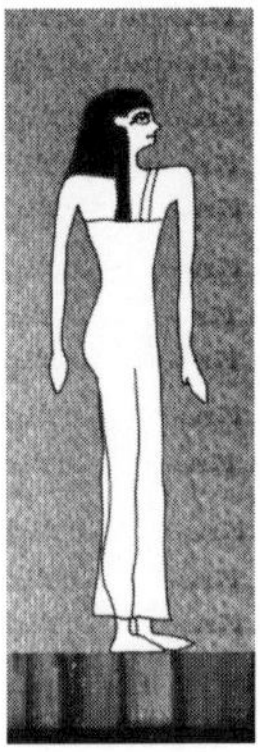

A mitologia nos oferece uma vasta gama de histórias sobre as relações entre pais e filhos. Desde as turbulentas altercações dos deuses olímpicos até o trágico destino de dinastias reais, a imaginação humana sempre encontrou consolo e esclarecimento na criação de histórias sobre mães, pais, filhos, filhas e o mistério do que nos une através de laços afetivos impossíveis de romper. Não há dilema entre pais e filhos que não tenha um equivalente mítico, e não há resolução de conflitos que não se reflita nas histórias mitológicas.

Tétis e Aquiles

Grandes expectativas

O primeiro de nossos mitos da família fala-nos de como os pais esperam de seus filhos nada menos do que tudo. O tema mais importante dessa lenda grega talvez seja a ambição de Tétis a respeito do filho: ela quer que ele seja um deus. A história tem um final triste, mas transmite um discernimento profundo sobre as esperanças, sonhos e anseios secretos que, sem nos apercebermos, pedimos a nossos filhos para realizar — às vezes, em prejuízo deles.

Tétis era a grande deusa do mar e dominava tudo o que se movia em suas profundezas. Mas chegou o momento de ela se casar e Zeus, o rei dos deuses, tinha ouvido uma profecia prevendo que, se Tétis desposasse um deus, teria um filho maior do que o próprio Zeus. Preocupado com a possibilidade de perder sua posição, Zeus casou a deusa do mar com um mortal chamado Peleu. Esse casamento misto não foi mal, e os dois se acomodaram com relativa harmonia — embora Peleu às vezes se ressentisse dos poderes sobrenaturais da mulher e, vez por outra, Tétis julgasse haver-se casado com um homem abaixo de sua posição.

Com o tempo, Tétis teve um filho, a quem deu o nome de Aquiles. Como o pai dele era mortal, Aquiles era um menino mortal, que teria seu tempo na terra ditado pelas Parcas, como todos os seres mortais. Mas Tétis não estava satisfeita com essa perspectiva; sendo imortal, não queria permanecer eternamente jovem, vendo seu filho envelhecer e morrer. Assim, em segredo, levou o recém-nascido até o rio Estige, em cujas águas residia o dom da imortalidade. Segurou o menino por um dos calcanhares e o mergulhou na água, acreditando que com isso tinha tornado-o imortal. Mas o calcanhar pelo qual ela o segurou não foi tocado pelas águas do Estige, e Aquiles ficou vulnerável nesse ponto.

Ao chegar à idade adulta e combater na Guerra de Tróia, Aquiles foi mortalmente ferido ao ser atingido por uma flecha no calcanhar. Embora ele tenha conquistado grande glória e viesse a ser lembrado para sempre, Tétis não conseguiu enganar as Parcas nem transformar o que era humano na matéria de que são feitos os deuses.

COMENTÁRIO: Inconscientemente, muitos pais desejam que seus filhos sejam divinos — ainda que, em geral, não tão literalmente quanto Tétis. Não temos a expectativa de que nossos filhos vivam eternamente, mas podemos querer que sejam melhores do que as outras crianças, mais bonitos, mais talentosos, mais brilhantes, únicos e especiais, e livres das limitações corriqueiras da vida. Nenhuma criança consegue ficar à altura dessas expectativas inconscientes, e qualquer uma pode sofrer por ter sua humanidade comum relegada a segundo plano nos enormes esforços dos pais para produzir algo sobre-humano. Também podemos ter a esperança de que nossos filhos nos redimam de algum modo — que consertem o que estragamos, ou vivam aquilo que nos foi negado. É possível que façamos sacrifícios, na esperança de que os filhos dêem sentido à nossa vida, em vez de permitirmos que vivam a deles. E quando eles tropeçam e caem, como acontece com todos os seres humanos, ou quando demonstram uma gratidão insuficiente por nossos esforços, talvez nos sintamos ofendidos e decepcionados. Pode-se ver tudo isso na história de Tétis e Aquiles.

Tétis, a deusa-mãe que quer que o filho tenha a divindade dela, em vez de ser mortal como o pai, é também a imagem de uma certa atitude perante a maternidade. Quando uma mãe deseja possuir seu filho por inteiro e não se dispõe ou não consegue partilhar o amor da criança, muitos problemas podem surgir. O casamento de Tétis e Peleu, cuja prole foi Aquiles, retrata um casamento em que há um desequilíbrio entre os pais. Tétis sente-se superior a Peleu e espera que o filho se pareça com ela. Esse é um dilema bastante comum: às vezes fantasiamos secretamente a identidade de um filho, em vez de reconhecer que duas pessoas contribuíram para sua existência. Isso pode acontecer quando o casamento é infeliz ou não traz realização. O pai também pode idealizar as filhas, como Tétis fez com o filho, e esforçar-se inconscientemente para separar mãe e filha, para que nenhuma pessoa de fora venha prejudicar a união do laço pai-filha. (*Ver Órion e Enopião, p.16*).

Todos esses dilemas da função de pai e mãe, em vez de patológicos, são meramente humanos. Mas os mitos *são sobre* seres humanos, mesmo quando seus personagens principais são deuses. De que maneira lidamos com essas questões da expectativa e da possessividade exageradas? Quando trazemos filhos ao mundo, devemos a eles imparcialidade e justiça na maneira como os tratamos afetivamente. Se tivermos consciência de que estamos esperando demais de nossos filhos, poderemos demonstrar-lhes amor mesmo quando eles não conseguirem o que esperamos, e poderemos também incentivá-los a seguir o caminho ditado por seu coração e sua alma, e não o que nós gostaríamos de ter seguido. Os sentimentos conhecidos e refreados não provocam destruição. Os inconscientes, que resultam em comportamentos inconscientes, podem causar grandes danos a um filho. A vida dos pais nunca é perfeita e todos acalentamos esperanças pouco realistas a respeito de nossos filhos. Isso é humano e natural. Mas eles não são divinos, nem tampouco estão na terra para nossa glorificação ou para a redenção de nossa própria vida. No casamento de Tétis e Peleu, criado pela sabedoria de Zeus, há uma imagem profunda da mescla de humano e divino que está por trás da origem de todo ser humano. Toda criança partilha de ambos. Se pudermos lembrar-nos disso e permitir que nossos filhos sejam os seres humanos que são, esse antigo mito poderá ajudar-nos a sermos pais mais sensatos e mais generosos.

Hera e Hefesto

O patinho feio

A história de Hera e Hefesto é mais uma narrativa sobre as expectativas dos pais. Nela, o que se espera da criança não é a imortalidade, mas uma beleza física própria de um deus olímpico. Ao contrário de muitas histórias de deuses, esta tem um final feliz — Hefesto acaba sendo reconhecido por seu grande talento e recebe um lugar de honra na família. Mas tem que sofrer para conquistar seu lugar, e seu sofrimento é injusto.

Zeus e Hera, rei e rainha dos deuses, conceberam seu filho Hefesto num arroubo de paixão, antes de se casarem. Infelizmente, esse filho tinha uma malformação. Seus pés eram tortos, e seus quadris deslocados despertavam o riso incontrolável de todos os imortais quando o menino andava entre eles. Hera, envergonhada por haver produzido, com toda a sua beleza e grandiosidade, um filho tão imperfeito, tentou livrar-se dele. Atirou-o do alto do Olimpo no mar, onde ele foi apanhado por Tétis, a rainha dos oceanos.

Durante nove anos o menino permaneceu escondido sob as águas. Mas o talento de Hefesto era tão grande quanto sua feiúra, e ele passava o tempo todo forjando milhares de engenhosos objetos para suas amigas, as ninfas do mar. Compreensivelmente, também se sentia furioso com a maneira como fora tratado e, à medida que seu corpo e sua mente foram se fortalecendo, planejou uma vingança astuciosa. Um dia, Hera recebeu do filho ausente uma dádiva: um requintado trono de ouro, lindamente esculpido e decorado. Sentou-se nele, encantada, mas ao tentar se levantar, foi subitamente agarrada por mãos invisíveis. Em vão os outros deuses tentaram retirá-la do trono. Somente Hefesto seria capaz de soltá-la, mas ele se recusou a deixar as profundezas do oceano. O deus da guerra, Ares, o irascível irmão de Hefesto, tentou arrastá-lo à força, mas o rapaz atirou-lhe tições em brasa. Dioniso, seu meio-irmão e deus do vinho, teve mais sucesso: embriagou Hefesto, jogou-o no lombo de uma mula e o levou até o Olimpo.

Mas Hefesto continuou se recusando a cooperar, a menos que seus pedidos fossem atendidos. Pediu como esposa a mais encantadora das deusas, Afrodite. Desde então, houve paz entre Hera e seu filho. Esquecendo o rancor de antes, Hefesto, correndo risco de vida, tentou defender a mãe quando ela foi espancada por Zeus. Irritado, Zeus pegou o filho por um dos pés e atirou-o do alto da corte celeste. Mas Hefesto voltou a ser levado ao Olimpo e fez as pazes com o pai, e passou a desempenhar para sempre o papel de pacificador entre os imortais.

COMENTÁRIO: Essa história fala de como queremos que nossos filhos sejam um reflexo de nós mesmos, e não o que de fato são. Quantos pais bonitos desejam um filho ou uma filha que sejam belos e reflitam sua glória? Outras vezes, esperamos que nossos filhos ponham em prática um talento nosso que não foi desenvolvido, ou assumam os negócios da família. O que quer que sejamos ou queiramos ser, esperamos que nossos filhos sejam uma extensão de nós, e podemos magoá-los antes de descobrirmos seu verdadeiro valor.

Essa lenda é complexa e tem muitos temas sutis. Hefesto, malquisto e mal acolhido, encontra amizade e apoio entre os deuses do mar, que o aceitam em seu domínio subaquático. Muitas vezes, uma criança que não é apreciada em seu núcleo familiar tem a sorte de encontrar um avô, um tio ou um professor compreensivo, capaz de reconhecer e incentivar suas habilidades. E não devemos nos surpreender ao descobrir que o filho em quem depositamos expectativas injustas guarda ressentimento e raiva de nós. A vingança de Hefesto é engenhosa: ele não deseja destruir a mãe, mas ser bem acolhido por ela. Para consegui-lo, prende-a numa cilada.

Que cilada é essa de que nenhum deus consegue libertá-la? Hera, apesar de sua severidade e rejeição, não está imune aos sentimentos de obrigação que tem para com os filhos. Ela não é má; é apenas fútil e egoísta, como tantas vezes os seres humanos são. Hefesto a faz recordar-se da dívida indestrutível da maternidade, o que, em termos humanos, é vivido como o que chamamos culpa. Quando sentimos culpa em relação a nossos filhos, é que talvez saibamos, lá no fundo, que podemos ser responsabilizados por não reconhecer sua verdadeira identidade e valor. Só podemos nos libertar quando nos conscientizamos da maneira como tratamos aqueles a quem dizemos amar e conseguimos oferecer-lhes aceitação, em vez de expectativas impositivas.

A capacidade de perdoar, que faz parte da natureza de Hefesto, também nos diz algo sobre o poder do amor para superar os conflitos e mágoas familiares. Os filhos são capazes de perdoar os pais por um sem-número de atos de omissão e autoritarismo, desde que saibam que esses atos foram praticados sem intenção e que se demonstre remorso e compreensão. Um pedido sincero de desculpas é uma enorme contribuição para sarar as feridas. Essa lenda nos ensina que as mágoas da infância não são irreversíveis. E nos estimula a buscar o verdadeiro valor daqueles que amamos, mesmo que eles não correspondam à imagem do que desejamos e esperamos que sejam.

Órion e Enopião

A possessividade de um pai em relação à filha

Este triste mito grego é sobre a tentativa de um pai de ser dono de sua filha e sobre a destruição que ele desencadeia quando surge um pretendente para ela. A narrativa revela as obscuras correntes subterrâneas que podem existir no laço entre pais e filhos. Mas, embora retrate emoções violentas e situações extremadas que não tendemos a encontrar na vida cotidiana, ela esclarece a confusão e a cegueira emocionais que nos afligem quando, consciente ou inconscientemente, tentamos ser donos de nossos filhos.

Órion, o caçador, tinha a reputação de ser o homem mais belo da Terra. Um dia, apaixonou-se por Mérope, filha de Enopião, Rei de Quio. Mas Enopião não era um simples mortal; filho de Dioniso, o deus do vinho e do êxtase, tinha ascendência imortal, e abrigava em seu íntimo as paixões intensas do pai.

Enopião prometeu ao caçador Órion a mão de Mérope em casamento, mas só se ele conseguisse livrar suas terras das feras assustadoras que ameaçavam a vida dos habitantes. Isso não era problema para um caçador experiente, e Órion aceitou o desafio de bom grado. Concluída sua tarefa, voltou a se apresentar a Enopião, ansioso por receber sua recompensa. Mas o rei de Quio encontrou motivos para adiar o casamento — ainda havia outros ursos, lobos e leões espreitando nas montanhas. Na verdade, Enopião não tinha intenção de dar a mão de sua filha em casamento, porque estava secretamente apaixonado por ela.

Órion ficava cada vez mais frustrado com a situação. Percorreu novamente as montanhas à procura de animais ferozes, e novamente Enopião arranjou motivos para retardar o casamento. Certa noite, Órion embebedou-se com o mais fino vinho do rei (e o vinho de um filho de Dioniso era realmente bom, e mais forte do que a maioria) e, completamente bêbado, invadiu o quarto de Mérope e a estuprou. Como resultado desse ato de violência, Enopião sentiu-se justificado para se vingar do rapaz. Obrigou-o a beber mais vinho, até o caçador cair num estupor de embriaguez. Em seguida, arrancou-lhe os olhos e o atirou na praia, cego e inconsciente. Com a ajuda dos deuses, Órion recobrou a visão e viveu para buscar muitas novas aventuras. Não sabemos o que aconteceu com a pobre Mérope, violentada e abandonada, e aprisionada por um pai que não tinha nenhuma intenção de deixar que ela se tornasse mulher.

COMENTÁRIO: A história de Órion não diz respeito apenas aos padrões afetivos patológicos na família. Um vínculo sadio de amor e afeição entre pai e filha, se exacerbado pela inconsciência, pode levar a problemas. O pai costuma ser o primeiro amor da filha, e na filha pequena muitos pais vêem uma imagem mágica de beleza e juventude, que abriga todos os seus mais acalentados sonhos românticos. Isso é natural e agradável, e de modo algum implica abuso ou doença. Mas, quando o casamento do pai é infeliz, ou quando ele não consegue aceitar as satisfações de um casamento humano comum e insiste em querer a magia de uma "alma gêmea", pode buscar na filha essa fantasia do amor perfeito. Nesse caso, talvez lhe seja difícil permitir que ela tenha vida própria. É preciso um coração generoso para deixar que uma filha tão amada parta, especialmente com um jovem tão belo quanto Órion. A beleza e a virilidade juvenis do rapaz funcionam como um doloroso lembrete de que Enopião já não é tão jovem, e de que sua menininha é agora uma mulher que quer para si um homem moço e forte. Não há referência à mãe de Mérope no mito. Esse pai e essa filha vivem num mundo próprio, o que constitui a realidade psicológica de muitos pais que se relacionam melhor com as filhas do que com a mulher.

O pai que tenta transformar a filha numa alma gêmea pode infligir-lhe, sem querer, prejuízos para a vida toda. Isso às vezes se revela na antiquíssima tática de insistir em que o parceiro escolhido pela filha "não é bom o bastante". Quando um pai cria ideais impossíveis para a filha, como ela pode deixá-lo e viver feliz com seu próprio parceiro? Quanto maior o amor, maior o prejuízo potencial que pode, inconscientemente, decorrer dele, pois a filha que ama e admira o pai dá ouvidos a sua aparente "sabedoria" e vê em cada pretendente falhas intoleráveis.

Aparentemente Enopião quer que Mérope tenha um marido. Esse marido deve satisfazer certos padrões. E quem pode culpar um pai por querer o melhor para seus filhos? Assim, a possessividade inconsciente do pai se esconde sob a máscara das boas intenções, e ele consegue garantir que ninguém jamais seja bom o bastante para a filha. Com isso, justifica a destruição de todos os potenciais relacionamentos que ela possa ter — sutil ou escancaradamente —, pois acredita estar pensando no bem dela. Órion se enfurece porque Enopião está sempre mudando as metas a serem atingidas, e acaba violentando Mérope. Isso dá ao pai a desculpa perfeita para se livrar do criminoso. Mas, ao longo de toda a história, Enopião não pretende deixar que sua preciosa filha se vá, porque a quer para si mesmo.

O grande poeta Kahlil Gibran (1883-1931) escreveu, certa vez, que nossos filhos nascem *através* de nós, mas não nos pertencem. Um pai solitário, contudo, pode sentir-se justificado para tratar a filha como um objeto precioso, a ser possuído apenas por ele. Os jovens só podem progredir na vida quando os mais velhos lhes dão asas. Quando, movida pelo ciúme do pai, a filha é levada a escolher entre o pai e o amado, sua felicidade é destruída e as recompensas de seu amor, estragadas. Os filhos não devem ser obrigados a fazer essas escolhas; qualquer um fica com o coração dilacerado pelas imposições do ciúme. Todo pai tem nas mãos a chave da realização das filhas, ao lhes permitir que desfrutem do amor do pai e do marido. Trata-se de um desafio difícil para qualquer pai, mas são enormes as recompensas. Para isso, porém, é preciso reconhecermos e contermos nossa inveja e ciúme secretos. Como nos diz o mito, esses sentimentos são antigos, universais e quintessencialmente humanos. Mas a possessividade, a rigor, tem tudo a ver com o poder, e o amor e o poder não podem coexistir.

TESEU E HIPÓLITO

A rivalidade entre pai e filho

Esse mito grego descreve a inveja corrosiva que um pai sente do filho, temendo ser suplantado por ele em beleza, bravura e potência sexual. O tema arquetípico do homem mais velho, temeroso da suscetibilidade de sua nova e jovem esposa aos atrativos do filho de um casamento anterior, pode ser encontrado em muitas histórias. Mas o que há de singular nesse final triste de um grande herói mítico é a forma como a inveja cega Teseu para a verdade. Sem essa cegueira, o novo casamento não teria o poder de destruir o laço entre pai e filho.

O grande herói Teseu, filho do deus Poseidon, tornou-se rei da Ática depois de derrotar o terrível Minotauro. Governou suas terras com justiça e sabedoria. Mas não tinha sorte no amor e, no fim, a inveja de seu próprio filho foi sua ruína. Seu romance tempestuoso com a princesa cretense Ariadne, que o ajudara a destruir o Minotauro, havia terminado em lágrimas e ele a abandonara. Sua ligação apaixonada com Hipólita, rainha das amazonas, tivera um fim trágico com a morte da amada, embora ela lhe tivesse dado um filho, Hipólito. Por fim, Teseu casou-se com Fedra, irmã de Ariadne. A essa altura, Hipólito, o filho do herói, já era um rapaz belo e forte, de cabelos claros e olhos acinzentados, mais alto e majestoso do que o pai. Esse nobre rapaz dedicava-se aos cavalos, à caça e ao culto casto da deusa Ártemis.

Fedra, a nova esposa de Teseu, não tardou a se deixar tomar por uma paixão arrebatadora pelo enteado, e pediu a ajuda de sua velha ama para ajudá-la a conquistar o jovem e belo príncipe. Diante da recusa ofendida do rapaz, Fedra se enforcou, deixando uma carta em que o acusava de tê-la estuprado. Teseu, convencido pela realidade da morte da esposa e enceguecido por uma inveja profunda, embora secreta, do filho que agora ameaçava suplantá-lo em beleza e bravura, expulsou o rapaz do reino e lançou sobre ele a maldição de morte que lhe fora confiada por seu pai, Poseidon. Quando Hipólito dirigia sua carruagem pela pedregosa estrada costeira que saía de Atenas, Poseidon enviou uma onda imensa em cuja crista vinha um gigantesco touro-marinho, que assustou os cavalos e os fez sair em disparada. O corpo destroçado do rapaz foi levado de volta a Teseu, que — tarde demais — ficara sabendo da verdade.

Depois disso, a sorte de Teseu o abandonou. Sem o amado filho, que teria herdado seu reino, entregou-se à pirataria e, ao tentar raptar a rainha do inferno, foi aprisionado e atormentado no reino dos mortos durante quatro anos. Ao retornar, encontrou Atenas entregue a desordeiros e a motins. Voltando as costas para seu reino, ele viajou para a ilha de Ciro, onde, traído por seu anfitrião, foi jogado do alto de um rochedo no mar.

COMENTÁRIO: Essa história pode passar-se, no plano psicológico, na vida familiar cotidiana. Muitos homens, habituados ao poder e ao reconhecimento no mundo, identificam sua masculinidade com realizações externas. Podem experimentar o envelhecimento como uma espécie de humilhação e temer que a falta de potência —

mundana, sexual, ou ambas — diminua seu valor, a seus próprios olhos e aos de terceiros. Um filho que mal inicia sua trajetória na vida — viril, cheio de promessas e com o potencial de realizar mais do que o pai — pode despertar o ácido corrosivo da inveja, até em meio a um grande amor. Quando isso acontece sem que o pai tenha consciência, é possível que, sem a intenção de fazê-lo, o pai invoque uma "maldição" sobre o filho. Ele pode retrair-se ou tornar-se francamente crítico, ressentindo-se dos laços entre a esposa e o filho; pode esmagar os sonhos e aspirações do filho e, inconscientemente, mas com intenção destrutiva, procurar solapar a confiança do jovem, para conservar seu próprio sentimento de poder e controle.

Os efeitos dessa inveja inconsciente de um filho podem ser catastróficos para este. O jovem que luta contra a inimizade secreta do pai pode sentir-se persistentemente falho — na escola, no trabalho, na vida pessoal —, porque, em algum lugar de seu íntimo, sente que deve fazer o que o pai deseja, e não se atreve a retirá-lo do trono da autoridade. Talvez se veja impelido a se transformar no fracasso que o pai inconscientemente lhe prediz, mesmo que, no plano consciente, o pai espere e estimule o sucesso do filho. O filho, nessas condições, também pode se ver repetidamente enredado em brigas com as figuras de autoridade, e até acabar efetivando toda a fraqueza e confusão nele projetadas — ainda que de modo inconsciente —, como meio de o pai evitar a fraqueza e a confusão inevitáveis de seu próprio processo de envelhecimento.

Esse padrão nada tem de incomum; e não é maléfico, é apenas humano. Para qualquer pai, é um grande desafio encontrar a generosidade para permitir que o filho o supere — e aceitar com elegância que o tempo passa e que o mundo, por mais injusto que isso seja, privilegia os jovens. É também um grande desafio aceitar a ligação entre a própria esposa e o filho como algo legítimo e digno de respaldo, e não como uma ameaça à segurança emocional. Isso exige profundo desprendimento e uma confiança na vida que, quando pode ser conquistada, proporciona o apoio e o incentivo que todo filho precisa receber do pai. Ela também pode gerar profunda serenidade e força interior no pai que, reconhecendo haver realizado da melhor maneira possível o potencial de sua juventude, consegue fazer as pazes com o que não foi alcançado e prosseguir, de maneira criativa e esperançosa, para a fase seguinte da vida.

Osíris, Ísis e Hórus

O filho divino traz a esperança eterna

Essa lenda do antigo Egito fala-nos do filho como imagem de esperança e renovação, que nos dá coragem para superar obstáculos e conquistar o caminho para a serenidade e a alegria. Osíris, Ísis e Hórus têm sido comparados por alguns estudiosos à Trindade cristã, por causa do filho divino que redime o sofrimento e elimina o mal. Em termos psicológicos, essa família divina tem muito a nos dizer sobre o sentimento de esperança e significação que vivenciamos através de nossos filhos.

Osíris foi o filho primogênito do Pai Terra e da Mãe Céu. O jovem deus tinha belas feições e era imensamente mais alto do que os seres humanos. Desposou sua irmã, Ísis, a deusa da lua. Juntos, os dois ensinaram o povo do Egito a fazer instrumentos agrícolas e a produzir pão, vinho e cerveja. Ísis ensinou as mulheres a moer o milho, fiar o linho e tecer. Osíris construiu os primeiros templos e esculpiu as primeiras imagens divinas, assim dando aos seres humanos ensinamentos sobre os deuses. Era chamado "O Bondoso", porque era inimigo da violência e somente pela gentileza dava a conhecer sua vontade. Mas Osíris não tardou a ser vítima de uma trama de seu malévolo irmão caçula, Set, que invejava seu poder. Set era bruto e selvagem; arrancara-se prematuramente do ventre da mãe e estava decidido a dominar o mundo, no lugar de Osíris. Convidou o irmão para um banquete e lá o assassinou, trancafiando o corpo num caixão que atirou no Nilo.

Ao saber que Osíris tinha sido assassinado, Ísis ficou desolada. Cortou os cabelos, rasgou as roupas e partiu imediatamente à procura do caixão. Ele fora levado para o mar e transportado pelas ondas para Biblos, onde tinha ido repousar ao pé de uma tamargueira. A árvore cresceu com uma velocidade tão espantosa que o caixão ficou inteiramente encerrado em seu tronco. Enquanto isso, o rei de Biblos tinha dado a ordem de que a árvore fosse cortada para servir de escora do teto de seu palácio. Ao ser cumprida essa ordem, desprendeu-se da árvore maravilhosa um aroma tão requintado, que sua reputação chegou aos ouvidos de Ísis, e ela compreendeu prontamente o que isso significava. Sem perda de tempo, Ísis partiu para Biblos, retirou o caixão do tronco da árvore e o levou de volta ao Egito. Mas Set, sabendo o que o esperava, encontrou o caixão no charco em que Ísis o escondera, abriu-o e retalhou o corpo do irmão em quatorze pedaços, espalhando-os por toda parte.

Ísis não desanimou. Procurou os preciosos pedaços do marido e os encontrou a todos — com exceção do falo, que fora engolido por um caranguejo do Nilo. Com sua poderosa magia, a deusa reconstituiu o corpo de Osíris, juntando todos os fragmentos e fazendo um novo falo de barro. Em seguida, praticou os ritos de embalsamamento que restituiriam ao deus assassinado a vida eterna. Enquanto Osíris dormia, à espera do renascimento, Ísis deitou-se com ele e concebeu o filho divino, Hórus, que ao nascer foi comparado a um falcão cujos olhos brilhavam à luz do Sol e da Lua.

Ressuscitado e desde então protegido contra a ameaça de morte, Osíris poderia ter retomado o governo do mundo. Mas havia se entristecido com o poder do mal que tinha conhecido na Terra e retirou-se para o mundo das sombras, onde passou a acolher calorosamente as almas dos justos e a reinar sobre os mortos.

Coube a Hórus, filho de Osíris, vingar o ato de selvageria que resultara na morte e desmembramento de seu pai. Hórus foi criado no isolamento, pois sua mãe temia as maquinações de Set. Era extremamente fraco ao nascer, e só escapou dos perigos que o ameaçavam com a ajuda dos poderes mágicos da mãe. Foi mordido por feras selvagens, picado por escorpiões, queimado e afligido por dores nas entranhas, tudo por obra de Set. Mesmo assim, apesar desses sofrimentos, cresceu forte, e Osíris lhe aparecia com freqüência e o instruía no uso das armas, para que ele logo pudesse declarar guerra a Set, reivindicar sua herança e vingar o pai.

Ao chegar à idade adulta, Hórus iniciou uma longa guerra para derrotar seus inimigos e conseguiu destruir muitos deles. Mas Set não poderia ser vencido apenas pelas armas, pois era astuto demais. Para pôr fim ao interminável derramamento de sangue, os outros deuses reuniram-se num tribunal e convocaram os dois adversários. Set alegou que Hórus era ilegítimo, pois tinha sido concebido depois do assassinato de Osíris, mas Hórus conseguiu fazer valer a legitimidade de seu nascimento. Os deuses condenaram o usurpador, devolveram a herança de Hórus e o declararam rei do Egito.

Hórus reinou pacificamente sobre o céu e a terra e, ao lado do pai e da mãe, foi adorado por toda parte. Em meio às tarefas de governo, fazia visitas freqüentes ao pai no reino das trevas, conduzindo os mortos à presença de Osíris, "O Bondoso", e presidindo a pesagem das almas.

COMENTÁRIO: Filho algum é capaz de redimir a vida dos pais. Mas há uma espécie de esperança no futuro, e de confiança na bondade e inocência inatas da infância, que pode fazer uma vida enfadonha ou sem sentido valer a pena, e que dá sentido aos sofrimentos do passado. O mito de Osíris, Ísis e Hórus mostra-nos o cerne mais profundo do que nos leva a procurar construir uma família. Não é apenas pela continuidade da vida biológica; é também porque o nascimento de um filho pressagia um novo começo e a possibilidade de que se curem as dores passadas. É tanto a continuidade do espírito quanto a do corpo que buscamos em nossos filhos.

A família de Osíris é arquetípica e, sendo assim, reflete padrões que existem em todas as famílias. A dedicação de Ísis é um tema importante. A despeito dos obstáculos que Set lhe coloca no caminho, ela está decidida a encontrar e curar o corpo profanado do marido. Esse traço de lealdade absoluta é um dos aspectos de redenção

da lenda e, na vida cotidiana, pode ser expresso por qualquer indivíduo que se disponha a apoiar o parceiro, mesmo diante do fracasso e da aparente derrota mundana. A mulher ou o marido que são leais e incentivadores quando o parceiro fica desempregado ou atravessa um período de depressão ou doença pode ser vislumbrado na dedicação de Ísis. É nesses traços humanos que podemos experimentar o tema mais profundo e arquetípico de redenção apresentado nesse mito.

Outro elemento importante da história é a concepção de Hórus, que ocorre quando as coisas estão em seu pior momento. Ísis concebe seu filho divino quando Osíris está adormecido, à espera da ressurreição. O que isso pode significar, em termos da vida familiar comum? Talvez nos diga algo sobre os momentos em que mais desejamos ter filhos, pois estes com freqüência trazem uma fonte de esperança quando as circunstâncias são mais difíceis. Nem sempre são o sucesso e a alegria mundanos que nos inspiram a construir uma família; às vezes, a árdua luta pela vida nos leva a procurar firmar pé no futuro e dar um propósito a nossa existência.

A infância de Hórus é precária e ele passa por muitas vicissitudes antes de chegar à plenitude de suas forças. Também isso pode nos dizer algo sobre uma norma da vida, pois, muitas vezes, é de um começo frágil e vulnerável que nascem nossos esforços mais vigorosos e criativos. Ísis consegue proteger seu filho de Set. Assim como precisamos proteger nossos filhos vulneráveis, é preciso protegermos em nós o que há de mais vulnerável e indefinido, para que amadureça. Hórus entende que deve redimir o sofrimento do pai; o próprio Osíris já não deseja permanecer na Terra para prosseguir na luta. Em certo momento, talvez precisemos confiar a nossos filhos a lida com o futuro, pois, ao envelhecer, talvez já não tenhamos disposição ou coragem de batalhar com a vida. Vemos aí alguns ecos de outras histórias míticas: a inveja que Teseu sente de Hipólito (*ver p.18*), por exemplo, reflete sua impossibilidade de confiar em que seu filho tome as rédeas e tenha sua vez de viver. Osíris, por outro lado, enfrenta seu desafio com sucesso.

A resolução do conflito não surge por nenhuma vitória individual, mas porque os deuses em conjunto decidem que Hórus merece ter sua herança restaurada. No fim, também nós talvez tenhamos que deixar a vida concluir o que deixamos inacabado e confiar que o que entendermos por Deus, ou por espírito interior, realizará o que tentamos alcançar. Se o que buscamos for lícito e justo, como acontece com Hórus, talvez o mal não seja derrotado para sempre, mas será possível torná-lo impotente para destruir o que existe de bom. Na família, confiar em que o tempo e a retidão haverão de nos conduzir ao equilíbrio e à serenidade pode nos ajudar a aceitar situações que não podemos modificar, a perdoar aqueles que julgamos que nos ofenderam e a preservar nossa confiança no futuro.

A Lenda de Poia

Avô e neto redimem o passado

A última história deste capítulo nos vem da tribo dos Pés Pretos, das planícies norte-americanas. Ela nos ensina que o poder curativo do amor nas famílias pode saltar uma geração, dos avós para os netos, redimindo o sofrimento que pais e filhos às vezes experimentam entre si e colocando a sabedoria do passado à disposição das futuras gerações.

Certo dia, Estrela da Manhã baixou os olhos para a terra e ali viu Soatsaki, uma linda jovem da tribo dos Pés Pretos. Apaixonou-se por ela, desposou-a e a levou para o céu, para a casa de seu pai e sua mãe, o Sol e a Lua. Ali Soatsaki lhe deu um filho, a quem chamaram Pequeno Astro.

A Lua, sogra de Soatsaki, gostava da moça e a acolhia com toda boa vontade, mas advertiu-a a não arrancar um nabo mágico que crescia perto de casa. Soatsaki, porém, foi vencida pela curiosidade. Arrancou o nabo proibido e descobriu que, pelo buraco que ficara no chão, conseguia enxergar a terra. Ao avistar as casas de sua tribo, sentiu uma saudade doída e seu coração foi tomado por uma tristeza mortal. Para castigá-la pela desobediência, seu sogro a expulsou do paraíso com o filho, Pequeno Astro, e os devolveu à terra, envolvidos numa pele de alce. No entanto, ao se ver separada do marido, a pobre moça não tardou a morrer, deixando seu filho só e desamparado.

O menino tinha no rosto uma cicatriz, e era chamado de Poia, ou Rosto Marcado. Ao crescer, Poia apaixonou-se pela filha do cacique, mas ela o repeliu, por causa da cicatriz. Desesperado, ele tomou a decisão de procurar seu avô, o Sol, que poderia remover a marca que o desfigurava. Assim, Poia partiu em direção ao oeste. Ao chegar ao oceano Pacífico, fez uma pausa e passou três dias jejuando e rezando. Na manhã do quarto dia, uma trilha luminosa apareceu à sua frente, cruzando o oceano. Sem medo, Poia subiu pela trilha milagrosa. Chegando na morada do Sol, no céu, viu seu pai, Estrela da Manhã, lutando com sete pássaros monstruosos. Correndo para salvá-lo, liquidou os monstros. Como recompensa por seu gesto, o Sol, seu avô, eliminou a cicatriz e, depois de ensinar a Poia o ritual da Dança do Sol, presenteou-o com penas de corvo, como prova de seu parentesco com o Sol, e com uma flauta mágica que haveria de conquistar o coração de sua amada. Poia voltou à Terra por outro caminho, chamado Via Láctea. Ensinou à tribo dos Pés Pretos o mistério da Dança do Sol e, casando-se com a filha do cacique, levou-a para o céu para morar com seu pai, Estrela da Manhã, e seus avós, o Sol e a Lua.

COMENTÁRIO: O herói desse conto chama-se Rosto Marcado — e, de fato, muitos são os filhos que sofrem a ferida psicológica das dificuldades conjugais que resultam na separação e no distanciamento dos pais. Aqui, o conflito surge porque Soatsaki, a mãe de Poia, não consegue obedecer às regras da família divina do homem com quem se casa. Por essa rebelião contra a família, ela sofre e é separada do marido, e Poia é separado do pai.

É comum o caso em que alguém, ao se casar com um membro de uma família fortemente unida, não consegue se adaptar e é expulso, em termos afetivos e, às vezes, literais. Isso ocorre com freqüência nos chamados "casamentos mistos", nos quais uma dada estrutura econômica, religiosa ou racial constitui um poderoso edifício em que a pessoa "de fora" não consegue se encaixar. E são os filhos que ficam com as cicatrizes.

Mas Poia, neto do Sol e da Lua, recusa-se a aceitar esse destino. Exige ingressar no reino do avô, que ele sabe ser capaz de livrá-lo da marca que o desfigura. No plano psicológico, isso nos diz que uma relação afetuosa com um avô ou avó pode, com freqüência, fazer sarar a ferida causada pelo casamento infeliz dos pais. Poia tem que provar seu valor, defendendo a vida do pai, Estrela da Manhã, ao matar as perversas aves — e nós, por vezes, temos que tomar a iniciativa de procurar parentes distantes, com coragem e compaixão, mesmo sentindo que eles foram responsáveis pela desavença. Poia se dispõe a fazer essa tentativa, pondo em risco seu orgulho, e suas recompensas são grandes. Não apenas sua cicatriz é eliminada como ele pode levar a sabedoria do Sol ao povo de sua mulher e difundi-la entre as pessoas comuns, transmitindo os dons de seus ancestrais a novas gerações.

Uma mensagem profunda nesse mito diz respeito à disposição de engolir o orgulho e fazer o esforço de reatar laços rompidos pelos erros de terceiros. Nas famílias, é freqüente os filhos serem afastados dos avós pela desarmonia entre os pais, ou por conflitos entre pais e avós. Seja pelo tempo, pela distância ou por uma centelha mais profunda de amor, que se preserva apesar do conflito, a disposição que um filho tem de cruzar a ponte do passado — a ponte mágica que Poia atravessa para chegar ao reino do avô — pode promover a reunião da família e criar um canal pelo qual a sabedoria do passado se transmita às gerações do futuro.

Capítulo 2

IRMÃOS

Os laços entre irmãos podem ser tão poderosos, complexos e transformadores — para o bem ou para o mal — quanto os que há entre pais e filhos. Em nossos irmãos vemos o espelho de nosso eu não-descoberto, e o amor e antipatia que sentimos por eles refletem muitas coisas, inclusive a maneira como nos relacionamos com as dimensões menos conhecidas de nossas profundezas ocultas. A psicologia tem muito a dizer sobre a rivalidade fraterna, mas, antes dela, a mitologia já tinha dito tudo. Os mitos aqui narrados também falam do poder redentor e curativo do amor entre irmãos.

CAIM E ABEL

Quem é o favorito do pai?

Essa história do Antigo Testamento é conhecida de todos nós, mas talvez não tenhamos refletido bastante sobre como os pais podem originar conflitos entre seus filhos. A história de Caim e Abel diz respeito ao que se conhece como "rivalidade fraterna" — o ciúme e a competição que ocorrem entre irmãos. Algo tão natural e inevitável quanto o nascer do sol, e igualmente antigo. Uma pequena dose de rivalidade entre irmãos pode gerar um desenvolvimento sadio de cada um. Em grandes doses pode criar sofrimento e comportamentos destrutivos nas famílias.

Adão e Eva tinham dois filhos. Abel, o mais novo, era pastor de ovelhas, e seu irmão mais velho, Caim, lavrava os campos. Veio um dia em que os dois fizeram oferendas a Deus. Caim deu-lhe uma parte de sua safra, enquanto Abel ofertou a ovelha mais bela e gorda de seu rebanho. Deus agradou-Se da oferenda de Abel, mas não da de Caim. Sem conseguir discernir a razão desse favoritismo, Caim ficou muito zangado e amargurado com Deus e com seu irmão, Abel.

Percebendo a ira de Caim, Deus lhe disse: — Por que te zangas? Alcançarás êxito se trabalhares com afinco. Se não o fizeres, a culpa será tua.

Mas Caim não se consolou com essas palavras, e a raiva cresceu dentro dele. Contudo, como não é sensato enraivecer-se com Deus, sua ira voltou-se contra o irmão mais novo. Ele acompanhou Abel aos campos e lá o atacou e assassinou.

— Caim, onde está teu irmão?, perguntou-lhe Deus.

— Não sei, respondeu Caim, não sou guardião de meu irmão.

Mas Deus sabia, é claro, o que havia acontecido. — Por que fizeste uma coisa tão terrível?, disse a Caim. O sangue de teu irmão clama a mim da terra qual voz que pede vingança. Eu te amaldiçôo: não mais lavrarás a terra. Ela está encharcada do sangue de teu irmão, como se houvesse aberto a boca para recebê-lo quando o mataste. Quando tentares cultivar o solo, ele nada produzirá. Serás um fugitivo errante pela terra.

E Caim disse a Deus: — Não posso suportar esse castigo. Expulsas-me da terra e de Tua presença. Serei um pária, e o primeiro que me encontrar me matará.

Mas Deus respondeu: — Não. Se alguém te matar, com sete vidas serás vingado.

E assim Deus pôs um sinal na testa de Caim, para advertir quantos o encontrassem a não matá-lo. E Caim retirou-se da presença do Senhor e foi morar na terra de Node, que significa "Errância", muito a leste do Éden.

COMENTÁRIO: Pessoas de tendência religiosa ortodoxa provavelmente não questionam a moral duvidosa dessa narrativa. Mas, se examinarmos a história atentamente, é bem possível que nos perguntemos por que Deus favorece Abel, quando Caim exibe a mesma devoção que ele. Na verdade, não há justiça no julgamento divino. Cada um dos irmãos dá o melhor do que produz; Caim não pode ofertar ovelhas porque sua vocação é lavrar a terra. E nisso podemos vislumbrar reflexos de uma dinâmica familiar muito comum: a rivalidade que eclode entre os irmãos quando um pai favorece um filho em detrimento de outro. Caim não vê razão para ser rejeitado por Deus e, vista objetivamente, sua ira é bastante justificada. Mas ele não pode dar vazão a essa raiva diretamente contra Deus, assim como um filho não pode descarregar sua raiva contra um pai poderoso. A raiva manifestada contra Deus poderia resultar em aniquilação. Os filhos têm um temor profundo e arquetípico dos pais, não necessariamente porque estes o mereçam, mas porque pai e mãe são imagens divinas no psiquismo dos filhos e detêm o poder da vida e da morte.

Por causa disso, a raiva de Caim volta-se contra seu irmão. Esse é um resultado freqüente quando tememos exibir nossa ira contra alguém a quem amamos ou tememos: ela é deslocada para o irmão ou irmã que parece haver conquistado todo o amor dos pais, e embora, na maioria das vezes, leve a uma forma de assassinato mais sutil — a frieza e o rancor —, às vezes pode resultar na violência física, mesmo em famílias "normais". A chave dessa história não está, em última instância, na rivalidade entre os irmãos, mas numa divindade que exibe um favoritismo pautado em suas preferências pessoais. É evidente que Deus prefere ovelhas a milho — e por isso Caim, e não Abel, é rejeitado. Talvez um vegetariano questionasse essa preferência! Ao examinarmos a dinâmica familiar, vemos que as razões do favoritismo estão na estrutura psicológica do pai ou mãe do sujeito. O pai que prefere esportes à criação artística talvez favoreça um filho atlético, em detrimento de outro que tenha talento musical; a mãe que se preocupa com a aparência física talvez prefira uma filha bonita a uma filha estudiosa mas feia. A vida, assim como as famílias, é injusta.

Nesse conto não há resolução do impasse; Caim é transformado em pária e numa figura errante. Mas Deus o poupa. Talvez Se sinta meio culpado, pois a raiz dessa rivalidade fraterna está n'Ele. Na vida familiar pode haver resolução do conflito, mas ela só pode surgir quando os irmãos em guerra são sinceros o bastante para conversar sobre onde está a verdadeira mágoa, e quando aquele que é magoado ou rejeitado consegue conscientemente reconhecer sua raiva do pai que o ultrajou. E a maior responsabilidade de todas reside, talvez, no pai ou mãe que, como Deus nessa narrativa, porta-se de maneira claramente injusta e irracional, sem refletir o bastante. Talvez Deus tenha direito a esse comportamento, mas os pais não. A rivalidade fraterna refletida na história de Caim e Abel não provém de uma antipatia inata entre os irmãos; é gerada pela dinâmica complexa da família em si. Se formos afetivamente generosos e sinceros o bastante para discernir o âmago da questão, é possível que consigamos erradicar o sinal de Caim de nossa fronte e da de nossos filhos.

Ares e Hefesto

Quem fica com a moça?

Esta lenda grega retrata a batalha entre dois irmãos pela mesma mulher e a fonte secreta da rivalidade, que reside na interferência dos pais. A rivalidade entre Ares e Hefesto não eclode porque seus temperamentos os levassem a se odiar, mas porque os pais os usam como peões num jogo. Em termos psicológicos, poderíamos chamar esse jogo de amor condicional — a promessa de que, se um filho for ou fizer determinada coisa, os pais lhe darão seu amor em troca.

Ares e Hefesto eram filhos de Zeus e Hera, rei e rainha do Olimpo. Já vimos um pouco da infância difícil de Hefesto e de sua eventual reconciliação com os pais (*ver p.14*). Embora a história aqui narrada seja ligeiramente diferente, podemos ver o surgimento de muitos temas semelhantes.

A infância de Ares foi bem diferente da do irmão. Quando ele nasceu, uma nova luz brilhou no Olimpo, pois, ao contrário de Hefesto, Ares tinha um físico impecável. O brilho de seu pai e a grandeza de sua mãe embelezavam seus traços e fortaleciam seus membros.

Hera perguntou que dádiva Zeus daria àquele belo filho, por herança. Mas Zeus já dera de presente o sol e a lua, o mar e o mundo das trevas. Não conseguia pensar em nada que pudesse dar a esse filho, tão adorado por Hera. Enfim, como sua mulher o importunasse constantemente com o assunto, mandou seu mensageiro Hermes vasculhar a terra e os céus à procura de um presente adequado. Hermes, porém, também filho de Zeus, não gostava do meio-irmão Ares. Apesar de belo, o novo deus era, aos olhos de Hermes, sem-sal e mal-humorado; sua voz tonitruante e seu poderoso chute pareciam ser seus únicos talentos. Mas, em parte por lealdade a Zeus, e em parte por maldade, Hermes acabou levando ao Olimpo a encantadora deusa do amor e do desejo, Afrodite, que acabara de surgir do mar. Sua graça e beleza eram um tributo adequado ao novo filho. Sua propensão a criar transtornos eram um tributo igualmente adequado, embora, a princípio, somente Hermes tivesse conhecimento disso.

Enquanto se celebrava a festa de aniversário do jovem deus, Hermes revelou a bela Afrodite a Ares, que, apesar de ser apenas um menino, reagiu com sinais inconfundíveis de franca lascívia. No mesmo instante, Hera pensou em seu filho primogênito, Hefesto, que morava sob as águas do mar, no reino da deusa marinha Tétis. Na festa, Tétis estava usando um broche maravilhoso e Hera, que o cobiçava, pediu para ser apresentada a quem o havia feito. Com certa relutância, Tétis chamou Hefesto ao Olimpo. Assim, mãe e filho ficaram frente a frente pela primeira vez desde que o menino fora atirado dos céus. Como desejasse os tesouros que só ele era capaz de criar, Hera convidou Hefesto a permanecer no Olimpo. Em seguida, perguntou-lhe que presente ele queria, para selar essa tardia reconciliação entre o filho magoado e a mãe inconseqüente.

Hefesto não pôde pensar em nada que quisesse e que ele mesmo não soubesse fazer. Então, viu o presente que Hermes levara do mar para Ares e, na mesma hora, soube o que desejava: pediu para desposar Afrodite. Embora, a princípio, Zeus se opusesse a essa união inadequada, a vontade de Hera prevaleceu; sua lealdade deslocara-se de Ares, o belo deus da guerra, para o deus artesão aleijado que sabia fazer coisas tão bonitas. Assim, Afrodite foi entregue de presente a Hefesto, enquanto seu irmão, Ares, era traído e bramia seu ódio e sua ira, arrastando-se no chão.

Zeus baixou os olhos para aquele belo filho, cujo coração, por causa da mágoa e da decepção, estava ficando tão deformado quanto o corpo do irmão. Num acesso de repulsa, Zeus gritou: — Ódio! Discórdia! Violência! Será esta a tua herança! Para que mais serves tu? E retirou-se abruptamente do salão. O matreiro Hermes foi então consolar o menino enfurecido, que, de repente, exigiu aos berros que a terra lhe pertencesse. Hermes explicou pacientemente que a terra não podia ser propriedade de nenhum deus, pois pertencia a si mesma. Ares, porém, não estava disposto a tolerar outra decepção. O jovem deus da guerra jurou junto ao rio Estige que, se alguém mais recebesse a terra como presente, ele o dilaceraria, perfuraria e destroçaria em sangrentos pedaços. Hermes ouviu e se pôs a pensar. A quem pertenceria a terra, um dia? Nesse alvorecer do domínio dos deuses, a humanidade ainda não fora criada.

COMENTÁRIO: Hera exige um presente para seu belo filho recém-nascido por se orgulhar da beleza do menino, mas isso pouco tem a ver com as necessidades da criança. É a vaidade, e não o amor, que a motiva. Zeus furta-se à responsabilidade de escolher o presente — e quantos pais atarefados, preocupados demais com seus próprios interesses, pedem a outra pessoa para comprar o presente de aniversário dos filhos, ou mandam um substituto à peça da escola, por não terem tempo para comparecer pessoalmente! Quando se descobre que Hefesto tem talentos capazes de glorificar Hera e impressionar os outros, subitamente ele se torna o preferido; e o antes adorado Ares é bruscamente posto de lado. Portanto, não surpreende que esses dois irmãos se tornem rivais ferrenhos, e que o irmão humilhado se vingue do mundo em conseqüência disso.

Um dos temas mais marcantes desse mito é a fria indiferença que Zeus e Hera demonstram por ambos os filhos. Ares pode ser impetuoso e voluntarioso, mas também tem qualidades positivas — força, coragem, energia — que merecem ser honradas. Se tivesse recebido uma dádiva adequada a sua natureza, e se lhe fosse concedido o amor, poderia ter sido inteiramente diferente. Esses pais olímpicos não reconhecem os filhos como indivíduos; estão mais interessados no que os filhos podem fazer por eles. E o triste é que essa indiferença não é incomum em muitas famílias, ainda que, talvez, não da maneira brutal aqui relatada; e costuma ser profundamente inconsciente, não tendo a intenção de ferir. Também é comum o tema do amor dado em troca das "coisas boas" que o filho pode oferecer aos pais. Infelizmente, muitos pais bem intencionados, mas amargurados com decepções anteriores, querem que os filhos brilhem, para que eles próprios possam refestelar-se no reflexo dessa glória. "Se você for o que eu quero que seja, será o mais amado por mim!" — tal é a mensagem não-dita.

Mas a angústia provocada pelo amor condicional é intolerável para qualquer filho. Embora alguns consigam sair-se bem para agradar os pais, outros, talvez um pouco como Ares, não têm inteligência ou talentos especiais para corresponder às expectativas dos pais. Como resultado, sentem-se humilhados e enraivecidos, vindo depois a descarregar essa raiva em terceiros, em vista de seu sentimento íntimo de não serem dignos. E o filho inteligente que obtém a preferência pode sofrer do mesmo modo. Tende a equacionar seu valor pessoal com a idéia de agradar os outros e pode passar a vida inteira tentando ser aquilo que os outros querem. Hefesto tem que continuar a criar objetos bonitos, querendo ou não, pois, se parar, perderá o amor da mãe.

Afrodite é a deusa do amor e, portanto, é um símbolo do próprio amor. Na verdade, o presente inicialmente oferecido a Ares é o amor, que depois lhe é arrancado e entregue a Hefesto, com a condição de que este agrade a mãe. Os pais sensatos não fazem do amor uma dádiva condicional, mas o oferecem gratuitamente, porque todo filho é digno de amor por si mesmo. Isso não impede a disciplina, mas impede a manipulação, que prejudica muito mais os filhos do que uma punição sincera e aplicada com justiça. Sejam quais forem nossas decepções com a vida, nossos filhos não têm obrigação de conduzir sua vida de acordo com nossos desígnios, nem tampouco de nos compensar por algo que julguemos faltar-nos. Se Zeus e Hera tivessem reconhecido essa verdade simples no começo da história, não haveria guerra na terra, de acordo com o mito.

Rômulo e Remo

Quem é maior e melhor?

São muitos os mitos sobre gêmeos rivais, e várias dessas histórias têm um final triste. Nesta lenda da Roma antiga, a inimizade não se provém dos pais, mas da simples inveja em relação a quem será o primeiro e o melhor no palco do mundo. A maneira trivial como os romanos retrataram a inveja entre Rômulo e Remo, assim como o assassinato de um pelo outro, reflete a natureza atemporal e arquetípica da rivalidade entre irmãos.

Numa bela tarde, Marte, o deus da guerra (conhecido pelos gregos como Ares), foi dar um passeio pela floresta, numa das sete colinas do que um dia se transformaria na cidade de Roma. Ali, numa clareira, encontrou uma bela jovem adormecida. Era Réia Sílvia, filha do rei de Alba. Embora a moça tivesse sido consagrada como uma das Virgens Vestais, Marte a violentou. Por ordem do pai de Réia, os gêmeos resultantes desse estupro foram postos num cesto e lançados no Tibre, para que não se descobrisse a vergonha a que a mãe fora submetida — pois o rei não acreditava que os meninos fossem filhos de um deus.

Mas o deus-rio do Tibre sabia a verdade, e fez o rio transbordar, para que os gêmeos fossem levados em segurança a uma gruta ao pé de uma figueira. Os bebês estavam com medo e famintos, e choraram muito, mas nenhum ser humano atendeu a seu chamado. Quem os ouviu foi uma loba que estava ali perto e foi amamentá-los.

Os gêmeos acabaram sendo encontrados por um pastor e sua mulher, que se apiedaram deles; os meninos ganharam abrigo e tiveram uma criação modesta, desconhecedores de sua origem. O pastor chamou-os Rômulo e Remo.

Já crescidos, os rapazes revelaram-se fortes, corajosos e impetuosos como seu pai divino. Resolveram fundar uma cidade e estudaram criteriosamente o vôo dos pássaros, consultando os adivinhos do lugar para conhecer os presságios corretos. Na parte do céu que a vara de um adivinho havia destinado a Rômulo surgiram doze abutres, mas, na parte destinada a Remo, só seis puderam ser vistos. O áugure declarou que Rômulo seria o fundador legítimo da nova cidade. Assim, com um arado preso a uma vaca branca e um touro negro, Rômulo traçou um sulco que deveria marcar as fronteiras dos muros da nova cidade. Zombeteiro, Remo pulou por cima do sulco, pois estava com inveja e queria minar a confiança do irmão. Seguiu-se uma luta violenta. Remo tentou assassinar Rômulo, e este, para se defender, e tomado pelo furor herdado de seu pai, o deus da guerra, matou o irmão.

Rômulo fundou sozinho a sua cidade, que recebeu o nome de Roma em sua homenagem. Para povoá-la, criou entre as fortificações um local de refúgio onde começaram a se congregar criminosos, vilões e vagabundos errantes de toda sorte. As mulheres das tribos vizinhas recusavam-se a desposar os homens desse povoado de marginais, de modo que Rômulo e seus seguidores raptaram as jovens de uma das tribos e asseguraram a futura população da nova Roma. Quando seu filho concluiu o trabalho e garantiu o futuro de sua cidade, Marte o chamou para casa: Rômulo desapareceu misteriosamente durante uma tempestade, e a partir de então passou a ser cultuado pelo povo romano como um deus.

COMENTÁRIO: Embora o assassinato não seja o desfecho habitual da rivalidade entre irmãos, a frieza e inimizade duradouras na vida adulta são, por vezes, o fruto de uma infância em que a competição revelou-se mais forte que a cooperação, e a inveja, mais forte que a afeição. A segurança material, sob a forma de dinheiro ou bens, é causa de muitas brigas entre irmãos, especialmente quando a questão é quem herdará quanto dos pais quando estes morrem. E é o poder mundano que alimenta a disputa entre Rômulo e Remo, e não a busca do amor dos pais.

Há alguma coisa que os pais possam fazer ao se confrontar com uma demonstração de rivalidade dessas entre os filhos? Ela se dá mais comumente entre dois irmãos homens ou duas irmãs, e enquanto em algumas famílias é contrabalançada pela lealdade mútua, noutras a animosidade é capaz de corromper a atmosfera doméstica e deixar cicatrizes permanentes num ou em ambos os filhos. Talvez uma das chaves desse problema esteja na história aqui narrada. Remo só fica com inveja ao descobrir que sua sorte não é tão favorável quanto a do irmão — em outras palavras, que seu valor é menor aos olhos de terceiros. As sementes desse tipo de rivalidade fraterna são freqüentemente plantadas através das comparações, e é importante que qualquer pai e mãe reconheçam quão prejudiciais e perigosas podem ser essas comparações. "Por que você não se sai tão bem na escola quanto seu irmão?", pergunta o pai a seu filho, ser refletir. "Por que você não se veste como sua irmã?", diz a mãe, desatenta, a sua filha. "Por que você fica sentado lendo, enquanto as outras crianças estão brincando lá fora?", pergunta o professor distraído. "Por que não faz amizades como as outras crianças?" Na história de Rômulo e Remo, é o adivinho quem desempenha esse papel, revelando uma comparação que semeará inevitavelmente a discórdia, se interpretada como um juízo de valor. E talvez o pai ausente — afinal, Marte não contribui com coisa alguma, depois de engravidar Réia Sílvia — falhe para com seus filhos, por não incentivar cada um deles.

Também podemos especular sobre como as coisas teriam sido diferentes se Rômulo e Remo houvessem decidido fundar duas cidades, suficientemente afastadas para não suscitar comparações. Por sua própria natureza, como filhos do deus da guerra, eles não são propensos à conciliação e à cooperação. Essa é uma realidade da vida, não um julgamento sobre o caráter, e às vezes é prudente reconhecer que a criança naturalmente competitiva precisa de espaço para desenvolver seus talentos, sem ficar à sombra de um irmão. Toda criança precisa definir seu espaço e formar uma identidade individual, e deve-se fazer todo o possível para incentivar esse desenvolvimento individual natural e sadio. Passa então a haver margem para que cresçam o amor, o apoio mútuo e a amizade. Talvez exista sempre um certo grau de rivalidade entre os irmãos, mas um pouco de sabedoria e sensibilidade, exercidas em tempo hábil, podem impedir que o espírito do deus da guerra entre onde não é bem-vindo.

ANTÍGONA

A lealdade acima da vida

Este mito grego diz respeito ao amor e lealdade profundos que podem se desenvolver entre irmãos. Embora haja muitos problemas potenciais nas relações fraternas, também é possível encontrar muita alegria e felicidade. A história de Antígona coloca-nos diante de um profundo dilema moral — o que devemos escolher: a lealdade à família ou a opinião da sociedade?

Antígona era uma das duas filhas do rei Édipo, de Tebas, nascida da união sinistra e trágica entre Édipo e sua mãe, Jocasta. Mas, apesar desse nascimento sombrio, tinha um caráter leal e amoroso e seus atos eram absolutamente irrepreensíveis. Depois de seu pai descobrir a vergonha de seu casamento e ser expulso de Tebas, cego e perseguido pelas vingativas Fúrias, Antígona foi sua guia fiel durante os anos em que ele vagou de uma terra para outra (*ver p.42-6*).

Depois do banimento de Édipo, seus dois filhos homens, Polinices e Etéocles, foram eleitos co-regentes da cidade e concordaram em reinar em anos alternados. Mas Etéocles, a quem coube o primeiro ano de governo, não quis entregar o trono ao término do primeiro período e baniu seu irmão Polinices da cidade. Eclodiu entre eles uma guerra terrível pela coroa. Para evitar a continuação da matança, Polinices ofereceu-se para decidir a sucessão num combate direto com o irmão. Etéocles aceitou o desafio e, na luta tremenda que se seguiu, ambos se feriram mortalmente. Creonte, tio de ambos, assumiu então o comando do exército e se declarou rei de Tebas, promulgando um edito que proibia que os sobrinhos mortos fossem sepultados; sem o sepultamento, suas sombras vagariam para sempre pelas margens do rio Estige. E quem desobedecesse ao edito seria enterrado vivo, como castigo.

Mas Antígona, que amava ternamente seu irmão Polinices, sabia que o mal que levara à guerra partira de Etéocles. Assim, uma noite, saiu sorrateiramente, em segredo, e construiu uma pira, colocando nela o cadáver de Polinices e espargindo terra sobre o corpo, para libertar a alma em sua passagem para o Tártaro.

Da janela do palácio, o rei Creonte avistou ao longe um brilho que parecia vir de uma pira em chamas e, indo investigar, surpreendeu Antígona em seu ato de desobediência. Mandou chamar seu filho Hêmon, noivo de Antígona, e lhe ordenou que a enterrasse viva. Hêmon fingiu-se disposto a fazer o que lhe era ordenado, mas, em vez disso, casou-se com Antígona em segredo e a mandou viver entre seus pastores, onde ela lhe deu um filho. Assim, a disposição de Antígona de morrer para não trair seu coração gerou vida em vez de morte.

COMENTÁRIO: A imagem de Antígona chegou até nós como um símbolo da lealdade absoluta diante da morte. Trata-se de uma irmã que, longe de invejar o irmão, reconhece a injustiça da sorte que lhe coube e se recusa a compactuar com ela, ainda que isso signifique oferecer sua própria vida. Ela também reconhece os males causados pela falsa autoridade e o horror da crueldade gratuita, e faz o possível para se opor a eles. Seu claro senso de justiça é contagiante, pois, em resposta a seus atos, seu noivo, Hêmon, desobedece ao pai e a salva.

Há muitas inferências sutis nessa história, além da luz brilhante da lealdade de Antígona ao irmão. Creonte, que se declarou rei de Tebas, representa as normas sociais vigentes na época. Embora tais normas possam ser impostas com rigor, elas refletem os valores e ambições pessoais daqueles que as criaram, e o caráter absoluto de sua correção pode ser questionado. Os que seguem como escravos o que "Os Outros" definem como certo e errado podem, como Creonte, ficar vazios por dentro, sustentados apenas pelo poder que exercem no mundo externo. Por isso, o que é tido como "socialmente correto" num dado momento pode, mais tarde, ceder lugar a uma interpretação diferente da correção social, quando o antigo regime dá lugar a um novo sistema de poder; e somente os que se assemelham a Antígona, com sua visão clara e seu coração limpo, são capazes de enxergar além do socialmente apropriado e ver o que é realmente certo, de acordo com a voz interior da alma.

Embora os filhos raramente sejam solicitados a defender seus irmãos diante de conflagrações dessa ordem, a decisão tomada por Antígona reflete o enorme poder moral e afetivo de um coração comprometido. Ele não apenas redime o espírito errante de Polinices, mas transforma o filho de Creonte e redime a maldade de seu pai, que se torna impotente. Pode-se encontrar um amor dessa profundidade entre muitos irmãos e irmãs, e ele constitui uma das grandes alegrias e dádivas da vida familiar unida. Esse amor pode ocorrer mesmo quando o resto da família já se foi. A história mítica da Casa Real de Tebas é sombria e começa antes mesmo de Édipo. Há um pecado após outro nessa família — pior do que em qualquer novela de televisão —, e a linhagem é atormentada pelas maldições de vários deuses ofendidos. A Casa Real de Tebas é o cúmulo da "família disfuncional". No entanto, Antígona e Polinices conseguem resistir. O poder do amor humano na família é capaz de resistir até a uma herança psicológica de grande destrutividade, redimindo o passado e refazendo o futuro.

Capítulo 3

A Herança Familiar

A mitologia fala longa e eloqüentemente sobre o mistério da herança de uma geração para outra. Ao contrário do que acontece hoje, quando vemos a questão da herança familiar quase exclusivamente do ponto de vista financeiro, ou do ponto de vista genético, os mitos nos apresentam um quadro vívido da herança psicológica — da transmissão dos conflitos e dilemas não-resolvidos com que cada geração se confronta até que um membro da família, suficientemente franco e corajoso, lide com a questão de maneira consciente e com integridade. No mito, a herança familiar pode ser positiva ou negativa, ou uma mistura de ambas, mas está invariavelmente ligada às dádivas dos deuses, que são usadas de maneira construtiva ou, ao contrário, com arrogância e ignorância pelas sucessivas gerações.

Os Filhos do Vento

Inteligência sem humildade

Essa lenda grega trata de um dos grandes mistérios da família: de onde vêm nossos dons e talentos? A história fala-nos de um dom que é transmitido de um deus para seus descendentes humanos. Isso implica que nossos talentos não são "nossos", mas uma propriedade dos deuses, manifestada através de seres humanos que são guardiães e veículos do poder criativo divino. Sugere também que a má utilização dos dons herdados pode resultar em desgraça, e que cabe a nós usar nossos talentos para servir à vida, e não para controlá-la.

O senhor dos ventos chamava-se Éolo. Era inteligente e engenhoso e foi o inventor das velas dos navios. Era também respeitador e justo, e honrava os deuses; por isso, seu pai divino, Poseidon, deus do mar, tornou-o guardião de todos os ventos. Sísifo, filho de Éolo, herdou desse a inteligência, a adaptabilidade e a habilidade, mas não, infelizmente, sua piedade. Sísifo era um vigarista astucioso, ladrão de gado, que conseguiu um reino através de traição e que, ao chegar ao poder, revelou-se um tirano cruel. Executava os inimigos — para não falar dos viajantes ricos que se atreviam a aceitar sua hospitalidade — prendendo-os ao chão com estacas e esmagando-os com pedras.

No fim, Sísifo foi longe demais e traiu Zeus, o rei do Olimpo. Quando Zeus roubou uma jovem do pai e a escondeu, Sísifo era a única pessoa no mundo que sabia onde ela estava, e prometeu a Zeus guardar segredo. Mas, em troca de uma propina, contou ao pai da moça onde encontrar os amantes. A punição que Zeus lhe deu foi a morte. Mas o astucioso Sísifo enganou Hades, o deus da morte, acorrentou-o e o trancafiou num calabouço. Com o senhor do mundo subterrâneo transformado em prisioneiro, nenhum mortal da terra podia morrer. Isso era particularmente irritante para Ares, o deus da guerra, pois no mundo inteiro os homens eram mortos em batalhas, voltavam à vida e recomeçavam a lutar. Ares acabou libertando Hades e os dois arrastaram Sísifo para o Tártaro.

Recusando-se a aceitar a derrota, Sísifo fez mais uma trapaça habilidosa para escapar de seu destino. Ao chegar ao mundo subterrâneo, dirigiu-se diretamente à rainha Perséfone e se queixou de ter sido arrastado vivo e insepulto para lá, dizendo necessitar de três dias na terra para providenciar seu funeral. Sem suspeitar de nada, Perséfone concordou, e Sísifo retornou ao mundo dos mortais e continuou a viver exatamente como antes. Desesperado, Zeus mandou Hermes, que era mais astuto até do que Sísifo, levá-lo à condenação que lhe fora reservada. Os juízes dos mortos deram a Sísifo um castigo adequado a sua vigarice e a seu método cruel de matar as pessoas: puseram acima dele uma pedra imensa, sobre uma escarpa íngreme. A única maneira de Sísifo impedir que a pedra rolasse e o esmagasse era empurrá-la morro acima. Hades prometeu-lhe que, se um dia ele conseguisse empurrar a pedra até o topo e fazê-la cair do outro lado, seu castigo terminaria. Com imenso esforço, Sísifo empurrava o pedregulho até a beira da escarpa, mas a enorme pedra sempre o tapeava, escapulindo-lhe das mãos e perseguindo-o até o ponto de partida, no sopé do morro. Essa foi sua pena até o fim dos tempos.

Sísifo deixara filhos e netos na terra, e todos haviam herdado a inteligência brilhante de Éolo, rei dos ventos. Mas não usaram esse dom com sabedoria. O filho de Sísifo chamava-se Glauco. Era um hábil cavaleiro, mas, desdenhando o poder da deusa Afrodite, recusava-se a permitir que suas éguas cruzassem. Com isso, esperava torná-las mais impetuosas que as concorrentes nas corridas, o assunto que mais lhe interessava. Mas Afrodite irritou-se com essa violação da natureza pela maquinação humana e, à noite, levou as éguas a pastarem uma erva especial. No dia seguinte, assim que Glauco as atrelou a seu carro, as éguas empinaram, derrubaram o carro, arrastaram Glauco pelo chão, emaranhado nas rédeas, e depois o comeram vivo.

O filho de Glauco chamava-se Belerofonte. Esse belo rapaz herdara a inventividade e a rapidez de raciocínio de seu bisavô, Éolo, o temperamento feroz do avô, Sísifo, e a arrogância de Glauco, seu pai. Um dia, Belerofonte teve uma violenta discussão com o irmão e o matou. Horrorizado com seu crime, jurou nunca mais demonstrar emoção e fugiu de sua terra natal.

Vagou por muitos países e acabou chegando à fortaleza de Trezena, onde a rainha encantou-se com ele e lhe sugeriu que se tornasse seu amante. Sabiamente temeroso das conseqüências emocionais, Belerofonte recusou. Mas até então ninguém havia rejeitado a rainha de Trezena. Humilhada e enfurecida, ela procurou secretamente o marido e acusou Belerofonte de ter tentado violentá-la. O rei hesitou em punir Belerofonte e se arriscar à vingança das Fúrias por assassinar diretamente um suplicante de sua hospitalidade. Assim, enviou o rapaz à corte de seu sogro, o rei da Lícia, levando uma carta lacrada que dizia: "Peço-te que elimines deste mundo o portador; ele tentou violentar minha mulher, tua filha."

O rei da Lícia deu então ao jovem herói uma série de missões mortais. Como primeira tarefa, Belerofonte teria que matar a Quimera, um monstro que soltava fogo pela boca e vivia numa montanha próxima, aterrorizando a população e secando a terra. O herói era sagaz o bastante para saber que precisava de ajuda rápida. Consultou um vidente, que lhe deu um arco, uma aljava cheia de flechas e uma lança em cuja extremidade havia um grande bloco de chumbo, em vez de uma ponta. Em seguida, Belerofonte foi instruído a ir a uma fonte mágica onde encontraria Pégaso, o cavalo alado, bebendo água. Deveria domá-lo, pôr-lhe arreios e voar em seu lombo para combater a Quimera.

Belerofonte tudo isso fez, destruindo o monstro cuspidor de fogo ao atirar a lança de ponta de chumbo em sua garganta, de modo que o chumbo derreteu, escorreu-lhe para os pulmões e o sufocou. Voltando à Lícia, o herói derrotou os inimigos que o rei enviara contra ele, apedrejando-os do céu. No fim, o rei o reconheceu como herói e lhe entregou sua filha em casamento, além de metade de seu reino.

Até esse momento, Belerofonte havia usado a inteligência que herdara, refreando sua arrogância e impulsividade. Mas, ao descobrir que fora a rainha de Trezena a responsável por todos os seus problemas, a ira apoderou-se dele. Belerofonte voou no cavalo alado até Trezena, pegou a rainha e, a milhares de metros de altura, lançou-a para a morte. Em seguida, impetuoso e empolgado por voar como o vento — afinal, Éolo, seu bisavô, era senhor dos ventos —, resolveu subir ainda mais alto e visitar os próprios deuses. Mas os mortais só podem entrar no Olimpo se convidados por um deus. Zeus mandou uma vespa picar Pégaso; o cavalo alado empinou e Belerofonte mergulhou para a morte.

COMENTÁRIO: Sempre se discutiu se a inteligência é algo que herdamos. Todo tipo de causas, desde o ambiente até a educação e as ênfases culturais, é fornecido para explicar por que ela parece ser um traço familiar. Entretanto, seja a inteligência hereditária ou não, a maturidade e a moral que nos permitem usá-la com sensatez não são genéticas e estão nas mãos de cada indivíduo — e dos pais que ensinam seus filhos a valorizar o que é favorável à vida.

Os gregos acreditavam na hereditariedade dos dons; presumiam que, quando um deus ou um semideus, como Éolo, estava na raiz de uma linhagem humana, seus descendentes herdavam alguns de seus atributos, talvez diluídos nas sucessivas gerações, mas presentes em cada membro da família. A inteligência, na mitologia grega, é um talento como a música, a bravura na guerra ou o dom da profecia. E, quando os mortais que herdam esses talentos são tolos a ponto de esquecer seus limites mortais e ofender os deuses, eles e somente eles — e não os deuses — são responsáveis por seu triste fim.

Éolo, parte deus e parte espírito dos ventos, é respeitador e é honrado por essa característica. Mas seu filho Sísifo não tem consciência nem humildade, e é submetido a um terrível castigo eterno. Como dar a nossos filhos uma estrutura de valores com que eles possam desenvolver seus talentos, sem sucumbir à arrogância e a delírios de grandeza? Uma estrutura rígida demais sufoca o talento; a falta de estrutura leva ao não-desenvolvimento dos potenciais ou ao abuso dos dons inatos. Um aspecto significativo da história dos descendentes de Éolo é que o pai não fica por perto para ajudar a proporcionar essa estrutura a seus filhos. O dom é herdado, mas não há um continente amoroso e incentivador no qual ele possa crescer, paralelamente ao reconhecimento dos limites humanos. Éolo está ocupado demais dirigindo os ventos para se incomodar com Sísifo; Sísifo está ocupado demais tapeando os viajantes para se incomodar com Glauco; Glauco está preocupado demais com as corridas de carros para se incomodar com Belerofonte; e Belerofonte, o mais interessante dessa linhagem e o que mais se parece com seu ancestral Éolo, acaba não conseguindo conter-se, porque ninguém lhe ensinou a fazê-lo. Num momento de ira, assassina o irmão, e só então reconhece sua grande fraqueza. Mas, a essa altura, já é adulto, e o comedimento é difícil. Ele sabe o que tem de fazer. No entanto, quando chega a hora H, consegue resistir às artimanhas de uma mulher, mas não à luxúria de seu engrandecimento pessoal.

Essa história de uma família inteligente mas arrogante diz-nos muitas coisas sobre escolha e responsabilidade. Os heróis mitológicos, sejam homens ou mulheres, são símbolos das qualidades especiais de cada um de nós que nos conferem um sentimento de propósito e destino pessoais. Visto que toda pessoa tem algum dom que a torna única, todos somos "descendentes dos deuses", no sentido grego. E todos temos a capacidade de usar nossos dons para o bem ou para o mal. Pode ser que nossos talentos sejam produto de um ambiente estimulante, ou pode ser que sejam herdados juntamente com a cor dos olhos ou dos cabelos. Ou talvez as duas coisas sejam verdadeiras. Essa história nos ensina que a inteligência, sem o respeito pelo valor e a dignidade alheios, pode ser uma dádiva duvidosa, que acaba tendo repercussões negativas para aquele que a possui. Como saber o que os gregos entendiam por respeito aos deuses? Isso não requer nenhum contexto religioso específico, embora todas as grandes religiões ofereçam um código de comportamento de acordo com a "vontade de Deus". Mas o respeito, no sentido grego, exige o reconhecimento da unicidade da vida e do valor de todos os seres viventes. Os deuses, afinal, são símbolos das muitas facetas da própria vida. Podemos aprender com Belerofonte que, por mais capazes que sejamos, não temos como aspirar ao Olimpo. Só podemos ser humanos, e devemos usar nossos dons com humildade.

A Casa Real de Tebas

Quando se ofende os deuses

Essa história diz respeito ao que os gregos entendiam por maldição familiar — uma ofensa contra um deus que é punida em gerações sucessivas. Em termos psicológicos modernos, poderíamos entendê-la como a transmissão de conflitos familiares não-resolvidos. Podemos ver-nos enfrentando algo com que nossos pais não lidaram, e esses "pecados dos pais", por sua vez, serão transmitidos para nossos filhos, se não os encararmos de frente. Os membros dessa família ofendiam constantemente os deuses, por falta de discernimento, por arrogância, insensibilidade e por pura e completa estupidez. A maldição só termina com o fim da própria vida da família e quando a cidade que sofria sob seu jugo é libertada. Não há redenção, principalmente porque ninguém aprende as lições do passado nem se aproxima dos deuses com humildade.

Laio era rei de Tebas. Entristecido por não ter filhos, secretamente consultou o Oráculo de Delfos, dedicado ao deus Apolo. O oráculo informou-lhe que esse aparente infortúnio era, na verdade, uma bênção, pois qualquer filho que nascesse de Jocasta, sua mulher, haveria de tornar-se assassino do pai. Assim, o rei deixou Jocasta de lado, mas sem lhe dizer a razão disso. Furiosa, ela o embriagou e tornou a seduzi-lo em seus braços, tão logo a noite caiu. Quando, passados nove meses, Jocasta deu à luz um filho, Laio arrancou o menino dos braços da ama, perfurou-lhe os pés com um prego e o deixou exposto às intempéries numa montanha. Esse

foi o primeiro pecado da Casa Real de Tebas contra os deuses, pois Apolo e sua irmã Ártemis, protetores das crianças, registraram atentamente esse ato perverso.

Por obra deles, o menino não morreu no topo da montanha. Um pastor coríntio o encontrou, deu-lhe o nome de Édipo (que significa pés inchados) — já que seus pés estavam deformados por causa do ferimento causado pelo prego — e o levou para Corinto. O rei e a rainha de Corinto afeiçoaram-se ao menino e o criaram como se fosse seu, pois não tinham filhos e ansiavam por um. Édipo cresceu pensando ser o herdeiro do trono de Corinto. Um dia, porém, provocado por um jovem coríntio por não ter a menor semelhança com seus supostos pais, viajou até Delfos para perguntar ao oráculo o que lhe reservava o futuro. O deus Apolo advertiu-o de que ele assassinaria o pai e se casaria com a mãe.

Horrorizado com essa profecia, Édipo resolveu não retornar a Corinto; estava decidido a provar que o deus tinha se enganado. Foi o segundo pecado da Casa Real de Tebas contra os deuses, pois não se desafia impunemente a vontade de Apolo, por mais cruel e incompreensível que ela pareça ser. Num desfiladeiro estreito nas imediações de Delfos, viajando a pé, Édipo cruzou por acaso com a carruagem do rei Laio (a quem não reconheceu, naturalmente). Laio ordenou que o rapaz desconhecido saísse da estrada e desse passagem a seus superiores. Édipo inflamou-se e respondeu não reconhecer nenhum superior, exceto seus pais e os deuses — sem saber da ironia de sua afirmação. Em retaliação, Laio fez a roda da carruagem passar sobre o pé de Édipo, reabrindo a antiga ferida. Transtornado de ódio, Édipo derrubou Laio no chão, fez os cavalos passarem por cima dele e abandonou o cadáver insepulto na estrada.

Enquanto isso, Tebas era atormentada por uma maldição; na verdade, Laio estava a caminho de Delfos, para indagar como livrar a cidade da temida Esfinge. Esse monstro fora enviado pela deusa Hera, para castigar Tebas pelo seqüestro e estupro de um menino, praticados por Laio (o que tinha sido a terceira ofensa da Casa Real de Tebas contra os deuses, pois Hera era a protetora da família). O monstro se instalara nos portões da cidade e propunha a cada transeunte um enigma: — Qual é o ser que, com apenas uma voz, tem ora dois pés, ora três, ora quatro, e é mais fraco quanto mais os tem? Quem não decifrava o enigma era estrangulado na mesma hora, e a estrada estava repleta de cadáveres semidevorados.

Aproximando-se de Tebas, logo em seguida ao assassinato de Laio, Édipo adivinhou a resposta: — O homem, respondeu, que engatinha quando bebê, ergue-se firmemente sobre dois pés na mocidade e se apóia num bastão na velhice. Mortificada, a Esfinge precipitou-se dos muros da cidade e se despedaçou no vale. Os tebanos, agradecidos, aclamaram Édipo como rei de Tebas e ele se casou com Jocasta, sem saber que ela era sua mãe.

Abateu-se então sobre Tebas uma peste enviada pelos deuses e, ao ser novamente consultado, o Oráculo de Delfos ordenou: — Expulsai o assassino de Laio! Sem saber com quem se encontrara na estrada, Édipo proferiu uma maldição sobre o assassino de Laio e o condenou ao exílio. Assim, amaldiçoou a si mesmo.

Pouco depois, um vidente cego chegou à corte de Tebas e declarou que o próprio rei Édipo era o assassino de Laio. A princípio, ninguém quis dar-lhe ouvidos, mas finalmente chegaram informações da rainha de Corinto, confirmando a verdadeira origem de Édipo. Em meio à dor e à vergonha, Jocasta enforcou-se, e Édipo cegou-se com um broche arrancado da roupa da mãe. Foi então perseguido pelas Fúrias e banido de Tebas, expulso pelo irmão de Jocasta, Creonte. Antes de ser banido, ele amaldiçoou os filhos (que eram também seus irmãos), Etéocles e Polinices. E com isso mais uma maldição recaiu sobre a Casa Real de Tebas. Depois de vagar por muitos anos, tendo por guia sua filha e irmã Antígona, Édipo acabou chegando à Ática, onde as Fúrias o libertaram e ele pôde enfim morrer em paz.

Mas a paz não chegou à Casa Real de Tebas. No capítulo anterior (*p.27-37*) vimos como Antígona, filha de Édipo, desafiou seu tio Creonte para libertar o espírito de seu irmão morto, Polinices, e foi condenada à morte. E vimos também como os filhos de Édipo foram destruídos na guerra que eclodiu pela sucessão no trono tebano. Mesmo com a morte desses dois filhos e do rei Creonte, o conflito não terminou. O filho de Polinices tentou retomar o trono que era seu por direito, como neto de Édipo. Entretanto, na grande batalha que se seguiu, ele e seus aliados saíram derrotados; Tebas foi saqueada; e enfim se esgotou a maldição que os deuses haviam lançado sobre Laio e seus descendentes.

COMENTÁRIO: O que essa história pode significar no plano psicológico? Toda família tem conflitos não-resolvidos que se transmitem de uma geração para outra; e quando uma geração se recusa a enfrentar e elaborar o conflito, ele é inconscientemente imposto à geração seguinte. Todos somos indivíduos, mas também trazemos como legado a visão, as atitudes e os valores de nossos pais. Quando permanecemos inconscientes de nossos padrões psicológicos herdados, eles exercem uma influência poderosa na maneira como tratamos nossos filhos.

No mito, o problema começa com Laio, que reage à advertência de Apolo repudiando a mulher. Isso não é uma ofensa aos deuses, mas Laio não diz a verdade a Jocasta, e, ao humilhá-la, prepara sua própria destruição. A omissão da falta de comunicação entre os pais não é apenas moderna. Ao negar à esposa a compreensão do que a levou a ser posta de lado, Laio invoca seu próprio destino. E, embora possamos nos solidarizar com seu medo, sua fria tentativa de assassinar o filho e o estupro de um menino inocente são grandes ofensas contra os deuses. E a destrutividade de Laio não termina com sua morte: o segredo sobre o nascimento de Édipo faz com que este aja numa ignorância mortal.

Édipo em si tem duas falhas fatais. Não consegue dominar sua raiva nem aceitar a palavra do oráculo, tal como Laio. Pai e filho se assemelham por sua recusa a se curvarem à vontade dos deuses, bem como por colocarem sua segurança e sua importância acima de tudo. Esse apego ao poder afeta não apenas Laio e Édipo, mas também o irmão de Jocasta, Creonte, e os filhos e o neto de Édipo. Trata-se de uma família em que o amor, a compaixão e a humildade parecem não ter vez.

A natureza sanguinária e violenta desse mito não deve nos desviar do exame de como podemos cometer erros semelhantes em termos psicológicos, se não materiais. Quantos maridos ou mulheres deixam de partilhar com seus parceiros as razões de seus atos e decisões? Quantos parceiros deixam de buscar a verdadeira razão por que são rejeitados e, em vez disso, infligem a vingança? Quanta falsidade acontece em todas as famílias em que os segredos são ocultados na esperança de que nós, como pais, pareçamos importantes e irrepreensíveis aos olhos de nossos filhos? Quantas vezes a raiva e o temperamento violento destroem a paz familiar? E quantas vezes a inveja e a rivalidade levam os irmãos a travar guerras entre si e a acabar com todos os vestígios de um laço familiar amoroso?

Felizmente, nossas ofensas costumam ser mais brandas que as da Casa Real de Tebas, e podemos encontrar em nós a franqueza e a humildade para pedir desculpas quando ferimos alguém, ou para nos aceitarmos quando fica claro que a vida não se curvará a nossa vontade. Em qualquer ponto do longo desenrolar dessa história, uma demonstração de bondade, compaixão, paciência ou resignação — por parte de qualquer membro da família — poderia ter resolvido a maldição e ter libertado a Casa Real de Tebas. Sua queda não se deveu a deuses enraivecidos, na verdade; deveu-se à insensibilidade e a erros humanos, repetidos geração após geração, até que o fardo acumulado do conflito se tornou grande demais — e a família se dispersou e se perdeu irreversivelmente.

A Casa Real de Atreu

A redenção de uma maldição de família

Embora a maioria das famílias não tenda a devorar os filhos ou a cometer assassinatos com a mesma presteza dos personagens desta lenda grega, o comportamento negativo transmitido do avô para o pai e para o filho é uma maldição conhecida. Entre os psicólogos e assistentes sociais, é sabido que os pais violentos têm filhos que, por sua vez, tornam-se violentos com seus próprios filhos, e que, em geral, quem maltrata os filhos também sofreu maus tratos infantis. Em última instância, todos temos que lidar com as questões psicológicas em aberto que nos são legadas por nossas famílias. A história de Orestes e da Casa Real de Atreu fala-nos da redenção de uma maldição de família através da humildade, da franqueza, da disposição de suportar um sofrimento imerecido e da confiança nos deuses e na vida.

Tântalo, rei da Lídia, era amigo dos deuses e, em particular, de Zeus, que o acolhia em banquetes olímpicos de néctar e ambrosia. Ansioso por causar boa impressão, convidou os deuses do Olimpo para um banquete em seu palácio. Mas descobriu que a comida em sua despensa era insuficiente para os convidados. Temendo que os deuses se ofendessem se não tivessem o bastante para comer, Tântalo colocou a posição social acima do amor, esquartejou seu filho Pêlops e acrescentou os pedaços ao guisado preparado para os deuses. Mas estes perceberam o que havia em suas travessas e recuaram, horrorizados. Por esse crime, Tântalo foi castigado com o tormento eterno e sua descendência foi amaldiçoada. Entrementes, os deuses ressuscitaram Pêlops, que cresceu e teve três filhos. Os dois irmãos mais velhos, Atreu e Tiestes, tinham ciúme do irmão caçula, que era o favorito do pai, e o assassinaram. Pêlops descobriu o crime e amaldiçoou os filhos e sua descendência. Foi a segunda maldição lançada sobre os descendentes de Tântalo.

Atreu casou-se e, em seguida, descobriu que sua mulher havia dormido com seu irmão Tiestes. Alimentou seu ódio em silêncio. Depois, um oráculo proclamou que um dos irmãos se tornaria rei de Micenas. Como era de se prever, os dois brigaram e Atreu, ainda magoado com a infidelidade da esposa, expulsou Tiestes da cidade e se apossou da coroa. O poder, no entanto, não aplacou a raiva que Atreu sentia do irmão. Ele voltou a castigar Tiestes, fingindo desejar a reconciliação e convidando-o para um jantar amistoso. O prato principal era uma receita de família herdada de seu avô, Tântalo, pois Atreu havia assassinado os filhos de Tiestes e mandado cozinhá-los e servi-los ao pai, que de nada sabia. Ao perceber o que havia comido, Tiestes amaldiçoou Atreu e sua descendência. Foi a terceira maldição lançada sobre os descendentes de Tântalo.

Tiestes foi então instruído pelo deus Apolo a vingar o assassinato dos filhos. Restava-lhe apenas uma filha, Pelópia. Na escuridão da noite, ele a violentou e se escondeu. Restaram a Pelópia, que desconhecia a verdadeira identidade de seu agressor, apenas a gravidez e uma espada que o desconhecido havia deixado para trás. Ela se casou com Atreu, que nesse meio tempo se divorciara da esposa infiel. Atreu ficou encantado com a rapidez com que Pelópia lhe deu um filho, Egisto, acreditando tolamente que o menino era seu e não estaria contaminado pelos problemas familiares anteriores. Mas uma maldição dos deuses não desaparece com pensamento positivo. Uma seca começou a devastar o reino e um oráculo proclamou que ela só terminaria se Tiestes fosse chamado de volta.

Tiestes acabou sendo localizado e preso, e Atreu instruiu Egisto, o jovem filho de Pelópia de quem ele se supunha o pai, a realizar sua primeira tarefa de homem, erguendo a espada de sua mãe e matando o prisioneiro Tiestes (que era o verdadeiro pai do rapaz). Egisto entrou na cela de Tiestes com a espada, que o prisioneiro imediatamente reconheceu como sendo a sua. Mandou chamar sua filha Pelópia. Ao ser informada da verdade, ela se matou com a espada. O jovem Egisto — enfim descobrindo a verdadeira história de suas origens e decidido a se vingar de Atreu — voltou para este com a arma ensangüentada e o matou, e Tiestes tornou-se rei de Micenas em lugar do irmão.

Enquanto isso, outro filho de Atreu, Agamêmnon, fora salvo por sua ama e levado para o exílio. Ao chegar à idade adulta, casou-se com Clitemnestra, filha do rei de Esparta, que o ajudou a reivindicar o trono de Micenas. Tiestes e seu filho Egisto foram exilados, e o primeiro logo morreu.

Clitemnestra deu a Agamêmnon um filho e três filhas. Agamêmnon era um dos comandantes gregos envolvidos na Guerra de Tróia e, para garantir bom tempo para sua frota, concordou em sacrificar uma de suas filhas à deusa Ártemis. Mentiu para sua esposa, dizendo-lhe que a moça estaria partindo para se casar, quando, na verdade, ela foi assassinada em segredo. Clitemnestra descobriu a mentira e arranjou um amante — ninguém menos do que Egisto, filho de Tiestes, que aparecera disfarçado no palácio e seduzira a rainha enquanto seu marido estava na guerra. Juntos, os dois tramaram o assassinato de Agamêmnon, que foi cortado em pedaços no banho, ao retornar da Guerra de Tróia.

O filho de Agamêmnon, Orestes, que fora mandado para longe enquanto Clitemnestra e o amante tramavam a morte do rei, foi então visitado pelo deus Apolo, que lhe contou a verdade sobre a morte do pai e exigiu que ele a vingasse. Orestes protestou com veemência, dizendo que a briga entre seus pais não era problema dele e que não queria participar de mais nenhum assassinato. Mas Apolo declarou que, querendo ou não, Orestes era filho de Agamêmnon e, portanto, tinha o dever de lhe vingar a morte, e que, se não obedecesse, o deus tomaria providências para que sua vida fosse bastante desagradável. Orestes sabia que, se matasse a mãe, as Fúrias — as deusas do mundo subterrâneo que defendiam os direitos maternos — o castigariam com a loucura. Fizesse o que fizesse, ele estava condenado. Relutantemente, Orestes decidiu que, em última instância, devia fidelidade ao pai, por ser homem; assim, assassinou a mãe e o amante dela.

Como era esperado, as fúrias vieram e atormentaram Orestes com a loucura. Após um ano de angústia e tortura mental, ele buscou refúgio no altar da deusa Atena, em Atenas, e esta, junto com o primeiro júri humano, julgou-o inocente e o livrou da maldição sobre sua descendência. Mais tarde, ele se casou, assumiu o trono de Esparta e criou uma descendência livre da contaminação de seu passado familiar.

COMENTÁRIO: Nessa história sombria e sangrenta, a selvageria começa por Tântalo, que não hesita em destruir o filho para impressionar e enganar os deuses. Isso nos faz pensar nos pais que colocam suas ambições acima do bem-estar e felicidade dos filhos. Com pais assim, não surpreende que Pêlops seja insensível em relação a seus próprios filhos. Vimos em histórias anteriores como o favoritismo dos pais pode provocar grande raiva e inimizade entre os irmãos. Quando eclode entre estes um ciúme corrosivo, os pais que se dispõem a fazer um exame profundo das fontes da animosidade ficam em condições de ajudar. Pêlops só faz atiçar as chamas. Na vida cotidiana, isso é demonstrado pelo pai ou mãe que diz a um filho: "Por causa do seu mau comportamento, não vou mais amar nem querer você. Desejo a você má sorte e uma vida infeliz."

Toda essa história é perpassada pelo tema repetido da disposição de brutalizar os próprios filhos, seja para satisfazer compulsões afetivas, seja para obter proveito material. Nas famílias modernas, essa brutalização às vezes é literal; a violência e o abuso sexual ocorrem hoje tanto quanto na Grécia antiga. Com mais freqüência, porém, ela é sutil e pode coexistir com o amor e o profundo interesse dos pais. Quando deixamos de reconhecer os sentimentos e a individualidade de um filho e, ao contrário, impomos nossos próprios sentimentos, desejos e expectativas, à custa da identidade da criança, estamos muito mais próximos da Casa Real de Atreu do que poderíamos imaginar.

No entanto, a despeito de todo o horror, essa é uma história que não termina em tragédia, como a da Casa Real de Tebas. Em Orestes encontramos a imagem da resolução do conflito. Como a maioria de nós, Orestes prefere não se envolver com os erros da família, mas não tem escolha. Apanhado entre duas ordens divinas, terá que sofrer, não importa que escolha faça. O que isso quer dizer, na nossa realidade? Muitas vezes, quando os pais se separam em meio ao ódio, ou permanecem juntos numa inimizade contínua, o filho se sente obrigado a tomar partido. Essa tentativa de resolver o conflito demonstrando lealdade a um dos pais e negando os sentimentos de amor pelo outro pode ser encorajada por pais que procuram usar os filhos como armas para ferir um ao outro. Quantas mães, sentindo-se "injustiçadas" pelo cônjuge que procedeu mal, convencem os filhos de que o pai é uma pessoa ruim e indigna do amor deles? Quantos pais, incapazes de satisfazer as necessidades afetivas da mulher, criam um mundo de fantasia com uma filha amada, excluindo a mãe e reclamando a filha como esposa substituta?

A necessidade pode exigir que façamos uma escolha, em tenra idade, entre pais que se desentendem. Mas a qual de nossos pais devemos fidelidade? E como conviver com a culpa por repudiarmos o amor que sentimos pelo outro? A princípio, podemos ter que tomar partido para sobreviver afetivamente ao conflito interno e externo; mas, ao optar por um lado contra o outro, é inevitável que passemos um tempo sofrendo, até termos maturidade suficiente para tomar distância e enxergar ambos os pais como seres humanos, presos num ciclo de erros e de inconsciência herdado de muitas gerações.

A brutalização dos filhos nessa história é outra maneira de descrever uma família em que o amor e o interesse genuínos são renegados e em que a vontade de poder impera como força suprema. Orestes fica dividido, porque ama ambos os pais e não pode assassinar um deles sem sofrer um enorme tormento íntimo. Como Orestes, todos nós decerto gostaríamos de ignorar o passado e evitar a repetição dos erros de nossos pais, afastando-nos da órbita familiar. E, como Orestes, talvez tenhamos que passar pelo sofrimento que provém de reconhecermos nossa devoção a ambos os pais, suportando o cabo-de-guerra amoroso que nos é imposto e exibindo uma lealdade inabalável a nosso próprio coração.

Há outro esclarecimento importante que o mito da Casa Real de Atreu nos oferece. A redenção de Orestes vem, em parte, por sua paciência, seu sofrimento e sua aceitação da vontade dos deuses, mas ele também é redimido pelos próprios deuses — em particular pela deusa Atena, que cria um júri humano e serve de intermediária entre Apolo e as Fúrias. O que isso significa? Atena é a deusa da sabedoria, e ela e seu júri humano encarnam a capacidade da mente humana de distinguir, reconhecer e refletir sobre o ponto de vista de cada facção em guerra, interna ou externa. Atena não apenas permite o discernimento do problema como possibilita aos participantes manifestarem-se sobre ele. Em suma, personifica não só a consciência, mas também a comunicação e a disposição de ouvir as duas partes. Essa deusa nos faz lembrar que, se encontrarmos um meio de resistir ao prazer de pôr em prática nossos afetos mais compulsivos, e se pudermos dar início ao difícil processo de uma reflexão e uma comunicação francas, até uma família como a Casa Real de Atreu poderá libertar-se de sua maldição.

A consciência se paga com o sofrimento — nada é de graça. O remorso e a expiação podem ser uma parte necessária da reparação que precisamos fazer com a família, e é possível que também tenhamos que pagar penitência por erros e enganos cometidos muito antes de havermos nascido. A vida nem sempre é justa; decerto não há nada de justo no que acontece com Orestes. Mas o processo por que ele passa e sua resolução final ensinam-nos que cada um de nós tem o potencial de purgar os pecados do passado e de emergir livre para amar e relacionar-se de corpo e alma com a família.

PARTE II

TORNAR-SE INDIVÍDUO

Há em todos nós um misterioso impulso para nos tornarmos nós mesmos — indivíduos únicos e definidos, separados dos laços familiares, das amizades e da vida em comunidade que nos dão o sentimento de identidade. Mas, como a mitologia nos diz, o processo de tornar-se indivíduo é árduo e, por vezes, doloroso. Envolve não apenas a disposição de enfrentarmos os desafios internos e externos que põem à prova nossa força, mas também a capacidade de estarmos sós e suportarmos a inveja ou a hostilidade daqueles que, dentre os que nos cercam, ainda não iniciaram essa viagem para a individualidade. A mitologia nos apresenta histórias sobre a dificuldade de sair de casa e os dragões que temos de enfrentar e combater na luta pela autonomia. As narrativas míticas revelam também a profunda importância do sentimento de objetivo e sentido pessoais — talvez o mistério mais profundo em nossos esforços de nos tornarmos o que realmente somos. Talvez nem sempre reconheçamos a que ponto evitamos o desafio da individualidade, nem nossas maneiras cotidianas de trair nossos valores mais caros para nos sentirmos pertencendo a um grupo. Nessas esferas, os mitos podem nos trazer não apenas discernimento, mas também a reafirmação de que o desenvolvimento pessoal não é, necessariamente, sinônimo de egoísmo. Não há como realmente oferecermos ao outro aquilo que ainda não desenvolvemos em nós mesmos.

Capítulo 1
A SAÍDA DE CASA

Sair de casa é uma experiência tão arquetípica quanto a da família. Para nos tornarmos nós mesmos, temos que nos separar psicologicamente da matriz de onde viemos. E para isso talvez tenhamos também de nos separar de nossos pais e nossa casa, para podermos descobrir nossas próprias idéias, sentimentos, crenças, valores, talentos e necessidades. Sair de casa não implica que a vida familiar seja "ruim". Os que temem essa jornada para a vida talvez sejam mais propensos a ter sofrido problemas familiares do que os que partem para o mundo com confiança e esperança. É doloroso deixar aqueles a quem amamos, e essa dor pode piorar quando os que amamos não querem nos deixar partir; mas há também alegria na descoberta de que somos capazes de tomar nossas próprias decisões e assumir a responsabilidade por nossa vida.

ADÃO E EVA

Renunciando ao paraíso

A história bíblica de Adão e Eva é uma história de separação e perda. Podemos tomá-la como literalmente verdadeira; podemos entendê-la como um paradigma moral; ou podemos ver nela uma alegoria da separação original da mãe por ocasião do nascimento. Ela é verdadeira em muitos planos, mas uma das coisas mais importantes que tem a nos ensinar é que não podemos permanecer eternamente no paraíso e devemos assumir o ônus da vida terrena. A expulsão do Jardim do Éden é a quintessência da narrativa da saída de casa.

No Oriente, no Éden, Deus fez um jardim e o encheu com muitas espécies de seres vivos. Em seu centro havia duas árvores: a Árvore da Vida e a Árvore do Conhecimento. E Deus fez Adão e o pôs no Jardim, dizendo-lhe que poderia

comer dos frutos que lhe aprouvessem, exceto o fruto da Árvore do Conhecimento. E Deus enviou a Adão todos os animais, e ele lhes deu nome; e então Ele o fez cair em sono profundo. Enquanto ele dormia, Deus retirou uma de suas costelas e a usou para fazer Eva, para que Adão não ficasse só. E Adão e Eva andavam nus e felizes pelo Jardim do Éden, em paz com Deus.

Mas a Serpente, a mais ladina de todas as criaturas, questionou Eva, perguntando se ela podia comer qualquer fruto que desejasse. — Sim, respondeu Eva, podemos comer de qualquer fruto, exceto o da Árvore do Conhecimento. Se comermos deste, morreremos.

— Ao contrário, retrucou a Serpente. Se comerdes da Árvore do Conhecimento, descobrireis a diferença entre o bem e o mal e sereis iguais a Deus. Foi por isso que Ele vos proibiu seu fruto.

Eva fitou cobiçosamente a Árvore, intensamente tentada pelo fruto suculento que a tornaria sábia. Por fim, não agüentou mais, pegou um pedaço do fruto e o comeu. Em seguida, entregou outro pedaço a Adão, que o comeu. E, olhando um para o outro, eles se aperceberam de sua nudez e das diferenças entre seus corpos de homem e de mulher, e sentiram vergonha. Apanharam às pressas algumas folhas de figueira e as usaram para se cobrir.

Na fria brisa do anoitecer, ouviram a voz de Deus que entrava no Jardim e se esconderam, para que Ele não os visse. Mas Deus chamou por Adão, perguntando-lhe onde estava e por que se escondia. Adão respondeu ter ouvido a voz de Deus e sentido medo. E Deus lhe disse: — Se estás com medo, deves ter comido do fruto que te proibi comer.

Adão apontou prontamente para Eva e disse: — Foi a Mulher quem me deu o fruto.

— Sim, respondeu Eva, mas foi a Serpente que me tentou e me enganou.

Assim, Deus maldisse a Serpente e expulsou Adão e Eva do Jardim, dizendo: — Agora que conheceis o bem e o mal, deveis deixar o Éden. Se ficásseis, comeríeis também da Árvore da Vida, e então viveríeis para sempre.

E Deus os lançou no mundo e os amaldiçoou, dizendo que, daquele momento em diante, Adão teria que viver do suor de seu rosto, e Eva teria que sofrer as dores do parto. E a leste do Éden, Deus fez postar-se um Querubim com uma espada flamejante, para guardar a entrada do Jardim e a Árvore da Vida.

COMENTÁRIO: O nome "Adão" significa "terra", enquanto "Eva" significa "vida". Assim, sabemos de cara a que se refere essa narrativa de fato: ao processo pelo qual entramos no mundo terreno e vivemos nossa vida mortal. Como castigo por sua desobediência, Adão e Eva terão que suportar os dois fardos que todos os adultos enfrentam, num ou noutro nível: trabalharem para se sustentar e tornarem-se pais.

Num certo nível, essa história descreve a primeira perda que temos de enfrentar — a separação do ventre materno no começo da vida. No útero, a vida é agradável e sem tensões ou pressões. Não há necessidade de roupas, pois não há calor nem frio extremos, e não há nenhuma experiência de fome ou sede. A vida é tranqüila, sem solidão, conflito ou sofrimento. Vem então o choque do nascimento. Assim como Adão e Eva são atirados para fora do Éden sem nenhuma cerimônia, ao nascer, o bebê prova pela primeira vez a solidão e a dor física.

Mas o nascimento não se limita apenas à saída do bebê do ventre materno. Também "nascemos" ao começar a perceber que somos seres independentes, dotados de idéias, sentimentos, sonhos e metas diferentes dos de nossos pais. A família em si é uma espécie de Éden, no qual a criança pode se refestelar no amor e proteção dos pais, sem o ônus de enfrentar os desafios do mundo e sem a dor da solidão, do conflito e da luta da vida adulta. Pensamos o que nos dizem para pensar, sentimos o que nos é solicitado sentir e agimos, sem questionamento, de acordo com normas e valores que nos são dados. Tudo fica em paz na família, até que a criança, chegando à puberdade e ao limiar da idade adulta, busca seu próprio conhecimento do mundo — o fruto proibido que nos tornará semelhantes a Deus. Em outras palavras, ao provarmos as experiências da vida e descobrirmos nossa força física, afetiva e mental, adquirimos o direito de tomar decisões e assumir responsabilidades, assim nos igualando a nossos pais. Temos de encontrar nosso caminho — e é possível que nos sintamos amedrontados e envergonhados. E muitos pais — como o Deus do conto bíblico — sentem isso como um desafio terrível e um desrespeito direto a sua autoridade. O jovem é expulso da unidade do psiquismo familiar e jogado no mundo duro e frio da individualidade independente, sem nunca mais poder reingressar no mundo mágico e amoroso em que filho e pais são um só.

Os sentimentos sexuais e a experiência sexual são processos de iniciação importantes, através dos quais provamos o fruto e descobrimos nossas naturezas individuais. Mas essa narrativa não descreve apenas o sexo. O conhecimento do bem e do mal tem a ver, na verdade, com fazer escolhas de acordo com os valores individuais. No fundo, todas as nossas escolhas, inclusive as sexuais, refletem quem somos como indivíduos únicos. Com essa descoberta, entretanto, vem a dor da separação, pois é inevitável que encontremos áreas de conflito até mesmo com aqueles a quem mais amamos.

Cedo ou tarde, teremos de questionar os pressupostos de nossos pais, tomar nossas próprias decisões e assumir as conseqüências delas. Essas escolhas podem implicar um direcionamento específico da vocação, a decisão de ir ou não para a universidade, um certo relacionamento que queremos manter, apesar das advertências de nossos pais, ou a expressão de idéias e sentimentos que provocam conflitos na família. Sejam quais forem as escolhas, em algum momento temos de arriscar a experiência da separação psicológica e da solidão da vida fora do Éden.

Nosso despontar para a idade adulta pode implicar muitos sentimentos de perda, isolamento, vergonha e culpa. Talvez seja essa uma das razões por que tantos estudantes sofrem de depressões, colapsos nervosos e idéias suicidas quando se aproxima o momento de fazer os exames vestibulares: é chegado o momento de partir para o mundo, e a dor de deixar para trás a infância e a inocência pode ser extrema, em alguns casos. Para o jovem que se encontra nesse limiar, muita coisa depende de como, na condição de pais, reagimos à pressão da Serpente em nossos filhos. Quando encaramos sua necessidade de experimentar a vida como um pecado contra nossa autoridade e nossa visão de mundo, aumentamos o fardo de sofrimento que eles carregam e instilamos neles um sentimento de culpa e de exclusão. Sejam quais forem nossos códigos morais e sexuais pessoais, temos de reconhecer que nossos filhos precisam encontrar — e encontrarão — um modo de desenvolver os deles. Tudo o que nos cabe fazer é dar o melhor exemplo possível e oferecer, sem avareza, amor, apoio e compreensão. E, se reconhecermos que também a Serpente foi criada por Deus, e que sua intervenção para que se prove o fruto é o que dá a todos os jovens o impulso para seguirem seu potencial e assumirem o lugar que lhes é de direito na vida, talvez possamos ser menos desapiedados do que o Deus do Gênesis. Com isso ajudaremos nossos filhos a reconhecer que a união e a paz podem ser encontradas, em última instância, no nível interno, afetivo e espiritual, mesmo fora dos muros do Éden.

A PARTIDA DE BUDA

Não se pode evitar a vida

A história de Buda é tão relevante no Ocidente quanto no Oriente. Acreditemos ou não em sua vida como uma realidade histórica, a figura de Buda é também mítica, e o trecho que se segue — um relato de seu nascimento, sua infância e o chamado de sua vocação — é uma narrativa profunda e comovente, que diz respeito a todo indivíduo compassivo que tenta compreender o apelo íntimo para partir em direção ao mundo mais amplo.

O nascimento de Buda foi milagroso. No momento de sua concepção, o universo inteiro manifestou sua alegria através de milagres — instrumentos musicais soaram sem que ninguém os tocasse, rios interromperam seu curso para contemplá-lo, árvores e plantas recobriram-se de flores. O menino nasceu numa família

de reis, sem causar nenhuma dor a sua mãe; começou prontamente a andar; e onde seu pé tocou a terra pela primeira vez, surgiu uma flor de lótus. Ele recebeu o nome de Siddharta. Sua mãe morreu de alegria no sétimo dia após seu nascimento, mas a irmã dela tornou-se uma dedicada mãe adotiva. E assim a infância do jovem príncipe transcorreu em meio ao amor, à alegria e à fartura.

Quando o príncipe Siddharta tinha 12 anos, o rei convocou um conselho de brâmanes. Eles profetizaram que, se o príncipe assistisse ao espetáculo da velhice, da doença e da morte, iria se dedicar ao ascetismo. O rei preferia que seu filho herdasse o trono e reinasse como soberano, e não que se tornasse eremita. Assim, os palácios suntuosos, com seus vastos e imensos jardins, foram cercados por um muro tríplice, muito bem guardado. Proibiu-se a menção das palavras "morte" e "tristeza".

Quando Siddharta chegou à idade adulta, o rei decidiu que a maneira mais fácil de segurar o filho seria pelo casamento e pela vida familiar. Por conseguinte, Siddharta foi casado com a filha de um dos ministros do rei. A jovem esposa não tardou a engravidar. Mas, com igual rapidez e apesar dos esforços do pai, a vocação divina de Siddharta despertou nele. A música, a dança e as belas mulheres deixaram de ser um apelo para seus sentidos e, ao contrário, pareceram mostrar-lhe a vaidade e a transitoriedade da vida humana. Um dia, o príncipe chamou seu escudeiro: queria visitar a cidade. O rei ordenou que a cidade inteira fosse varrida e enfeitada, e que qualquer visão feia ou deprimente fosse afastada de seu filho. Mas as precauções foram inúteis. Ao percorrer as ruas, Siddharta viu um velho trêmulo e com a pele enrugada, sem fôlego por causa da idade, e que mal conseguia andar sem um bastão. Assombrado, Siddharta aprendeu que a decrepitude é o fim inevitável de todos quantos vivem a vida. Ao retornar ao palácio, perguntou se havia algum meio de evitar a velhice. Mas ninguém soube lhe responder. Pouco depois, ele tornou a visitar a cidade e deparou com uma mulher cheia de dores, por causa de uma doença incurável. Em seguida, avistou um cortejo fúnebre, e assim tomou conhecimento do sofrimento e da morte. Por último, Siddharta encontrou um asceta mendicante, que lhe disse haver abandonado o mundo para ultrapassar a alegria e o sofrimento e encontrar a paz no coração.

Essas experiências, aliadas à sua própria meditação, convenceram-no a abandonar sua vida cômoda e prazerosa e a se tornar asceta. Implorou ao pai que o deixasse partir, mas o rei estava desolado com a idéia de perder o filho amado, em quem depositara todas as suas esperanças. Duplicou-se a guarda em torno dos muros do palácio e houve divertimentos contínuos, criados para evitar que o jovem príncipe pensasse em partir. A mulher de Siddharta deu à luz um filho, mas nem isso impediu o príncipe de seguir sua missão. Uma noite, ele tomou a decisão final: olhou pela última vez a mulher e o filho adormecidos e partiu noite afora.

Montou em seu cavalo e convocou seu escudeiro. Os deuses, cúmplices, certificaram-se de que os guardas dormissem e as patas do cavalo não produzissem nenhum som. Às portas da cidade, Siddharta deu o cavalo ao escudeiro e despediu-se dos dois. Dali por diante, não haveria mais príncipe Siddharta, pois Buda havia iniciado a verdadeira viagem de sua alma.

COMENTÁRIO: A viagem que fazemos da infância para a trilha de nosso destino futuro não costuma exigir que abramos mão das alegrias da vida em troca do ascetismo — embora pessoas com vocação religiosa bem possam seguir esse caminho. Nessa história, porém, há muitos temas pertinentes a todos nós. O príncipe Siddharta, como tantas crianças, é o repositório de todas as esperanças e sonhos do pai, que espera ver o menino herdar o trono depois dele. Do mesmo modo, um pai pode sonhar com um filho que herde seus negócios ou o siga em sua profissão. No nível mais profundo, o pai de Siddharta não quer que seu filho experimente a vida, pois a vida, fora da órbita do mundo dos pais, modifica-nos e desperta necessidades e qualidades íntimas que são exclusivas do indivíduo, e que não necessariamente estão de acordo com as aspirações dos pais. Em particular, o rei não quer que Siddharta conheça os sofrimentos da vida, pois isso equivale a crescer no nível mais profundo. Se for possível mantê-lo infantilizado, ele poderá ser moldado pelo pai e permanecerá em casa. Esses sonhos dos pais não são negativos nem maléficos em si; mas, em última instância, são inúteis. Todo jovem é um indivíduo com uma identidade única, que precisa realizar-se para que venha um dia a ficar em paz consigo mesmo.

Nem mesmo os laços do casamento e da paternidade conseguem impedir Siddharta de seguir sua viagem. Essa é uma dura lição que muitos jovens podem ter de aprender. Quando construímos família ao sermos jovens demais para reconhecer o que somos e onde queremos ir — especialmente quando a escolha do parceiro é, na verdade, uma escolha dos pais, ou feita para agradar a terceiros ou garantir a segurança —, bem cedo a vida pode nos chamar a seguir outro caminho. A dor e a tristeza da separação podem acompanhar o compromisso íntimo de nos tornarmos nós mesmos.

Como pais, podemos ajudar a contrabalançar essa experiência tão comum não pressionando nossos filhos a "assentarem as idéias" antes de eles saberem quem são e o que querem. Quanto mais tentamos fazê-los ficar, maior é o sofrimento que podemos lhes causar quando eles enfim procurarem nos deixar. E, como filhos, podemos ter que suportar a raiva e a decepção dos pais para não criar mágoas e decepções maiores, mais tarde, por sermos infiéis a nós mesmos. Se o pai de Siddharta não estivesse tão decidido a prender o filho pelo casamento, ao menos o rapaz poderia ter sido poupado da triste separação de sua esposa e seu filho. Mas essa mulher e filho fazem parte do mundo do pai, e não do mundo em que Siddharta se sente destinado a entrar. Infelizmente, não há como ele seguir sua vocação íntima e continuar a ser filho de seu pai, marido de sua mulher ou pai de seu filho.

Muitas vezes, reagimos com escárnio ou raiva diante da decisão de um jovem de seguir determinada vocação, quando ela não está entre nossas preferidas — especialmente quando ela ameaça afastar essa pessoa de nós, pela distância ou pela exposição a um mundo do qual nada sabemos. É verdade que muitos jovens mudam de idéia e de direção mais tarde, e não se pode esperar que alguém de cerca de 20 anos saiba com certeza o que quer fazer pelo resto da vida. No entanto, tal como Siddharta, alguns realmente sabem. Quer uma vocação seja duradoura ou apenas apropriada por um certo tempo, quando ela vem do coração, não cabe a nenhum parente, professor, amigo ou orientador desviar o jovem dessa escolha, por motivos dissimulados. A vocação de Siddharta é espiritual e exige que ele abandone todos os laços e prazeres mundanos. A vocação pode ser a de tocar um instrumento, pintar ou escrever, montar um negócio, viajar pelo mundo, ou tornar-se médico, contador ou fazendeiro, tanto faz. Ou pode, de fato, ser a de casar com a pessoa amada e construir uma família. O importante é o chamado que vem do coração. Ele pode não surgir em todo jovem, mas tende mais a ser ouvido quando o ruído da desaprovação alheia não abafa sua voz. Os pais que conseguem se comunicar bem com os filhos e reconhecer sua individualidade não têm que decidir de antemão, como o pai de Siddharta, o que a criança virá a ser; tampouco colocam guardas metafóricos ao redor dos muros e, aberta ou veladamente, ameaçam os filhos com rejeição ou punição se seus desejos de pais forem desrespeitados.

Há uma profunda tristeza na história da partida de Buda, porque seu pai, sua mulher e seu filho são condenados a jamais voltar a vê-lo. No entanto, uma grande parte da população mundial acredita que sua salvação está na decisão que ele tomou, uma decisão que sacrificou a felicidade pessoal pela redenção de milhões. Incentivar os filhos a ouvir e seguir a voz do coração traz a esperança de que isso resulte num enriquecimento futuro da vida de pais e filhos, num mundo maior e que possa ser compartilhado. A história de Siddharta nos ensina que todo indivíduo tem um destino, grandioso ou não. Se nos dispusermos a ouvir e reconhecer a diferença entre capricho e vocação, e a agir com desprendimento na hora certa, não apenas nossa vida, mas também a de muitos outros, poderá ser enriquecida.

PEREDUR, O FILHO DE EVRAWC

Encontrando coragem para deixar a mãe

O mito celta de Peredur é uma longa história cujas raízes estão na Idade Média, quando o paganismo e o cristianismo ainda não estavam inteiramente separados.

É uma das muitas narrativas que vieram a se entremear no imenso bordado da saga do Santo Graal. Peredur, assim como seus equivalentes francês e alemão, Perceval e Parsifal, acaba encontrando o graal. Mas é a primeira parte da história que nos interessa aqui — os desafios que o jovem Peredur enfrenta inicialmente, ao reivindicar seu direito de partir para o mundo e se tornar um homem.

Peredur era um dos sete filhos do conde Evrawc. Seu pai e todos os seus irmãos morreram em combate, e Peredur foi criado pela mãe na floresta, onde cresceu sem saber de guerras e cavaleiros. Não sabia sequer o nome de seu pai, e muito menos estava a par de seu status de cavaleiro. A mãe esperava, assim, mantê-lo a seu lado, por medo de perdê-lo como havia perdido os outros.

Um dos passatempos favoritos de Peredur era vagar pelos bosques. Um dia, passaram três cavaleiros, que lhe fizeram uma saudação. O menino ficou deslumbrado com seus rostos nobres e orgulhosos, com o brilho de suas armaduras ao sol e com as cores vivas de suas flâmulas e telizes. Ao voltar para casa, perguntou à mãe quem eram aquelas criaturas. Assustada, ela declarou que eram anjos e que não convinha a um mero jovem mortal, de origem humilde, tentar se comunicar com eles.

Mas essa mentira não podia impedir o curso da vida de Peredur. Um dia, ele se foi mais longe em suas andanças e viu um castelo à beira de um lago. Junto ao lago, pescando, estava sentado um venerável ancião aleijado, vestido em trajes de veludo. O velho convidou Peredur a lhe fazer companhia à mesa e perguntou se o rapaz sabia manejar a espada em combate. — Não sei, mas, se me ensinassem, decerto saberia, respondeu Peredur. Então o ancião lhe revelou ser seu tio, irmão de sua mãe.

— Deixa os hábitos e o discurso de tua mãe, disse o velho. Dar-te-ei um cavalo e te ensinarei a montar, e assim ajudarei a alçar-te à categoria de cavaleiro.

Peredur decidiu prontamente tornar-se cavaleiro. Recebeu o cavalo do tio na manhã seguinte e, com a permissão do velho, seguiu viagem. Viu então outro belo castelo, numa pradaria; e outro venerável ancião veio saudá-lo, convidou-o para sua mesa e lhe perguntou se sabia manejar a espada. — Se recebesse instruções, creio que eu saberia, respondeu novamente Peredur. Ao que o velho lhe deu uma espada e o fez experimentá-la.

— Meu rapaz, disse ele, chegaste a dois terços da plenitude de tuas forças. Quando tiveres alcançado a força total, ninguém poderá te derrotar. Sou teu tio, irmão de tua mãe e irmão do homem que mora no castelo junto ao lago.

E, assim dizendo, o ancião ensinou-o a manejar a espada que lhe dera.

Na manhã seguinte, com a permissão deste tio, Peredur novamente cavalgou para o norte, já então armado de sua nova espada. Chegando a um bosque, ouviu um grande gemido que vinha de lá. Avistou uma bela mulher de cabelos ruivos. Perto dela havia um cavalo e logo a seu lado jazia um cadáver. Todas as vezes que a mulher tentava pôr o cadáver sobre a sela, ele caía no chão e ela recomeçava a chorar. Quando Peredur lhe perguntou o que tinha acontecido, a moça retrucou: — Maldito Peredur! Malfadada sorte a minha, que me faz encontrar-te!

Quando Peredur lhe perguntou porque ela o chamava de maldito, a mulher respondeu: — Porque foste a causa da morte de tua mãe. Quando partiste contra a vontade dela, e decidiste ser cavaleiro e receber ensinamentos de teus tios, a angústia se apossou de seu coração e ela morreu. Por isso és amaldiçoado. Este cadáver foi um dia meu marido, morto por um cavaleiro que está numa clareira neste bosque. Não te aproximes dele, para não seres morto tu também.

— Pára com teu lamento, retrucou Peredur, pois sepultarei o corpo de teu marido e irei à procura do cavaleiro, para ver se posso vingar-te. Primeiro, porém, tenho que prantear minha mãe, a quem jamais voltarei a ver e cuja morte me pesa na consciência.

E, depois de chorar e de sepultar o marido dessa dama, ele encontrou o cavaleiro e rapidamente o derrubou. Quando o cavaleiro pediu clemência a Peredur, o jovem respondeu: — Terás minha clemência, mas deves desposar esta mulher cujo marido mataste. E deves ir à corte do rei Artur e lhe dizer que te venci para honrar e servir a ele — pois o grande anseio de Peredur era ir para a corte do rei Artur.

O cavaleiro fez o que lhe foi ordenado. E, após muitas outras provas e aventuras, Peredur foi aceito na corte do rei Artur e se tornou seu cavaleiro favorito.

COMENTÁRIO: A estranha displicência com que Peredur resolve deixar a mãe e se tornar cavaleiro pode ser atribuída à proverbial "insensibilidade da juventude". É assim que muitos jovens olham para o futuro, rejeitando o passado e os pais que tentaram criá-los da melhor maneira possível. Mas essa história diz respeito a mais que a ingratidão dos jovens. A mãe de Peredur sofreu perdas terríveis — o marido e todos os outros filhos foram mortos. Não surpreende que procure preservar para si esse último filho, afastando-o do mundo. Contudo, por mais compreensíveis que sejam suas tentativas de prender o filho, o mundo se intromete, como sempre faz — nesse caso, sob a forma dos três cavaleiros que cruzam com o menino no bosque. O que Peredur vislumbra neles é a imagem de virilidade adulta que ele busca e que sua mãe tentou negar-lhe. Na nobreza e grandiosidade dos cavaleiros está seu próprio futuro, que até então ele ainda desconhece. Esses cavaleiros são também o passado de Peredur, sua herança, pois seu pai fora um nobre cavaleiro. Esconde-se nessa lenda a necessidade que todo filho varão tem de encontrar um modelo de masculinidade num pai ou num substituto paterno; e, mais cedo ou mais tarde, essa necessidade psicológica premente leva o rapaz a deixar a mãe, em busca daquilo em que ele um dia deverá se transformar.

Nos dois tios Peredur encontra o pai que lhe foi recusado na infância. Ambos reconhecem seu valor como guerreiro e o ajudam em sua jornada, oferecendo-lhe um cavalo — um meio de partir para o mundo — e uma espada — um meio de abrir um espaço para si e batalhar por seus direitos e sua posição. Quando um jovem sai de casa, figuras como tios e tias, amigos da família, professores e outros mentores mais velhos tornam-se cada vez mais importantes, pois são substitutos dos pais e indivíduos capazes de levar o rapaz ou a moça a uma compreensão do mundo mais amplo. É vital os pais reconhecerem que esse saber vindo de fora é necessário para os filhos; nenhum pai ou mãe pode ser tudo para um filho, e o papel dos pais se altera à medida que os filhos começam a estabelecer relações com pessoas do mundo "lá fora", capazes de oferecer uma perspectiva inacessível no contexto familiar imediato.

Até aí, tudo bem: Peredur parece avançar como se fosse abençoado, sem sofrer dissabores nem experimentar sentimentos de perda. Nem sequer se lembra da mãe que deixou para trás — até encontrar outra mulher de luto que, como sua mãe, sofreu a perda do marido. Muitas vezes, é através de seus primeiros sentimentos de atração sexual que o rapaz se conscientiza dos verdadeiros sentimentos que nutre pela mãe; e essa bela mulher de luto toca seu coração, além de lhe ferroar a consciência e informá-lo da morte da mãe. Essa mulher, que estranhamente sabe dessa morte, é, na verdade, a mãe de Peredur sob outra forma. A perseguição do rapaz ao cavaleiro que matou o marido dessa dama é um ato de vingança pela morte de seu próprio pai, e sua defesa da dama é um gesto de lealdade para com a mãe que ele abandonou. Através de todos esses atos, Peredur expia o passado, chora a perda sofrida e obtém sua primeira vitória numa batalha, o que o faz conhecido na corte do rei Artur, onde ele busca aceitação no mundo dos homens.

O que esses primeiros episódios da vida de Peredur podem nos ensinar sobre a saída de casa? Num certo nível, deixar os pais é uma espécie de morte, pois, embora os pais não costumem efetivamente morrer de desgosto por nossa partida, há um sentimento de que algo morreu. Nunca mais poderemos voltar à infância, e é essa dura realidade afetiva que a morte da mãe de Peredur simboliza. As experiências no mundo lá fora nos modificam e cortam o cordão umbilical que nos unia numa fusão psicológica com a família. Ainda que tenhamos a sorte de preservar uma relação boa e amorosa com nossos pais após sairmos de casa, trata-se de uma relação modificada, pois agora somos adultos e iguais, dispostos a enfrentar nossos desafios e até a fazer o papel de pai dos pais, se necessário — como faz Peredur ao procurar ajudar a dama e enterrar o corpo de seu marido. A tristeza de Peredur é um rito de passagem que espera a todos nós, para fazermos com sucesso a transição da infância para a vida adulta autônoma. Com esse encontro e suas conseqüências, Peredur perde a inocência. Enfrenta a morte, enfrenta a tristeza e derrama sangue — e nunca mais voltará a ser o menino inocente que sua mãe procurou proteger da vida.

Do mesmo modo, os pais capazes de reconhecer o direito dos filhos de se tornarem indivíduos com destinos independentes descobrem, ao contrário da mãe de Peredur, que a criança transformada em adulto quer — voluntariamente e sem pressão, mentiras, chantagens emocionais ou a imposição de culpa — visitar a família, compartilhar experiências e prosseguir na construção de um relacionamento adulto, rico e compensador. Os pais que, como a mãe de Peredur, recusam-se a ser francos sobre seus temores, perdas e necessidades e, em vez disso, tentam impedir os filhos de se separarem, sofrem decepções — não por causa da insensibilidade da juventude, mas porque a separação é certa e inevitável. Chega um momento em que temos de reconhecer que o mundo externo pode oferecer a nossos filhos o que nós não podemos dar. Peredur não poderá se tornar o que, por direito, está destinado a ser — um cavaleiro que busca a sabedoria espiritual simbolizada pelo Graal — se for mantido afastado da vida. Essa lenda nos diz que nenhum pai ou mãe, por mais poderoso que seja, pode impedir que a vida se realize; e talvez nenhum tenha o direito de tentar.

Capítulo 2
A LUTA PELA AUTONOMIA

O surgimento da individualidade implica não somente deixar a infância para trás, mas também enfrentar e combater as forças do mundo e de nós mesmos que são regressivas, destrutivas, estagnantes e avessas a lidar com os limites da vida terrena. Essa batalha pela autonomia é um rito de passagem que todo jovem enfrenta — e pode ter que ser travada muitas vezes, em muitos níveis diferentes, da adolescência à casa dos 30 anos, até nos sentirmos confiantes, reais e com mérito suficiente para expressar o que somos da maneira mais positiva e criativa. Não há como trapacear nesse rito de passagem. Ele pode ser sutil, assumindo formas que não reconhecemos imediatamente como um campo de batalha; mas, se tentarmos nos esquivar do desafio da autonomia, permaneceremos eternamente imaturos e vulneráveis, com nossas frágeis defesas sujeitas a serem destroçadas pela menor decepção na vida.

SIEGFRIED

A luta contra a inércia

A figura grandiosa de Siegfried é conhecida, na mitologia, da Alemanha até a Islândia, e ele é a quintessência do herói da Europa setentrional. Chamado de Sigurd nas lendas escandinavas, suas façanhas são objeto de alguns dos mais belos poemas épicos do mundo. A parte da história que nos interessa aqui é a batalha entre o jovem Siegfried e o dragão Fafnir, guardião do ouro dos nibelungos.

Siegfried era filho de uma união proibida entre Siegmund e sua irmã Sieglinde. Embora os dois irmãos tivessem tido um fim trágico, Siegmund deixou uma grande e bela espada para o filho que não chegou a conhecer. A espada estava partida, mas, se consertada, jamais seria vencida na batalha. O órfão Siegfried foi criado pelo anão nibelungo Mime — que cuidou dele a contragosto, na esperança de que um dia o jovem forte e corajoso tivesse forças para matar o dragão Fafnir e capturar o grande tesouro em ouro que, muito tempo antes, fora roubado dos nibelungos pelo deus Wotan. Depois disso, Mime planejava matar Siegfried e guardar o ouro para si.

Mas os deuses favoreceram Siegfried, pois, certo dia, quando andava pela floresta, o rapaz ouviu o canto de um pássaro e percebeu que entendia o que ele dizia. O pássaro não só o avisou de que Mime pretendia matá-lo, mas também lhe disse o porquê. Ao retornar para a oficina de Mime, Siegfried não disse nada sobre o que acabara de saber; apenas aguardou o momento propício, esperando e observando. Mime não tardou a lhe pedir que consertasse a espada de seu pai, e Siegfried obedeceu, empenhando sua força e resistência nessa tarefa. Mime contou-lhe sobre o tesouro, escondido nas profundezas de uma caverna e guardado por Fafnir, um dragão adormecido. Em meio a esse ouro estava o Anel dos Nibelungos, que tinha muitos poderes e que Mime cobiçava acima de tudo. Em seguida, o anão instruiu Siegfried a voltar para ele com o ouro. Mas Siegfried já estava farto da deslealdade do anão e matou-o ali mesmo com sua espada.

Então o jovem herói partiu à procura do dragão Fafnir. Este fora um gigante, não muito inteligente, mas extremamente grande e ameaçador. Pelo poder do anel, tinha se transformado numa criatura imensa e repugnante, recoberta de escamas. O dragão dormia o tempo todo, encantado pelos sonhos com o ouro enterrado sob as espirais serpenteantes de seu corpo. O pássaro que tinha alertado Siegfried sobre a traição de Mime conduziu o rapaz até a caverna, e lá, brandindo sua espada, Siegfried matou o dragão e encontrou o ouro entesourado. Mas o rapaz era tão pouco suscetível às tentações da riqueza que resolveu levar consigo apenas duas coisas do tesouro: um capacete capaz de torná-lo invisível e o Anel dos Nibelungos, cujo poder ainda não compreendia. E assim partiu para novas aventuras.

COMENTÁRIO: Como muitos heróis da mitologia, Siegfried não conhece seus pais nem sabe de seu verdadeiro potencial. Tudo o que tem é uma espada partida, herdada de um pai que morreu antes de ele nascer. Mas essa espada, embora tenha que ser consertada, é um legado de força e coragem transmitido através das gerações. Nós também herdamos de nossos pais e avós dons que temos de moldar, de acordo com nossos próprios valores e aptidões, para usá-los do nosso modo e na busca de nosso destino individual. E como muitos heróis dos mitos, Siegfried corre perigo, por causa de uma criatura traiçoeira que deseja usar as forças do rapaz para seus próprios interesses. O primeiro conflito com um inimigo reflete a percepção precoce de que nem todo o mundo está do nosso lado, e de que devemos estar conscientes de que existem a inveja, a maldade e a destrutividade — seja na família, no meio escolar, no trabalho ou em nós mesmos — para construir nosso caminho na vida.

Siegfried conscientiza-se dessa necessidade de se proteger ao ouvir o canto de um pássaro. O que esta estranha imagem representa para nós? O pássaro é a voz da natureza e dos instintos, alertando-nos para o perigo e mostrando-nos o caminho certo quando chega o momento de buscarmos o que almejamos. Talvez todos tenhamos essa capacidade de compreender a voz dos instintos, se nos dermos tempo para ouvi-la. Como Siegfried pára, escuta e acolhe a sabedoria do pássaro, passa a saber não apenas onde está escondido o ouro, mas também com quem deve lutar para sobreviver.

Ao matar Mime, ele age em legítima defesa, pois caso contrário o anão o mataria. Não costumamos ter que matar alguém para conquistar a autonomia, mas a morte de Mime sugere, no plano simbólico, que devemos ter a disposição de ser impiedosos para nos afastarmos das pessoas que nos querem mal. Essa é uma lição difícil para qualquer jovem, pois, a menos que a vida nos tenha feito crescer amargurados, temos ideais que nos fazem crer que todas as portas se abrirão ao nosso comando, e presumimos que todas as pessoas serão bondosas e nos amarão. Essa é a dádiva e o senão da juventude. Infelizmente, como Siegfried, todos temos de aprender, cedo, que no mundo há amor e ódio e que, embora algumas pessoas sejam boas, outras podem não ser.

Fafnir é uma criatura curiosa, parte gigante e parte dragão. Essa figura é uma imagem da ganância e da inércia humanas. Satisfeito com a simples posse do ouro, Fafnir não tem intenção de usá-lo, nem para o bem nem para o mal; quer apenas conservá-lo sob seu controle. Ao contrário de vários dragões muito mais violentos e perigosos, ele é uma imagem do desperdício, do poder e dos potenciais não-utilizados. O ouro representa valor e energia, e assim o dragão, símbolo de tudo o que há de preguiçoso, inerte, ganancioso e estagnante na natureza humana, contenta-se em dormir sobre esses preciosos recursos não-utilizados, sem fazer nada, sem ir a parte alguma, estagnando as forças vitais. Ao destruir o dragão, Siegfried liberta esses potenciais, permitindo que eles voltem a fluir para a vida.

Mas o herói não quer a riqueza, nem todas as coisas que o ouro poderia comprar. Dadas as provações por que já passou, ele aprendeu a sabedoria dos instintos, enfrentou a realidade da maldade humana e reivindicou e renovou sua herança — a espada que lhe dá o poder de vencer. Mas também descobriu outra coisa: a integridade. Siegfried sabe o que valoriza — e não é o luxo indiscriminado nem o poder mundano que o ouro poderia lhe dar. Ele escolhe apenas o capacete da invisibilidade e o anel. Não conhece a história deles; escolhe-os porque os acha bonitos e porque seu instinto lhe diz que serão mais valiosos do que qualquer moeda ou bugiganga de ouro.

Esses objetos são de profunda importância porque têm poderes mágicos. O capacete da invisibilidade é um símbolo antigo, que também encontramos na mitologia grega, em que é de propriedade de Hades e permite a seu portador mover-se incógnito pela vida. É uma imagem do saber mundano, pois com ele sabemos quando ficar quietos, para observar e aprender com a vida, sem impor nossas próprias idéias, desejos e opiniões aos outros. É também uma imagem da capacidade de ouvir e guardar segredos, sem a qual permanecemos crianças, fadadas a dizer tudo o que sentimos e pensamos para qualquer ouvinte.

E o Anel dos Nibelungos? Há livros inteiros sobre seu significado, e o dourado Anel do Poder aparece não apenas na mitologia teutônica e norueguesa, mas também num clássico conto do século XX, *O senhor dos anéis*, de J.R.R. Tolkien. O Anel dos Nibelungos surge inicialmente das profundezas das águas, imagem da magia e poder naturais das profundezas da alma humana. É primeiro roubado pelo anão Alberico, que anseia governar o mundo, e depois pelo grande deus Wotan. Esse anel detém o poder de criar e escravizar os outros. Arrancado das profundezas do inconsciente, surge sob a forma de um instrumento que pode ser usado para o bem ou para o mal — pois assim é o poder da engenhosidade e da inspiração criativa humanas. Alberico quer usá-lo para o mal; Mime também; Wotan não deseja o mal, mas alimenta sua vaidade e, sem saber, aciona a maldade. Mas Siegfried só quer o anel por sua beleza. Ainda não compreende o que ele é capaz de fazer. A jóia acabará por levá-lo à tragédia, porém mais tarde e por sua própria tolice. Por ora, devemos nos lembrar de que o anel contém todos os potenciais humanos de criatividade e liderança passíveis de ser descobertos por qualquer jovem — se o dragão da preguiça, da inércia e da inconsciência for derrotado.

O Belo Desconhecido

Encontrando uma identidade

Na mitologia, o herói representa o impulso humano de deixar a segurança do ambiente familiar e conhecido e partir para territórios desconhecidos e até perigosos. Nos mitos arturianos, o cavaleiro errante enfrenta muitos perigos, porém os dois maiores que tem de encarar são a desonra e a morte. Em outras palavras, ele arrisca a vida por seu ideal de como as coisas devem ser. Nesta lenda, nosso herói é Guinglain. A princípio, como Peredur e Siegfried, ele não sabe eu nome nem quem é seu pai. A mãe o criou sozinha e, por causa de sua impressionante beleza, chama-o de Belo Filho.

Ao chegar à idade adulta, Guinglain deixou a casa da mãe e partiu para a corte do rei Artur. Destemido, entrou no grande salão e pediu ao rei que lhe concedesse qualquer coisa que ele solicitasse. Artur, achando graça da curiosa mistura de confiança e ingenuidade do rapaz, concordou. Como o jovem não tinha nome, mas exibia traços belos e agradáveis, o rei chamou-o o Belo Desconhecido.

Foi então que surgiu uma outra estranha — um donzela chamada Helie. Ela implorou que Artur enviasse um cavaleiro para salvar sua senhora, Esmeree, a Loura, rainha de Gales. Dois cruéis feiticeiros tinham transformado Esmeree num dragão, e a pobre rainha só poderia ser libertada de sua servidão por um beijo. Guinglain, é claro, imediatamente ofereceu seus préstimos, e Artur, preso por sua promessa de dar ao jovem o que ele pedisse, concedeu-lhe sua autorização. A princípio, Helie ficou irritada por lhe designarem um jovem inexperiente, que sequer tinha nome, para realizar tarefa tão importante. Partiu enfurecida em seu cavalo, e Guinglain teve um bocado de trabalho para alcançá-la.

Mas Helie logo mudou de idéia, pois o Belo Desconhecido revelou-se um companheiro corajoso e sagaz. Venceu um cavaleiro enfurecido no Vau dos Perigos, salvou uma menina de dois gigantes e derrotou mais três cavaleiros que o atacaram. Helie e o Belo Desconhecido aproximaram-se da Ilha Dourada, onde só se podia chegar por uma ponte suspensa. Esta era bem guardada por um terrível cavaleiro, que queria se casar com a senhora daquela ilha; mas a dama não o amava, e havia jurado que só consentiria no casamento se ele conseguisse defender a ponte por sete anos. O cavaleiro conseguira essa façanha nos primeiros cinco anos, e uma fileira de cabeças cortadas, fincadas em altos mastros, marcavam sua eficiência no combate. Guinglain, no entanto, sem maiores cerimônias desafiou, combateu e matou o cavaleiro.

A senhora da ilha era uma fada de irresistível encanto, chamada de Donzela das Alvas Mãos. Morava num castelo de cristal, que se erguia em meio a um jardim repleto de especiarias e flores que desabrochavam o ano inteiro. Há muito tempo a fada amava Guinglain, sem que ele soubesse. Deu-lhe as boas-vindas à ilha e declarou seu desejo de desposá-lo. Guinglain sentiu forte atração por ela, mas Helie lembrou-lhe a tarefa por cumprir e, bem cedo na manhã seguinte, os dois partiram às escondidas.

À noite, chegaram a um castelo onde era costume os homens se baterem com o castelão em troca de uma noite de hospedagem. Guinglain não teve dificuldade em vencer a disputa, e o castelão o acolheu calorosamente. No dia seguinte, levou-os à Cidade Deserta de Senaudon, onde estava aprisionada Esmeree, a Loura, a senhora de Helie. O castelão preveniu Guinglain de que ele deveria retribuir com maldições qualquer saudação que recebesse.

A cidade de Senaudon já tinha sido gloriosa, mas agora estava em ruínas. Guinglain passou por um portão quebrado e por torres desertas e decrépitas, e por fim chegou a um palácio. Nele, pálidos menestréis tocavam nas janelas à luz de velas, dando-lhe as boas-vindas. Mas Guinglain obedeceu às ordens que tinha recebido e os amaldiçoou. Entrou no grande salão, onde foi atacado por machados — mas as mãos que os brandiam eram invisíveis. Em seguida, surgiu um enorme cavaleiro num cavalo que soltava fogo pelas ventas. Guinglain, embora com um medo terrível, enfrentou-o com coragem e o matou, e o corpo do cavaleiro miraculosamente se putrefez diante de seus olhos.

Os menestréis fugiram, levando suas velas, e Guinglain ficou sozinho na escuridão, procurando animar-se com o pensamento na Donzela das Alvas Mãos. Então, uma horrível serpente que cuspia fogo arrastou-se até ele nas trevas e o beijou na boca. Uma voz misteriosa anunciou: — Teu nome é Guinglain e és filho de Gawain. Com sua meta enfim atingida, o jovem adormeceu no mesmo instante, exausto mas radiante por saber quem era.

Quando despertou, o salão estava cheio de luz e a seu lado havia uma bela mulher, embora não tão bela quanto a Donzela das Alvas Mãos. Era Esmeree, a Loura, que havia recobrado sua forma humana. Ela contou a Guinglain que os dois bruxos, Mabon e Evrain, haviam lançado um feitiço sobre ela e sua cidade, para obrigá-la a se casar com Mabon; e o feitiço havia afastado todos os habitantes da cidade. Mabon era o cavaleiro gigantesco do cavalo que cuspia fogo, a quem Guinglain havia matado na véspera; e agora que estava livre do encantamento, Esmeree pretendia casar-se com o rapaz.

A princípio, Guinglain concordou, mas sentiu saudade de sua bela fada, a Donzela das Alvas Mãos. Voltou mais uma vez à Ilha Dourada, onde enfim ele e a fada consumaram seu amor. Ela lhe contou que o havia protegido durante toda sua vida. Fora ela quem tinha mandado Helie à corte de Artur, sabendo que Guinglain se ofereceria como voluntário naquela aventura; e fora a voz dela que tinha pronunciado seu nome e finalmente revelado ao rapaz sua verdadeira identidade.

Entretanto, quando chegou a notícia de que o rei Artur havia organizado um grande torneio, a fada percebeu que não poderia mais reter seu amado. E, depois de adormecer nos braços dela, Guinglain acordou sozinho num bosque, vestido com uma armadura e tendo um cavalo a seu lado. Várias vezes ele provou seu valor no torneio, e então voltou a se reunir com Esmeree, a Loura, que o havia acompanhado até lá. Juntos os dois viajaram para Senaudon, radiantes com o fato de o povo da cidade ter retornado. E ali se casaram e foram coroados rei e rainha, em meio a grande júbilo.

COMENTÁRIO: A história do Belo Desconhecido descreve a busca da identidade e nos diz que somente enfrentando o perigo e a dificuldade é que se pode descobrir o verdadeiro eu. No começo da história, Guinglain, como a maioria dos jovens, não sabe quem é. Para descobrir a si mesmo, tem que enfrentar muitos perigos. Na vida cotidiana, todo indivíduo tem que deixar a segurança do lar e caminhar sozinho. Em muitos mitos, a luta com um dragão é uma exigência para se vencer o mal. Os dragões são símbolos freqüentes da ganância, do caos e da destrutividade humanos; devoram qualquer coisa que cruza o seu caminho e destroem tudo com o fogo. Mas a tarefa de Guinglain não é matar esse dragão: é beijar a criatura para quebrar o encanto e devolver a vida à cidade. Isso sugere que a compaixão e a compreensão podem conseguir muito mais do que a ira ou a repressão na batalha contra a destrutividade interna. Os feiticeiros cruéis, Mabon e Evrain, representam a antítese da força vital, que promove a estagnação e a corrupção. Afastando o povo, eles "matam" a cidade; e os menestréis com suas velas, que tão avidamente acolhem Guinglain, são os mortos-vivos, as pessoas que morreram por dentro, por haverem sucumbido ao desespero e escuridão íntimos. Também Mabon está morto por dentro — não há amor, compaixão nem alegria em seu coração —, e é por isso que ele se decompõe de imediato.

Essas imagens do mal que Guinglain derrota não estão apenas "lá fora", no mundo, mas também dentro do próprio Belo Desconhecido. São os impulsos obscuros, destrutivos e regressivos que todo jovem tem que combater para conquistar seu lugar ao sol e ter direito a um sentimento de identidade íntima e a uma vida plena e produtiva. Nas imagens dos feiticeiros podemos vislumbrar a amargura e a desesperança que estão por trás de inúmeros exemplos trágicos de jovens que se tornam viciados e criminosos; como a rainha e sua cidade, eles são enfeitiçados pela crença de que não existe esperança e de que o mundo é um lugar terrível e estéril. Não basta culpar a "sociedade" ou o "governo" por essas antiforças vitais; elas estão em cada um de nós, e a busca da identidade implica enfrentá-las com franqueza e superá-las.

Guinglain devolve a vida à Cidade Deserta ao se casar com sua rainha, e se torna um rei da vida e não da morte. Conquista também o amor da fada, e é ela quem lhe diz seu nome. Antigamente se acreditava que o nome verdadeiro da pessoa continha a essência de seu ser, e receber o dom do nome significa que Guinglain passa a saber quem e o quê realmente é. Ele conquista o amor da fada por sua coragem e beleza, mas, em última instância, é sua dedicação ao dever, refletida em sua lealdade para com o rei Artur, que quebra o encanto exercido sobre ele pela fada. Em vez de viver com ela, Guinglain se casa com uma rainha humana e reina numa cidade de homens, e não num mundo de fadas. Essa é uma parte importante do conto, pois é ao se casar com uma mulher real, e não com uma criatura fantasiosa, que Guinglain atinge sua plena integridade. Ele precisa voltar as costas aos amores e às vidas fantasiosos, pois seu caminho é no mundo humano, e não numa tentadora terra de flores em permanente desabrochar. Por isso, a fada representa uma morte interior, se Guinglain permanecer com ela por tempo demais; afinal, a estrada que conduz a seus domínios é ladeada por cabeças decepadas. A ilha mágica da fada é o campo da imaginação separada da vida, que pode nos levar a nossa criatividade potencial. É também uma imagem dos ideais que nos incentivam a caminhar pela vida — os ideais nos inspiram a buscar o bom, o verdadeiro e o belo, mas, por sua própria natureza, nunca podem ser inteiramente atingidos. E se passarmos tempo demais no campo da imaginação, talvez desconheçamos o mundo externo, que requer nossa atenção e nossos esforços. Precisamos tanto dos ideais quanto do senso de realidade, pois todo indivíduo tem que se haver com a vida aqui e agora, e precisa encontrar sua identidade como alguém que faz parte do contexto humano.

GILGAMESH E A ÁRVORE DA VIDA

Aceitando a mortalidade

A epopéia babilônica de Gilgamesh é uma longa história de quatro mil anos de idade, que descreve as proezas do primeiro dos grandes heróis míticos. Assim como seus equivalentes posteriores, Gilgamesh é uma imagem da faceta heróica de cada um de nós, lutando por ser um indivíduo, entrando na batalha da vida e definindo um lugar no mundo. A parte da história que nos interessa aqui descreve como ele resolveu que queria ser imortal e partiu em busca da árvore da imortalidade, nas profundezas do mar. Nem é preciso dizer que ele aprendeu o que, cedo ou tarde, todos temos de aprender, à medida que nossas esperanças e aspirações juvenis chocam-se com a realidade da vida no mundo terreno.

O jovem Gilgamesh e seu amigo Enkidu travavam muitas batalhas difíceis contra monstros e demônios, e sempre voltavam vitoriosos. Mas Enkidu invocou a ira da grande deusa Astarté, que convenceu os outros deuses de que ele devia morrer. Quando Gilgamesh soube da morte inesperada e injusta de seu mais valente e querido amigo, ficou em luto profundo. E chorou não apenas por saudade do amigo, mas porque a morte de Enkidu o fez lembrar que também ele, Gilgamesh, era mortal e um dia morreria.

Sendo herói, Gilgamesh não podia ficar sentado ponderando sobre o destino final da humanidade inteira, e resolveu sair em busca da imortalidade. Sabia que seu ancestral Utnapistin, que sobrevivera ao Grande Dilúvio enviado pelos deuses para castigar os homens, era a única criatura terrena que havia conseguido a imortalidade. Gilgamesh estava decidido a encontrar esse homem e aprender com ele os segredos da vida e da morte.

No começo de sua jornada, ele chegou ao pé de uma grande cadeia de montanhas, guardada por um homem-escorpião e sua mulher. O homem-escorpião disse a Gilgamesh que nenhum mortal jamais havia cruzado as montanhas e enfrentado seus perigos. Mas Gilgamesh contou-lhe o propósito de sua busca e o homem-escorpião, profundamente admirado, deixou o herói passar. Gilgamesh percorreu doze léguas na escuridão e acabou chegando à morada do deus-sol. Este o advertiu de que sua busca era inútil, mas o herói não se deixou dissuadir e seguiu seu caminho.

Por fim, chegou à beira do mar das águas da morte. Lá encontrou uma guardiã, uma mulher com um cântaro de cerveja, que, como o homem-escorpião e o deus-sol, esforçou-se por dissuadi-lo de sua busca. Ela lembrou-lhe que a vida devia ser desfrutada:

— Gilgamesh, aonde vais?
Não acharás o que procuras.
Quando os deuses criaram os seres humanos,
Foi a morte que destinaram aos mortais,
Guardando em suas mãos o segredo da vida.
Enche tua barriga, Gilgamesh,
E faz da alegria de cada dia um banquete.
Dança e brinca, noite e dia.
Banha-te nas águas e atenta para o filho que te segura a mão,
E deixa que tua mulher se deleite contigo.
Pois essa é a tarefa da humanidade.

Mas Gilgamesh não conseguia esquecer Enkidu ou seu próprio fim, que um dia viria, e insistiu em terminar sua perigosa jornada. Na praia, encontrou o velho barqueiro que pilotara o barco de Utnapistin quando o Grande Dilúvio destruiu quase o mundo inteiro, e ordenou ao ancião que o levasse na travessia das águas da morte. O barqueiro, porém, disse-lhe que fizesse seu próprio barco e jamais tocasse uma gota das águas da morte ao remar por elas. Gilgamesh seguiu essas instruções e, por fim, chegou à ilha onde morava o sobrevivente do Grande Dilúvio.

Mas Utnapistin só fez repetir o que todos os outros tinham dito ao herói: os deuses declararam que a imortalidade lhes pertence e legaram a morte como seu destino da humanidade. Abandonando, enfim, as esperanças, Gilgamesh preparou-se para partir. Mas Utnapistin apiedou-se dele e lhe falou de uma árvore secreta que crescia no fundo do mar, e que tinha o poder de devolver aos velhos a juventude. Gilgamesh remou até o meio do oceano, mergulhou nas águas da morte e encontrou a árvore, levando para seu barco um ramo dela. Fez em segurança a travessia para a terra e começou a se dirigir para casa, com seu tesouro escondido num saco. No caminho, parou à beira de um lago para se banhar e trocar de roupa. Mas uma serpente que rastejava ali perto farejou o aroma paradisíaco da Árvore da Imortalidade, levou o ramo e comeu as folhas. É por isso que a serpente consegue remoçar, soltando e trocando sua pele.

O herói Gilgamesh ajoelhou-se à beira do lago, cobriu o rosto com as mãos e chorou. Compreendeu então que era verdade o que lhe tinham dito: até o mais poderoso e mais corajoso dos heróis é humano e tem que aprender a viver com a alegria do momento e a aceitação do fim inevitável.

COMENTÁRIO: Essa lenda, a rigor, não precisa de interpretação; sua mensagem é clara e sua importância não é menor hoje do que há quatro mil anos. Gilgamesh, o jovem herói que já fizera muitas conquistas, vê-se cara a cara com uma manifestação típica da injustiça da vida: perde seu amigo, e a única explicação para isso é que foi essa a vontade dos deuses. É assim que todos nós, mais cedo ou mais tarde, deparamos com o primeiro vislumbre da face cruel da vida, através da perda de alguém que amamos. Com freqüência, trata-se de um dos pais ou de um avô muito querido, mas também é possível que seja um amigo da escola ou um colega de trabalho a morrer. Ou pode não ser a morte a nos lembrar o destino da humanidade, e sim o reconhecimento da miséria em que vivem muitas pessoas, o confronto com alguma doença em nós mesmos ou as situações difíceis que perturbam a vida e levam por água abaixo os planos e os sonhos.

Gilgamesh, como a parte juvenil de todos nós, de início se recusa a aceitar seu destino. Afinal, ele é especial; é um herói; derrotou monstros e vem deixando sua marca no mundo. Quando tomamos conhecimento de alguma infelicidade alheia, dizemos a nós mesmos: "Que tristeza! Mas isso não vai acontecer comigo!" A busca do destino na juventude é repleta de confiança e de um sentimento profundo de que se é especial. Essa é uma das dádivas da primeira metade da vida, e, com sorte, podemos conservá-la — talvez em formas mais sutis, mais equilibradas — também nas fases posteriores. Mas um dia essa crença sólida na capacidade de vencer qualquer coisa entra em choque com a realidade. Gilgamesh é avisado pelos dois guardiães, assim como por seu ancestral Utnapistin, de que a imortalidade está reservada unicamente aos deuses, mas ignora o bom conselho deles e, com grande risco, furta um ramo da Árvore da Imortalidade. A história de Gilgamesh é mais antiga que a do Gênesis, e o herói babilônico não é castigado pelos deuses, como Adão e Eva. É a própria natureza, sob a forma da serpente, que delicadamente o leva à compreensão.

Há um profundo paradoxo nessa antiga lenda. Nós, como Gilgamesh, precisamos desafiar a vida quando jovens e testar nossa força contra os limites da vida; e, como Gilgamesh, é possível que saiamos vitoriosos e atinjamos muitos de nossos objetivos. Demonstrar covardia na juventude é desconhecer a finalidade da vida, e quem tenta evitar o conflito, agarrando-se à infância, esquiva-se de seu destino supremo como ser humano. No entanto, embora seja lícito o jovem contestar a injustiça da vida e desafiar o que parece ser o destino, no final ele será lembrado de que existem certas fronteiras que não podemos ultrapassar. Sejam quais forem nossas crenças religiosas ou espirituais, e quer chamemos essas fronteiras de vontade de Deus, limites humanos, ou simplesmente "o que a vida é", não há como pretendermos ser mais do que humanos. Temos de aceitar nosso quinhão de tristeza e de alegria, de fracasso e de sucesso. A árvore que renova a vida e transforma a velhice em juventude pode acenar para nós em todos os spas ou clínicas de cirurgia plástica, e muitos de nós, ao chegarmos aos 30 anos, tendemos a começar a buscar maneiras de prolongar a juventude. Talvez isso seja apropriado e necessário, mas a descoberta de Gilgamesh é um dos grandes marcos da chegada à maturidade. O indivíduo que é capaz de reconhecer seus potenciais e aceitar os desafios do mundo é realmente heróico, e cada um de nós tem essa capacidade, dentro dos limites de nossos dons e personalidade. O jovem que consegue fazê-lo lembrando-se ao mesmo tempo de que os limites devem ser respeitados e de que a vida deve ser vivida aqui e agora, por mais injusta que às vezes possa parecer, esse tornou-se realmente adulto.

Capítulo 3
A Busca do Sentido

A busca do sentido tem, para os jovens, feições diferentes das que apresenta para os velhos. Na flor da mocidade, procuramos definir quem e o que somos, e buscamos um senso de singularidade capaz de refletir um propósito e um destino individuais. O sentido pode ser buscado no que realizamos no mundo, no amor ou naquilo que nos dá alegria. Não raro, no entanto, ele provém não da busca consciente de uma compreensão profunda da vida, mas de experiências que revelam dimensões dela que não sabíamos que existiam. Em outras palavras, o sentido, para os jovens, muitas vezes resulta do encontro com uma experiência, e não com a meta de uma busca consciente. Em fases posteriores da vida, somos mais conscientes do todo maior do qual fazemos parte e da continuidade das gerações, das quais participamos apenas por um breve período. Para os velhos, o sentido pode estar em voluntariamente explorar os mistérios mais profundos da vida e no sentimento de união que gera compaixão, desprendimento e a consciência das realidades espirituais. O sentido costuma ser buscado como uma meta consciente, quando os atrativos do mundo externo perdem o brilho. Para os jovens, contudo, com freqüência ele é uma questão altamente egocêntrica, exatamente como se espera que seja — uma luz vaga, mas que acena para nós e dá magia, paixão, ímpeto e direção a nossa vida.

Vainamoinen e o Talismã

Transigindo com os ideais

Vainamoinen, o herói da grande epopéia finlandesa, a *Kalevala*, é um personagem meio humano, meio mágico, mas que pode sofrer como qualquer mortal. Vemos aqui sua tentativa de fabricar um talismã mágico para conquistar a mulher a quem escolheu. No fim, não é a mulher, e sim o próprio talismã, que se revela o mais importante. O erro e a coragem de Vainamoinen mostram-nos que, embora possamos supor que queremos uma coisa, podemos descobrir-nos destinados a buscar uma outra.

Vainamoinen, filho da Virgem do Ar, queria se casar com uma bela mulher da Lapônia, mas ela preferiu atirar-se ao mar a desposá-lo. Desgostoso e triste, o herói saiu de casa e andou a esmo por algum tempo. Decidiu então escolher uma esposa entre o povo de uma terra distante. Louhi, a protetora dessa terra, prometeu-lhe a mão de sua própria filha, se Vainamoinen conseguisse forjar um *sampo*, um talismã capaz de levar prosperidade eterna à terra. Instigado pela prometida recompensa de uma bela e jovem esposa, o herói pôs-se a fabricar o talismã. No entanto, logo ficou entediado com todo o planejamento, os preparativos e o trabalho árduo, e assim pediu a um amigo, o ferreiro Ilmarinen, que lhe fizesse o talismã. Ilmarinen assim fez. Mas a filha de Louhi, ao ver o objeto mágico e a grande arte e engenhosidade de seu criador, decidiu que preferia o ferreiro. E Vainamoinen novamente foi rejeitado e ficou sem esposa.

Porém o casamento de seu amigo foi curto e com um triste fim, pois a mulher de Ilmarinen, que deveria ter se casado com Vainamoinen, foi devorada por ursos. O ferreiro então pediu em casamento a segunda filha de Louhi e, ao receber uma recusa, carregou-a consigo à força. A moça, porém, conseguiu escapar quando ele estava de costas e se entregou a outro homem. Humilhado e envergonhado, Ilmarinen contou ao amigo Vainamoinen sobre a prosperidade que o *sampo* levara às terras de Louhi e declarou que o herói deveria tê-lo feito para si mesmo e para seu povo, em vez de empurrar seu amigo para tamanha infelicidade. Envergonhado e com raiva, Vainamoinen elaborou um plano para roubar o *sampo*, que estava escondido numa ilha secreta.

O herói navegou para essa ilha. O barco chocou-se com um peixe enorme e por pouco não afundou; o peixe morreu, e com seus ossos Vainamoinen fez um instrumento musical maravilhoso, um saltério de cinco cordas, dotado de poderes mágicos. Com esse instrumento, fez os guardiães do *sampo* adormecerem. Roubou então o talismã e zarpou. Mas os guardiães acordaram mais cedo que o previsto e Louhi, a protetora da terra, provocou uma tempestade pavorosa, durante a qual o instrumento mágico de Vainamoinen foi levado pelas ondas e o *sampo* desfez-se em pedaços. O herói só conseguiu resgatar das águas fragmentos dispersos, mas esses parcos pedaços foram suficientes, quando ele retornou à sua pátria, para garantir um grau razoável de prosperidade para sua terra e sua gente. Embora a enfurecida Louhi lançasse uma série de flagelos contra o povo de Vainamoinen, e até trancasse o sol e a lua numa caverna, o herói triunfou e a terra ficou a salvo.

COMENTÁRIO: Essa estranha lenda, cheia de façanhas mágicas, apresenta-nos alguns dos dilemas típicos da juventude. O que buscamos na vida e o que achamos que nos fará felizes? Para a maioria dos jovens, assim como para Vainamoinen, encontrar o parceiro certo é, a princípio, o impulso dominante, e é como se todos os nossos problemas pudessem ser resolvidos e conseguíssemos encontrar nosso lugar ao sol se descobríssemos o amor perfeito.

Vainamoinen é rejeitado pela primeira mulher a quem ama. Resolve então deixar sua pátria e escolher uma esposa entre os estrangeiros. Até esse momento, o sentido de tudo, tanto para nosso herói quanto para muita gente, encarna-se num rosto bonito e na promessa de deleites sensuais. É justamente assim que somos impelidos pelo que cremos ser nosso destino, quando, na verdade, o que nos move são nossos sonhos frustrados e a necessidade de gratificação emocional e física. Vainamoinen não conhece nem ama realmente a mulher que lhe é prometida por Louhi, mãe dela; mas a moça é bonita e tem uma família importante. Pede-se a ele que faça um talismã — tarefa que, considerando seus poderes mágicos, ele realizaria com facilidade. Mas Vainamoinen não quer se chatear com a execução dessa tarefa e a transfere para um amigo. Como resultado, a filha de Louhi apaixona-se pelo fabricante do talismã e Vainamoinen torna a ser rejeitado.

Esse erro afetivo característico, que inúmeras pessoas experimentam na primeira parte da vida, é apresentado na *Kalevala* de maneira sucinta e sem floreios: Vainamoinen é jovem, egoísta e irresponsável, e leva uma bofetada na cara — se não literalmente, em termos metafóricos. Se quiser encontrar um sentido e um objetivo e se transformar no verdadeiro herói que está destinado a ser, ele terá que procurar mais do que a esposa "certa" e fazer mais do que esperar que um amigo lhe dê as respostas. É esse amigo, o amargurado ferreiro Ilmarinen, quem lhe fornece uma meta mais importante: furtar o talismã (que, afinal, fora projetado pelo herói) e levá-lo para casa, para criar prosperidade em sua própria terra. Nesse ponto, Vainamoinen começa a reconhecer que faz parte de um mundo maior e que há outras pessoas importantes além dele mesmo — a saber, seu povo. Ilmarinen, num certo nível, é o lado obscuro do próprio herói — um jovem amargurado, decepcionado por ter tido seus desejos frustrados e que reconhece que os grandes sonhos e ideais acabam, na melhor das hipóteses, tendo que ficar sujeitos a concessões, e na pior, estilhaçados. E, num nível mais profundo, o triste casamento e a perda de Ilmarinen lembram-nos que, quando criamos apenas para ganhar amor e aprovação, nossas criações podem acabar não nos dando alegrias e sendo usadas por outrem com o mesmo egoísmo com que nós as usamos.

Quando Vainamoinen decide roubar o *sampo* (a *Kalevala* nunca nos diz exatamente o que ele é), as coisas de repente começam a dar certo para ele. O imenso peixe que ele mata acidentalmente, e que também é mágico, fornece a matéria-prima capaz de fazer seus inimigos adormecerem. Essa é uma estranha imagem mítica, que sugere que, quando somos capazes de aproveitar as oportunidades tal como se apresentam — mesmo em situações aparentemente infelizes ou perigosas — e de criar algo individual a partir dessas oportunidades, podemos avançar em nossa busca do objetivo e do sentido.

A vingança de Louhi é previsível: nem mesmo um herói mágico pode esperar que tudo dê certo para ele, e a terrível tempestade que quase destrói o navio também quebra o talismã. Se Vainamoinen não fosse um herói, a essa altura certamente desistiria e voltaria para casa, desesperado. Mas o herói é herói porque (assim como cada um de nós, potencialmente) não desiste. Ele vasculha as ondas à procura dos pedaços do *sampo* e consegue resgatar o bastante para levar uma prosperidade razoável — não total nem perfeita — a seu povo. Assim, ele transige com seus ideais e mostra que sua eficácia não chega a ser absoluta; mas encontra um sentido mais profundo e verdadeiro do que aquele que originalmente o fizera sair de casa. No fim, não é na noiva estrangeira que Vainamoinen encontra o sentido; é na magia que ele começa a criar, depois descarta e torna a resgatar para si, ao lutar por ela diante do perigo e afirmar seu valor, mesmo depois de ela ter sido irreversivelmente estragada. É assim que todo jovem pode encontrar um sentimento de finalidade e objetivo internos, mesmo em meio à decepção amorosa, à desilusão e aos sonhos aparentemente destroçados.

Parsifal e o Graal

Fazendo as perguntas certas

A lenda do Graal sintetiza os mitos e imagens de várias culturas diferentes — celta, teutônica e francesa medieval — numa história comovente de descoberta, perda, luta, compaixão e redenção. O Graal tem sido interpretado como muitas coisas diferentes, desde uma imagem pagã da fertilidade até um símbolo cristão da redenção espiritual. Em todas as suas diferentes formas, o Graal é um símbolo do sentido mais profundo da vida. Na história aqui apresentada, encontramos Parsifal jovem, à procura do sentido — mas a busca é inconsciente e a descoberta é equivocada. Vemos aqui a dificuldade de encontrar algo quando não sabemos realmente o que estamos procurando.

Quando menino, Parsifal foi mantido afastado do mundo por sua mãe. Seu pai tinha morrido em combate antes de ele nascer e nada restara à mãe senão esse filho, que ela estava decidida a não perder. Assim, escondeu-o no coração da floresta e não lhe contou sobre seu direito nobiliárquico de se tornar cavaleiro na corte do rei Artur, como seu pai.

Mas a mãe de Parsifal deu-lhe ensinamentos sobre Deus, assegurando-lhe que o amor divino ajuda a todos quantos vivem na terra. Assim, um dia, ao encontrar um cavaleiro belo e cortês que fora perseguido e se embrenhara na floresta, Parsifal só pôde presumir que essa criatura superior era Deus em pessoa. Embora a ilusão do jovem tenha sido devidamente desfeita, o encontro com o cavaleiro despertou seu instinto natural de seguir seu próprio destino, e Parsifal implorou à mãe que o deixasse partir para o mundo.

A mãe finalmente deu seu consentimento e ele partiu, com uma roupa de bufão; a esperança da mãe era que essa roupa despertasse tamanho escárnio que o jovem voltasse para ela. Mas Parsifal insistiu em sua busca, a despeito das zombarias, e, no devido tempo, chegou ao castelo de Gurnemanz. Esse nobre dispôs-se a ser mentor do rapaz e lhe ensinou as regras da cavalaria. A roupa de bufão foi retirada, assim como o estilo tolo de Parsifal, e Gurnemanz o instruiu na cortesia e, o que talvez fosse mais importante, na ética que havia por trás dela. — Nunca percas teu senso de decência, disse Gurnemanz ao cavaleiro novato, e não importunes as pessoas com perguntas tolas. Lembra-te sempre de demonstrar compaixão pelos que sofrem. Parsifal, no entanto, embora decorasse cuidadosamente essas belas palavras, na verdade não as compreendia. Aprendeu as formas externas, mas não o sentido interior.

Com o tempo, as viagens de Parsifal levaram-no a uma terra distante, onde os campos eram desertos e estéreis. Em meio a essa Terra Deserta havia um castelo, onde ele enfrentou seu primeiro grande teste de maturidade. Mas era uma tarefa para a qual ainda não estava preparado. Havia no castelo um rei doente, que se debatia na cama em grande aflição. Era o rei do Graal, que havia transgredido as leis da comunidade do Graal ao buscar, sem permissão, o amor terreno. Como castigo, fora ferido na virilha, e assim permaneceria até que um cavaleiro desconhecido lhe fizesse duas perguntas. "Senhor, o que vos aflige?" deveria ser a primeira indagação do cavaleiro ao rei enfermo. Havia também grandes maravilhas no castelo, e o próprio Graal poderia aparecer ao estrangeiro que lá chegasse; mas o rei só se curaria quando o cavaleiro desconhecido fizesse a pergunta "Senhor, a quem serve o Graal?" Nessas duas perguntas estaria a redenção não apenas do rei doente, mas também da Terra Deserta.

Ao ver o rei adoecido em seu leito, entretanto, Parsifal só conseguiu se lembrar da forma externa do conselho de Gurnemanz — que a curiosidade era uma indelicadeza e que ele não deveria importunar os outros com perguntas tolas. Se esqueceu de demonstrar compaixão pelos sofredores. Assim, não disse nada. E quando o próprio Graal apareceu — acompanhado pelos doces sons da música celeste, transportado em lenta procissão pelos Cavaleiros do Graal, guardado por donzelas e revelando-se numa explosão de luz celestial — o jovem cavaleiro admirou-o intensamente, mas manteve a boca fechada, por medo de parecer tolo.

E, assim, nada disse. Ouviu-se então o grande estrondo de um trovão e o castelo desapareceu, enquanto uma voz dizia: — Jovem tolo, não fizeste as perguntas que deverias ter feito. Se as tivesses feito, o rei teria se curado, seus membros teriam se fortalecido e toda a terra seria recuperada. Agora, vagarás pelo deserto por muitos anos, até aprenderes a ter compaixão. E Parsifal, percebendo tardiamente sua tolice, partiu para o deserto num alvorecer frio e cinzento, determinado a um dia conquistar o direito de ter-lhe outra vez concedida a visão do Graal.

COMENTÁRIO: Parsifal poderia ser qualquer jovem partindo para a vida. Em sua criação e caráter podemos ver ecos da história de Peredur, outro mito com raízes na mesma tradição celta. A mãe de Parsifal se aflige por saber que a vida nem sempre se mostra doce, e por trazer as cicatrizes de sua própria perda. Em vez de falar com Parsifal sobre as provações, as dificuldades e as recompensas que a vida pode trazer, ela esconde do filho as tristezas e alegrias potenciais da vida. Muitos pais preferem não preocupar os filhos com as verdades duras da vida e procuram disfarçar seus aspectos problemáticos. Recusam-se a reconhecer que os filhos poderão se interessar por sexo, drogas e álcool, e não dão nenhuma instrução sobre esses assuntos, ou então impõem regras sem explicação nem discussão; depois, ficam horrorizados ao tomar conhecimento do vício ou da gravidez indesejada de um filho. Mas a Serpente surge sob alguma forma para todos nós, e Parsifal, ao encontrar o cavaleiro na floresta, descobre que existe vida além dos domínios resguardados de sua mãe.

Parsifal está preparado para receber os ensinamentos de Gurnemanz, o que é um tema conhecido na adolescência. Buscamos fora da família modelos de papéis que possam nos ajudar em nossa separação da matriz familiar e a criar uma individualidade própria. Mas Parsifal apenas repete o que Gurnemanz lhe ensina; ainda é jovem e inexperiente demais para *compreender* o significado dos ensinamentos do mais velho. Isso acontece, em parte, porque sua mãe não lhe deu nenhuma base sólida na qual as palavras de Gurnemanz pudessem fincar raízes. Os conhecimentos que adquirimos na juventude e no início da idade adulta só podem contribuir para a construção de um sentimento sólido do eu quando o solo é fértil — quando o solo foi inicialmente preparado por pais dispostos a compartilhar sua experiência com franqueza. Assim, Parsifal parte do castelo de Gurnemanz munido de informações, mas sem sabedoria. Conhece as normas de conduta, mas não compreende seu sentido ou sua finalidade. Ainda não sofreu perdas nem decepções e não passou por nenhuma lição difícil com a qual pudesse ter aprendido a ter compaixão. Assim, ao se ver diante de um homem enfermo, que se debate em agonia, só consegue pensar em não parecer tolo, e ao receber uma visão do Graal, só consegue morder a língua para não dizer nada que possa soar estúpido. Em outras palavras, está preocupado com sua imagem diante do outro, e por isso é incapaz de reagir à situação real com que se depara. Parsifal deixa, portanto, de formular as perguntas que importam, e é expulso do castelo apenas com a percepção de seu fracasso e o despontar da determinação de um dia resgatar o que perdeu.

As duas perguntas que Parsifal não faz são profundamente simbólicas e nos falam do tipo de atitudes que precisamos ter ao caminhar pela vida. Mostram-nos também o tipo de perguntas que precisamos estimular nossos filhos a fazerem, a fim de prepará-los para a vida.

"Senhor, o que vos aflige?" é a pergunta que Parsifal deve dirigir ao rei enfermo; ela demonstra um interesse e compaixão sinceros pelos outros. Por trás de todos os atos e situações humanos existem razões que podem ser muito diferentes da aparência que vemos, e, ao indagar sobre eles, podemos descobrir que muito do que julgamos ruim ou inaceitável na vida é produto da fraqueza e da ignorância humanas, e não da maldade ou da inferioridade. Quanto menos sabemos, mais julgamos os outros, com freqüência injusta e equivocadamente, por não compreendermos como eles chegaram ao ponto em que estão. Tampouco entendemos nossas próprias dificuldades, enquanto não nos perguntamos o que fizemos para chegar a uma dada situação. Perguntar é um dos grandes caminhos para a compaixão; ao nos depararmos com a miséria humana, não devemos nos sentir moralmente superiores e virtuosos, pois sabemos que nós mesmos, em circunstâncias idênticas, seríamos capazes de muitos dos atos pelos quais condenamos os outros.

A segunda pergunta é: "A quem serve o Graal?" Ela tem confundido e intrigado os estudiosos desde que as primeiras histórias sobre o Graal foram escritas. Ao nos confrontarmos com um golpe de sorte — seja o sucesso precoce, a dádiva de uma relação amorosa ou uma experiência espiritual de grande valor e peso —, devemos indagar a que objetivo superior essa boa sorte serve. Trata-se, na verdade, de uma postura religiosa, embora não se restrinja a nenhum credo ou doutrina religiosos específicos. É um modo de ver a vida no qual discernimos um padrão e finalidade mais profundos. Quando a vida parece nos oferecer recompensas gratuitas, precisamos olhar além dos nossos auto-elogios e indagar a que propósito superior nossa dádiva pode servir. Isso transforma qualquer experiência de vida em algo repleto de sentido, desapoiando-a das muletas do ego e permitindo que compartilhemos nosso saber, visão, criatividade, talentos e sorte — não em detrimento de nós, mas tampouco em completo benefício de nós mesmos. Essa atitude santifica a vida: a palavra "santificar" provém de uma raiz latina que significa "tornar sagrado", e, ao formularmos essa pergunta — a mais fundamental de todas —, alargamos nossos horizontes e nos vinculamos a um todo mais profundo e mais amplo. Isso é o que Parsifal, o jovem tolo, não consegue fazer, e é isso que, muitas vezes, todos deixamos de fazer na mocidade — especialmente quando não nos são dados, na infância, saber ou ensinamentos sobre essas atitudes. Parsifal tem então que vagar pelo deserto por muitos anos, até que, através do sofrimento, aprenda a ter compaixão e humildade — que lhe permitirão reencontrar o castelo e formular as perguntas que deveria ter feito muitos anos antes. Também nós podemos ter que vagar por muito tempo até aprender essas lições; mas, talvez, com um pouco mais de sabedoria — quer sejamos pais, quer sejamos jovens que iniciam sua busca na vida —, possamos diminuir esse tempo e torná-lo menos doloroso.

Perseu

O sentido está em servir

A história de Perseu é uma narrativa do amor e da coragem que vencem o ódio e o medo, e reflete o modo como o divino está presente em toda a sua prole. A luta e o sacrifício pelas pessoas que ama conduzem ao término do conflito e à fundação de uma linhagem familiar duradoura. Mas o herói não realiza essa busca conscientemente. Pouquíssimos jovens têm realmente consciência da necessidade de encontrar um sentido na vida; o que sabem é da necessidade de melhorar as coisas. Perseu começa tentando salvar sua triste mãe, mas acaba recebendo muito mais do que a princípio havia procurado.

Perseu era filho de uma mortal, Danae, e do grande deus Zeus, rei do Olimpo. O pai de Danae, o rei Acrísio, tinha sido informado por um oráculo de que um dia seria morto por seu neto, e, aterrorizado, aprisionou a filha e afastou todos os seus pretendentes. Mas Zeus era deus e desejava Danae: entrou na prisão disfarçado em chuva de ouro, e o resultado dessa união foi Perseu. Ao descobrir que, apesar de suas precauções, tinha um neto, Acrísio fechou Danae e o bebê numa arca de madeira e os lançou ao mar, na esperança de que se afogassem.

Mas Zeus enviou ventos favoráveis, que sopraram mãe e filho pelo mar e os levaram suavemente à costa. A arca parou numa ilha, onde foi encontrada por um pescador. O rei que comandava a ilha recolheu Danae e Perseu e lhes deu abrigo. Perseu cresceu forte e corajoso e, quando sua mãe se afligiu com as indesejadas investidas amorosas do rei, o jovem aceitou o desafio que este lhe fez: o de lhe levar a cabeça da Medusa, uma das Górgonas. Perseu aceitou essa missão perigosa não porque ambicionasse alguma glória pessoal, mas porque amava a mãe e estava disposto a arriscar a vida para protegê-la.

A Górgona Medusa era tão hedionda que quem olhasse seu rosto se transformava em pedra. Perseu precisaria da ajuda dos deuses para vencê-la, e Zeus, seu pai, certificou-se de que essa assistência lhe fosse oferecida: Hades, o rei do mundo

subterrâneo, emprestou-lhe um capacete que tornava invisível quem o usasse; Hermes, o Mensageiro Divino, deu-lhe sandálias aladas; e Atena lhe deu uma espada e um escudo especial, tão bem polido que servia de espelho. Com esse escudo, Perseu pôde fitar o reflexo da Medusa e, assim, decepou-lhe a cabeça sem olhar diretamente para seu rosto medonho.

Com a cabeça monstruosa seguramente escondida num saco, o herói voltou para casa. Na viagem, avistou uma bela donzela acorrentada a um rochedo à beira-mar, à espera da morte pelas mãos de um assustador monstro marinho. Perseu soube que ela se chamava Andrômeda e estava sendo sacrificada ao monstro porque sua mãe havia ofendido os deuses. Comovido por sua aflição e sua beleza, o herói se apaixonou por ela e a libertou, transformando o monstro marinho em pedra com a cabeça da Medusa. Em seguida, levou Andrômeda para conhecer sua mãe, que, na ausência dele, tinha sido tão atormentada pelas investidas do rei depravado que, desesperada, tinha ido se refugiar no templo de Atena.

Mais uma vez, Perseu ergueu bem alto a cabeça da Medusa e transformou em pedra os inimigos de sua mãe. Depois, entregou a cabeça a Atena, que a incrustou em seu escudo, onde ela se tornou o emblema da deusa para sempre. Perseu também devolveu os outros presentes aos deuses que os haviam oferecido. Daí em diante, ele e Andrômeda viveram em paz e harmonia e tiveram muitos filhos. Sua única tristeza foi que, um dia, ao participar de jogos atléticos, ele arremessou um disco que foi levado a uma distância excepcional por uma rajada de vento. O disco atingiu e matou acidentalmente um velho. Tratava-se de Acrísio, o avô de Perseu, e com isso finalmente cumpriu-se o oráculo do qual um dia o velho tentara se livrar. Mas Perseu não tinha um espírito rancoroso ou vingativo e, por causa dessa morte acidental, não quis governar o reino que era seu por direito. Em vez disso, trocou de reino com seu vizinho, o rei de Argos, e construiu para si uma poderosa cidade, Micenas, onde viveu uma longa vida com sua família, com amor e honradez.

COMENTÁRIO: A história de Perseu começa pelo medo. Acrísio teme a profecia do oráculo e tenta eliminar a própria filha e o neto recém-nascido. O tema da velhice que teme a mocidade é conhecido na mitologia, e Acrísio encarna a atitude negativa que os idosos às vezes têm em relação aos jovens. O nome de Perseu, que significa "destruidor", descreve seu papel de matador da Medusa, mas Acrísio só vê essa destruição em relação a si mesmo. Nessa história, o deus Zeus desempenha o papel do bom pai que cuida do filho, guiando e protegendo invisivelmente a mãe e o filho, para que suas vidas possam ser preservadas.

Danae é amada e cuidada por Zeus e, por sua vez, ama o filho e o trata com carinho, apesar do caráter destrutivo de Acrísio, seu pai. Perseu corresponde a esse amor, arriscando a vida pela mãe, de bom grado. Quando essa mãe se aflige com a perseguição agressiva do rei, Perseu resolve sair de casa e vencer qualquer monstro que possa ameaçar a segurança dela. É impelido para o mundo por seu desejo de proteger alguém que lhe é importante, e não por querer aprender o sentido da vida. Embora seja auxiliado pelos deuses, utiliza com sensatez e modéstia a ajuda que eles lhe dão. É hábil e corajoso ao eliminar a Medusa e, quando se apaixona, é destemido na defesa da amada contra seus inimigos. Apesar de ter deixado a mãe, ele se pauta em seu relacionamento positivo com ela para praticar atos de coragem — ao contrário de Peredur, Parsifal e Guinglain, que rompem abruptamente os laços com a família para se encontrarem.

Perseu é sempre honrado e cavalheiresco — a imagem daquilo que, em cada um de nós, é capaz de atingir metas sem fazer inocentes sofrerem. Ele só castiga os que merecem punição e sempre honra e respeita os deuses. Devolve os presentes recebidos, pois sabe que é mortal e não tem direito de reivindicar atributos divinos. Até o último momento da história, porta-se com sensibilidade, desistindo do reino que é seu por direito em virtude da infeliz morte de seu avô. Perseu consegue perdoar Acrísio por seu medo corrosivo e não se sente obrigado a se vingar. Talvez por isso tenha uma vida longa e feliz com a mãe, a mulher e os filhos — fato raro na mitologia grega!

PARTE III

AMOR E RELACIONAMENTOS

O amor, como dizem, faz o mundo girar. A quantidade de mitos que falam de paixão e repulsa, casamento e separação, amor e rivalidade, fidelidade e infidelidade sexuais e do poder transcendental da compaixão sublinha a importância central do amor em nossa vida. Não há variação em torno do tema dos relacionamentos que não se possa encontrar na mitologia mundial. E, por serem muito complexas as relações humanas, a moral apresentada nos mitos é igualmente multifacetada. Não há enigma maior do que o mistério de por que as pessoas se atraem ou se repelem, e é comum buscarmos respostas simples para perguntas que exigem um enorme esforço da alma até para serem adequadamente formuladas. Os amores e desgostos dos mitos aparecem sob muitas formas e cores, e alguns são claramente insólitos. Mas, ainda que algumas dessas histórias questionem muitos de nossos pressupostos morais sobre os relacionamentos, os mitos relativos ao amor também nos consolam de nossa infelicidade, servem de guia para nossos dilemas e trazem um discernimento duramente necessário sobre as razões pelas quais, em nossa vida pessoal, às vezes criamos os dilemas que criamos.

Capítulo 1

Paixão e Rejeição

A paixão sexual é retratada na mitologia como uma força mais poderosa que qualquer outra, capaz de levar homens e deuses a atos que contrariam sua vontade e não raro terminam em tragédia. Os gregos atribuíam tal paixão à obra da deusa Afrodite, que, apesar de atormentar homens e mulheres com paixões incontroláveis, era capaz de levar a loucura e a destruição aos que a ofendessem. Mas a paixão em si não é retratada como uma força negativa ou imoral: está aliada à força, à coragem, à potência sexual e à reação da alma à beleza; reflete o poder e a tenacidade da própria força vital; e, por ser inspirada pelos deuses, é sagrada. A mitologia nos ensina que o modo como os mortais seguem suas paixões e o grau em que a paixão domina a consciência é que são as verdadeiras fontes do sofrimento, da rejeição e até da catástrofe.

Eco e Narciso

A tragédia do amor narcisista

Esse triste mito da Grécia fala de paixão e rejeição e mostra como a retaliação e a vingança, longe de trazerem alívio, só fazem aumentar a agonia. Mais importante, ele nos diz que, quando não nos conhecemos, podemos passar a vida buscando esse conhecimento através de uma obsessão com nós mesmos — o que equivale a dizer que não somos capazes de dar amor aos outros.

Havia um jovem chamado Narciso. Sua mãe, ansiosa por saber o destino do filho, consultou Tirésias, o adivinho cego: — Viverá ele até a velhice?, perguntou-lhe.

— Desde que não conheça a si mesmo, respondeu Tirésias. Assim, a mãe providenciou que o filho nunca visse seu reflexo num espelho. O menino cresceu extraordinariamente belo e era amado por todos quantos encontrava. Embora

nunca tivesse visto o próprio rosto, pressentia, pelas reações dos demais, que era belo; mas não conseguia ter certeza, e dependia de que lhe dissessem quão lindo era para se sentir confiante e seguro. Assim, tornou-se um jovem muito voltado para si mesmo.

Narciso passou a gostar de passeios solitários pelo bosque. A essa altura, já recebera tantos elogios que tinha começado a achar que ninguém era digno de olhá-lo. No bosque vivia uma ninfa chamada Eco. Ela desagradara a poderosa deusa Hera por falar demais e, exasperada, Hera determinou que ela só poderia falar em resposta à voz de outra pessoa, e, mesmo assim, só podia repetir as últimas palavras que fossem ditas. Fazia muito que Eco amava Narciso e o seguia pelo bosque, na esperança de que ele lhe dissesse alguma coisa — pois, de outro modo, não poderia falar. Mas ele estava tão absorto em si mesmo que não via que ela o seguia. Um dia, por fim, o rapaz se deteve num lago da floresta para beber água, e a ninfa aproveitou a oportunidade para agitar alguns galhos, de modo a atrair sua atenção.

— Quem está aí?, perguntou ele.

— Aí!, foi a resposta de Eco.

— Vem até aqui!, disse Narciso, irritando-se.

— Aqui!, ecoou a Ninfa, deslizando por entre as árvores e estendendo os braços para abraçá-lo.

— Vai-te embora!, gritou Narciso, zangado. Não pode haver nada entre os de tua laia e o belo Narciso!

— Narciso!, suspirou Eco, triste, e se afastou envergonhada, murmurando aos deuses uma prece silenciosa para que aquele jovem orgulhoso soubesse, um dia, o que era amar em vão. E os deuses ouviram.

Narciso voltou-se para o lago para beber água e se achou diante do mais belo rosto que já tinha visto. Apaixonou-se no mesmo instante pelo deslumbrante jovem que estava a sua frente. Sorriu, e o belo rosto retribuiu o sorriso. Inclinou-se para a água e beijou seus lábios rosados, mas seu toque rompeu a superfície lisa e o belo jovem desapareceu como um sonho. Tão logo Narciso recuou e ficou imóvel, a imagem ressurgiu.

— Não me desprezes assim!, suplicou o rapaz à imagem. Sou aquele a quem todos amam em vão.

— Em vão!, lamentou-se Eco por entre as árvores.

Inúmeras vezes Narciso se aproximou do lago para abraçar o jovem encantador, e em todas elas, como que a zombar dele, a imagem desapareceu. Narciso passou horas, dias, semanas fitando a água, sem comer nem dormir, apenas murmurando "Ai!". Mas seus lamentos apenas lhe eram devolvidos pela desditosa Eco. Por fim, seu coração magoado parou de bater e ele jazeu, frio e imóvel, entre os lírios-d'água. Os deuses comoveram-se à visão de tão belo cadáver e o transformaram na flor que hoje leva seu nome.

Quanto à pobre Eco, que invocara tamanho castigo para o coração frio do rapaz, não ganhou nada senão tristeza com o atendimento de sua prece. Definhou até não restar nada senão sua voz, e até hoje ainda lhe é concedida a última palavra.

COMENTÁRIO: Há muitos temas profundos nesse famoso mito. Narciso é um filho muito amado e sua mãe, ansiosa por saber seu futuro, consulta um profeta quando ele ainda é muito pequeno. O profeta recomenda que, para chegar à velhice, ele não conheça a si mesmo. Assim, tentando enganar o destino (o que é sempre má idéia), a mãe o mantém protegido e ignorante de si mesmo, esquecida de que, ao fazê-lo, ela própria arquiteta o destino do filho. Narciso cresce indelicado e absorto em si mesmo, pois gasta toda a sua energia na afirmação de sua identidade através dos olhos dos outros. Por sua grande beleza, todos lhe perdoam o comportamento arrogante. Na verdade, ele nunca se viu; sabe apenas que todos a seu redor enchem-no de atenções e, portanto, presume ser melhor e mais importante do que os outros, tratando-os com desdém. Por baixo desse desdém há uma profunda dependência e uma dúvida corrosiva a respeito de si mesmo, pois como pode alguém se valorizar sem saber quem ou o que é?

Então, Eco apaixona-se por ele. Sua impossibilidade de se comunicar tornou-a ingênua e vulnerável, pois só através da comunicação podemos vir a conhecer as idéias e sentimentos alheios. É presumível que Hera a tenha castigado por ela falar demais e ouvir de menos — donde nunca se comunicou realmente. Eco apaixona-se por um rosto bonito; não sabe nada sobre sua verdadeira natureza. Quando Narciso a rejeita, isso lhe desperta a crueldade e a raiva. No fim, ambos sofrem: Narciso pela obsessão consigo mesmo, Eco por sua raiva muda.

Uma lição importante a ser extraída desse mito é que o amor só pode florescer numa atmosfera em que o mais importante seja dar, e não receber, e isso só acontece quando ambos os indivíduos têm consciência de si e estão aptos e dispostos a se comunicar. O termo "narcisismo" é usado na psicologia para descrever a pessoa que é incapaz de se relacionar com outra pessoa que não ela mesma. Isso costuma resultar de uma criação em que a criança é mimada e paparicada, mas nunca é realmente vista como um indivíduo e, portanto, nunca aprende a se ver como é. Quando não nos valorizamos como pessoais reais, jamais conseguimos confiar no amor de outrem, e menos ainda oferecer o nosso. Esse mito nos adverte para o fato de que essa obsessão consigo mesmo pode levar à crueldade, à estagnação e à perda de todo o crescimento futuro e do potencial criativo — em outras palavras, a uma morte psicológica.

A autocentração natural da criança, temperada com uma consciência crescente dos limites e com a comunicação sincera da família, acaba por evoluir para uma auto-estima sadia. Todos nós precisamos nos sentir especiais e amados, mas em relação a quem realmente somos, e não a uma fantasia idealizada de perfeição. Muitos relacionamentos fracassam ou levam a grande crueldade e infelicidade porque nenhuma das partes jamais foi amada pelo que é. Foram filhos "divinos", destinados a realizar os sonhos de um ou de ambos os pais, e adorados pelo que podiam proporcionar a estes, e não pelo que realmente eram. Portanto, na infância, não vivenciaram um autêntico reconhecimento como indivíduos e, na idade adulta, estão sempre procurando preencher um terrível sentimento interno de vazio através do amor despertado nos outros — amor que em seguida rejeitam, ao se lembrarem, no íntimo, de que não têm valor. Eco e Narciso são, na verdade, duas faces da mesma moeda, cada um espelhando a falta de realidade do outro.

A infelicidade na vida amorosa de muitos "ícones" populares é testemunho dessa fome de amor que deseja substituir o que faltou no começo da vida — o sentimento de ser realmente alguém. Talvez todos tenhamos em nós um pouco de narcisismo, que é capaz de nos impelir a aproveitar ao máximo nossos talentos. Mas um pouquinho basta, e quando a autocentração como defesa contra o vazio entra num relacionamento, o amor foge pela janela. Quando nos transformamos em Narciso, não enxergamos a pessoa amada; apaixonamo-nos pela experiência inebriante de alguém se apaixonar por nós. Depois, passamos a tratar as pessoas com crueldade, quando o velho e conhecido vazio se insinua, a despeito das declarações do parceiro, pois temos medo de que ele descubra aquilo que tememos em nós. Quando nos transformamos em Eco, apaixonamo-nos por uma imagem idealizada do que gostaríamos de ser — e podemos ser tratados com crueldade, se a valorização de nós mesmos for tão pequena que só consigamos ecoar a pessoa amada. E a vingança de Eco só lhe traz mais tristeza. Ela também não cresce, ficando permanentemente cristalizada num amor não correspondido e numa raiva que a corrói, até não restar mais nada. Infelizmente, é provável que todos os advogados especializados em divórcios tenham ouvido muitas vezes a história de Eco e Narciso.

Cibele e Átis

Os perigos da possessividade

Esta é uma visão violenta e crua da paixão ciumenta levada ao exagero. A história é antiga: na região central da Turquia, o culto a Cibele remonta a pelo menos seis mil anos atrás. Mas o tema também é extremamente atual, pois fala das conseqüências trágicas do amor possessivo. Embora nesse mito a amante ciumenta seja também a mãe, muitos relacionamentos adultos implicam sentimentos inconscientes de dependência infantil e possessividade parental. E podemos levar para a vida adulta conflitos não resolvidos na relação com os pais, e pôr em prática os temas apresentados nesse mito — de maneiras mais sutis, porém psicologicamente semelhantes.

A grande deusa anatólia da terra, Cibele, criadora de todos os reinos da natureza, teve um filho a quem chamou Átis. Desde o momento em que ele nasceu, a deusa ficou extasiada com sua beleza e graça, e não havia nada que não fizesse para deixá-lo feliz. À medida que ele foi crescendo, o amor de Cibele aprofundou-se em todos os níveis e, quando Átis chegou à idade adulta, ela tomou posse também dessa virilidade e se tornou sua amante. Além disso, fez dele sacerdote de seu culto e o prendeu a um juramento de fidelidade absoluta. E assim viviam os dois, fechados num mundo paradisíaco, onde nada podia macular a perfeição desse laço.

Mas era impossível manter Átis afastado do mundo para sempre, e um de seus maiores prazeres era perambular pelos montes. Um dia, quando descansava sob a copa de um enorme pinheiro, Átis ergueu os olhos e avistou uma bela ninfa; imediatamente, apaixonou-se e deitou-se com ela. Porém, não se podia esconder nada de Cibele, e quando ela soube que seu filho-amante fora infiel, teve um terrível acesso de ciúmes. Fez Átis entrar num transe delirante e, em sua loucura, ele se castrou, para garantir que nunca mais tornasse a quebrar seu juramento de fidelidade. Ao se recobrar do delírio, estava mortalmente ferido, e sangrou até a morte nos braços de Cibele, sob o mesmo pinheiro em cuja sombra se havia deitado com sua ninfa. Entretanto, como Átis era um deus, sua morte não foi definitiva: a cada primavera o jovem renasce para sua mãe e passa com ela o tempo rico e fecundo do verão; e a cada inverno, quando o sol chega a seu ponto mais distante, ele torna a morrer, e a deusa da terra chora até que finalmente chegue a primavera seguinte.

COMENTÁRIO: O incesto entre Cibele e Átis não precisa ser interpretado literalmente. O laço intenso entre mãe e filho constrói-se a partir de muitos sentimentos — sensuais, afetivos e espirituais —, e não é incomum nem patológico a mãe olhar seu bebê recém-nascido e considerá-lo belo. Tampouco é incomum ou patológico que o laço entre mãe e filho tenha repercussões mais tarde, quando o rapaz ou a moça buscam nos braços da pessoa amada certas qualidades e respostas afetivas semelhantes às experimentadas no começo da vida. A maioria dos relacionamentos amorosos tem componentes de proteção e dependência; a questão, no final das contas, é se também há espaço na relação para a igualdade e a distinção entre os parceiros. A tragédia desse mito está no desejo de Cibele de deter a posse absoluta do amado. Embora isso também não seja incomum, tanto nos relacionamentos adultos quanto na relação mãe-filho, as conseqüências psicológicas podem ser profundamente destrutivas, quando a possessividade não é reconhecida e refreada.

Cibele não permite que Átis seja um parceiro em igualdade de condições. Quer prendê-lo unicamente a si, como alguém profundamente dependente e incapaz de ter vida própria longe dela. Podemos ver ecos desse padrão em todo relacionamento em que um dos parceiros — homem ou mulher — ressente-se dos amigos e interesses independentes do outro. Pode haver ciúme da dedicação do parceiro ao trabalho ou a atividades criativas, e pode até haver ressentimento quando o parceiro se recolhe a seus próprios pensamentos. Isso não é relacionamento, mas posse. Tal possessividade absoluta provém, invariavelmente, da profunda insegurança que faz o indivíduo se sentir ameaçado por qualquer sinal de separação nesse vínculo. E essa insegurança profunda pode evocar sentimentos intensamente destrutivos — especialmente quando a pessoa insegura, como Cibele, não tem mais nada na vida além do amado.

A vingança de Cibele pela infidelidade de Átis — infidelidade que é, em essência, uma tentativa dele de criar uma identidade masculina independente — consiste em levá-lo à autocastração. Essa é uma imagem assustadora e brutal, que, felizmente, costuma se restringir ao mundo dos mitos. Mas há níveis mais sutis de autocastração que podem ocorrer na vida cotidiana. Quando alguém procura minar a independência do parceiro pela chantagem emocional, esse homem ou mulher tenta, na verdade, castrar a potência do parceiro na vida; e quando o parceiro compactua com isso, por medo de perder o relacionamento, a autocastração de Átis concretiza-se no plano psicológico.

A loucura de Átis pode ser vislumbrada na confusão afetiva que a manipulação psicológica é capaz de criar, ao ser imposta a qualquer indivíduo que não tenha consciência ou maturidade afetiva suficientes para perceber o que está acontecendo. Impor sentimentos de culpa, criticar, negar-se ao outro em termos afetivos e sexuais, num jogo de poder, e isolar o parceiro, mediante uma interferência sutil em suas amizades e interesses externos: tudo isso são métodos pelos quais as Cibeles de hoje, homens ou mulheres, levam seus parceiros a um estado de insegurança e dúvida a seu próprio respeito.

Paixão intensa e insegurança são uma mistura nociva, pois dela brota o tipo de amor possessivo que é claramente ilustrado por esse mito sombrio. Talvez a insegurança tenha que existir dos dois lados, pois, de outro modo, Átis se libertaria e buscaria uma vida nova. Cibele tem o poder de enlouquecê-lo porque o rapaz tem uma necessidade absoluta dela; Átis ainda é um bebê no plano psicológico, não suportando separar-se da mãe. A dependência que sente é a de um filho em relação aos pais. Quando levamos esses sentimentos intensos de dependência para as relações adultas, estamos abrindo as portas para enormes sofrimentos. A menos que saibamos lidar com a separação, não conseguimos resistir às tentativas de manipulação e aprisionamento de outra pessoa, nem conseguimos nos abster de manipular e aprisionar os outros, para mantê-los junto de nós. Presos nessa rede, não conseguimos viver plenamente a vida e temos de abrir mão do poder de moldar nosso destino, por medo de ficarmos sós. Nem Cibele nem Átis suportam o desafio humano fundamental da existência afetiva independente. Por isso, não podem se tornar amantes que realmente respeitam e valorizam a alteridade do outro; condenam-se a um estado psicológico de fusão, que resulta numa repetição cíclica de traição, mágoa, confusão e autodestrutividade. Esse mito nos ensina que não é apenas a paixão que desencadeia a tragédia, mas a mistura doentia de paixão e incapacidade de existir como um ser humano separado.

Sansão e Dalila

Sucumbindo à tentação

O mito bíblico de Sansão nos mostra os resultados trágicos da paixão distorcida e, em certo nível, pode ser interpretado como uma injunção moral contra se sucumbir à tentação. Mas a misteriosa relação entre a força de Sansão e seu cabelo, bem como o fato de ele ser cegado pelos filisteus, revelam significados mais profundos, que podem nos ensinar mais sobre o papel que a paixão desempenha na descoberta de si mesmo do que sobre as normas morais pelas quais a sociedade julga que devemos conduzir nossa vida.

O israelita Manoá sofria por sua mulher ser estéril e eles não poderem ter um filho. Assim, fez uma prece ao Senhor; o Senhor ouviu e respondeu, e nasceu Sansão.

Sansão cresceu alto e forte, e o espírito do Senhor começou a levá-lo a uma grande ira e a grandes proezas de força. Um dia, ele viu uma filistéia e a desejou como esposa. Naquela época, entretanto, os filisteus dominavam os israelitas; a mãe e o pai de Sansão perguntaram-lhe por que não podia escolher uma mulher de seu próprio povo, mas o rapaz estava decidido e sua ira dava medo, de modo que ele acabou se casando com a mulher. Mais tarde, cansou-se dela, e a entregou a um de seus companheiros. Mas aconteceu de Sansão ir visitá-la e o pai da moça não lhe permitir que a visse. Enraivecido, Sansão ateou fogo aos milharais dos filisteus. Quando estes souberam de seu feito, queimaram-lhe a mulher e o pai dela, como vingança. Em retaliação, Sansão matou muitos deles; os filisteus tentaram derrotá-lo e capturá-lo, mas não conseguiam vencê-lo. E assim ficou preparado o terreno para o ódio amargo e interminável entre Sansão e o povo de sua mulher.

Um dia, Sansão foi a Gaza e viu uma prostituta. Deitou-se com ela e os filisteus ficaram à sua espera na saída, para matá-lo; mais uma vez, porém, não conseguiram vencê-lo. Mais tarde, ele viu e se apaixonou por uma mulher chamada Dalila. Os governantes dos filisteus foram procurá-la e lhe pediram que o provocasse e descobrisse qual era o segredo de sua enorme força, a fim de que eles pudessem derrotá-lo. E lhe ofereceram mil e cem moedas de prata.

Dalila tentou de tudo para fazer Sansão lhe contar seu segredo. Ele acabou ficando tão exasperado e sentido com essa insistência, que abriu o coração para ela. Contou-lhe que, se sua cabeça fosse raspada, perderia sua força. Dalila então mandou chamar os príncipes dos filisteus, contou-lhes o segredo de Sansão e eles lhe deram as moedas de prata, conforme o combinado. Depois, enquanto Sansão dormia nos braços da amada, veio um homem que cortou os sete cachos de sua cabeça, e Sansão perdeu sua força.

Quando ele acordou, os filisteus o levaram, acorrentaram-no e lhe arrancaram os olhos. Ele foi preso e todos os filisteus comemoraram, pois tinham vencido seu grande inimigo. Sansão passou um longo tempo na prisão, e depois foi levado à presença do povo, para diverti-lo. A essa altura, porém, seu cabelo tinha voltado a crescer. Preso aos grilhões, Sansão foi amarrado entre as pilastras do palácio, onde três mil filisteus haviam se reunido para zombar e rir dele. Sansão invocou o Senhor e abraçou as pilastras sobre as quais se apoiava o palácio. Curvando-se para frente com toda a sua força, fez desabar o prédio inteiro sobre os filisteus. E embora Sansão tenha morrido, seus inimigos foram derrotados.

COMENTÁRIO: As implicações morais óbvias dessa narrativa não requerem explicação: Sansão erra, primeiro por escolher uma esposa inadequada, segundo por incentivar a inimizade entre israelitas e filisteus, terceiro por se apaixonar por Dalila (outra mulher inadequada), e quarto por tolamente lhe revelar seu segredo. Ele paga por seus pecados e, no final, é redimido pela destruição de seus inimigos. Mas precisamos examinar mais de perto os detalhes dessa história e o caráter do próprio Sansão, se quisermos compreender o que eles nos ensinam sobre a natureza da paixão.

Desde o começo, Sansão é um homem irado. O "espírito de Deus" que o impele a exageros é um espírito ambíguo, pois o torna violento e voluntarioso. Como muitos heróis gregos, Sansão é afetado pela arrogância — em outras palavras, não compreende o comedimento e, portanto, não tenta refrear a força interna que o impulsiona. Quando quer algo, tem que obtê-lo, e isso inclui escolher uma esposa entre seus inimigos. O amor não está em questão aqui; o que vemos é uma paixão alimentada pela atração física, a qual Sansão, movido por suas necessidades instintivas, tem que

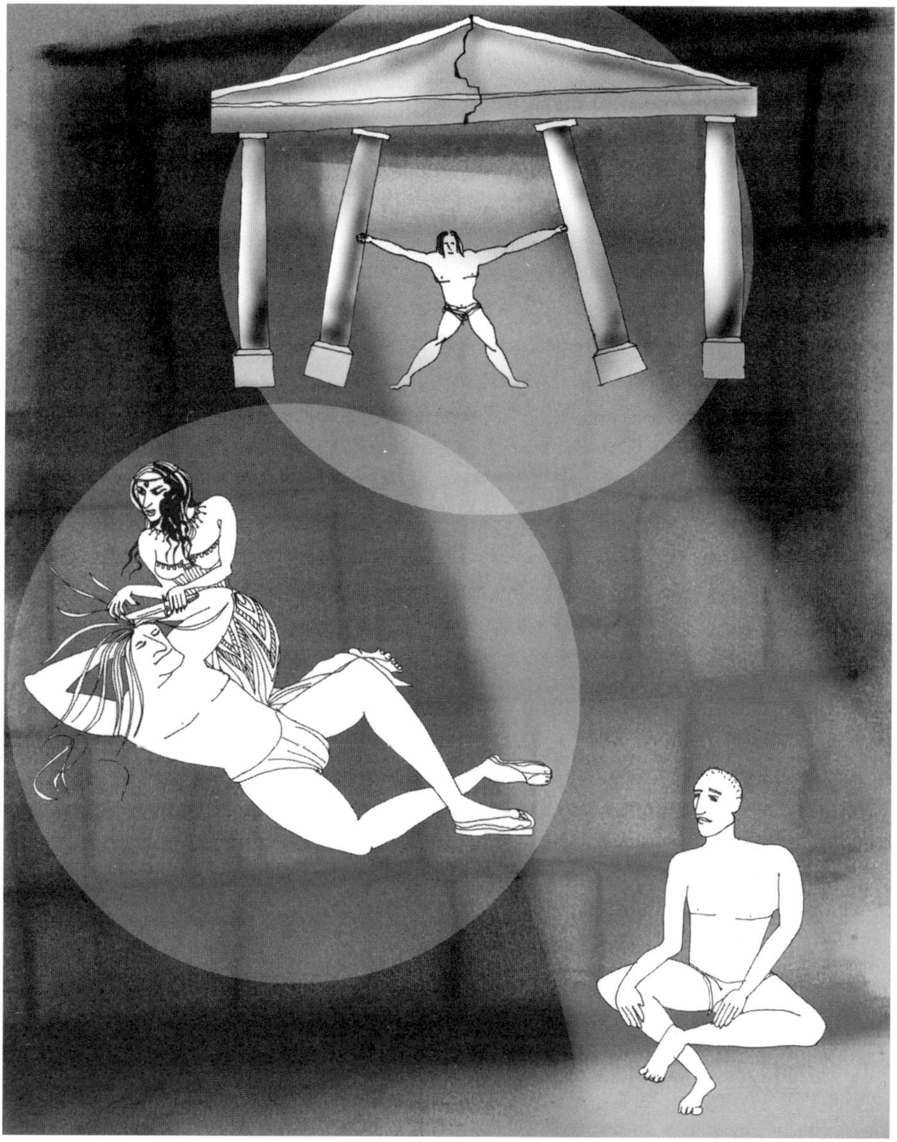

satisfazer. Quando se cansa da esposa, ele a deixa de lado. E quando mais tarde o pai dela, como é compreensível, não permite que ele a veja, Sansão provoca uma devastação nos milharais dos filisteus — e vem a tragédia. Em suma, Sansão não é um personagem que desperte estima. É violento, voluntarioso e insensível. É o arquiteto de sua própria tragédia.

Em Sansão, é fatal que a tentação saia vitoriosa, pois ele não tem capacidade de reflexão. Não desconfia da insistência de Dalila porque é movido por emoções e instintos. No fim, revela seu segredo e perde sua força.

O cabelo — curto, longo, escuro ou claro — aparece no simbolismo de muitos dos mitos mundiais. Até em termos históricos, é clara a sua importância simbólica: os reis merovíngios da França, por exemplo, não cortavam o cabelo, pois o tomavam por marca de sua realeza concedida por Deus. Freud associou o cabelo nos sonhos com a potência sexual e a força: sonhar que se tem o cabelo cortado pode ser uma imagem de impotência. Mas, independentemente de Freud, convém lembrarmos que esse cabelo que produz a força de Sansão nasce em sua cabeça, que é a sede da mente. O cabelo pode ser ligado aos pensamentos; é um símbolo do poder de reflexão do indivíduo, que molda e orienta sua vontade e sua visão de mundo. Nossa força, em outras palavras, está em nossa capacidade de pensar, de perceber o mundo e elaborá-lo através da consciência. Só assim podemos refrear nossos impulsos destrutivos e não cair na emoção cega. Ao se deixar levar pela paixão física, Sansão abre mão de sua consciência independente. Seu cabelo é simbolicamente perdido muito antes de ser fisicamente cortado, pois, para saciar suas paixões, ele desconhece o poder da reflexão. Sua desgraça não está no fato de ele se sentir atraído pelas mulheres, nem tampouco em buscar essa atração em lugares inconvenientes; está na maneira como ele abandona de bom grado toda a capacidade de reflexão.

Como resultado, Sansão é preso e cegado. A cegueira, na mitologia, é freqüentemente ligada à visão interior e à compreensão que advém de desviarmos os olhos do mundo externo. Tirésias, o adivinho cego da mitologia grega — que encontramos na história de Narciso (*ver p.90-4*) — é um exemplo da sabedoria que resulta de dirigirmos nosso foco para dentro; o auto-enceguecimento de Édipo (*ver p.42-6*) é também uma imagem da descoberta de si mesmo. Na prisão, Sansão aprende a olhar para dentro. E o que encontra? Seu cabelo volta a crescer, ele adquire capacidade de pensamento e reflexão, reza ao Deus que havia esquecido e sua força retorna. Podemos conjecturar que, no plano psicológico, esse homem poderoso, acostumado a reivindicar brutalmente o que quer, é obrigado pelos limites da vida e por seu próprio fracasso a reconhecer quem e o que realmente é, e a se lembrar do ideal a que de fato serve.

O que isso pode nos ensinar a respeito da paixão no cotidiano da vida humana? Precisamos contrabalançar sua força cega com o discernimento, a reflexão e a rememoração dos ideais que de fato nos movem na vida. Através dos erros, confusões e mágoas que infligimos e sofremos, ao perseguirmos nossas paixões irrefletidamente, somos humilhados e obrigados a voltar os olhos para dentro. Com isso podemos recuperar nossa força e resgatar nossa individualidade. A morte de Sansão também pode ser entendida em termos simbólicos, pois nesse reconhecimento humilde também passamos por uma espécie de morte. Temos que abrir mão de nossa arrogância e voluntariosidade, e reconhecer os limites da vida. A história de Sansão revela os efeitos transformadores da paixão, que pode nos levar ao sofrimento mas também à revelação de nós mesmos e a uma nova compreensão de nós e da vida.

O Enfeitiçamento de Merlin

Enganar atrai o enganador

A racionalidade, ou mesmo o brilhantismo intelectual, podem não ser um antídoto contra o amor apaixonado. Embora precisemos refletir, não podemos calar o coração — ou o corpo — apenas pelo poder da razão. Na verdade, a tentativa de usar a mente racional como defesa contra a paixão pode tornar qualquer indivíduo particularmente vulnerável à cegueira nos relacionamentos. Até Merlin, o grande mago da mitologia celta, ficou desamparado diante da paixão por uma certa mulher.

Merlin era amigo e conselheiro do rei Artur e tinha poderes mágicos assombrosos. Não apenas detinha todo o saber popular sobre as ervas, como também predizia o futuro e era capaz de mudar de aparência, assumindo muitas formas diferentes: um velho com uma foice, um menino, um mendigo, uma sombra. Guardava zelosamente seus poderes, e não se tinha notícia de que jamais houvesse compartilhado sua sabedoria ou sua cama com mulher alguma.

Contudo, talvez por não se permitir conhecer as mulheres, ele não conhecia realmente a si mesmo. No fim, esse sábio e habilidoso feiticeiro encontrou sua ruína na doce armadilha do amor e do desejo sexual. Certo dia, Merlin encontrou uma bela donzela. Seu nome era Morgana e, apesar de já estar velho, o mago apaixonou-se desvairadamente por ela no instante em que a viu. Para impressioná-la, assumiu a forma de um belo rapaz e gabou-se de suas proezas de mago poderoso. Fez surgirem do nada ilusões fabulosas, na esperança de conquistar a admiração da moça: cavaleiros e damas fazendo a corte, menestréis tocando, jovens cavaleiros participando de torneios e jardins repletos de fontes e flores. E a jovem simplesmente olhava para aquilo tudo, sem nada dizer.

Merlin estava tão preocupado em causar boa impressão que nem notou que Morgana não retribuía seus sentimentos. Mas a jovem prometeu tornar-se sua amante, se o mago compartilhasse com ela os segredos de sua magia. Ele concordou avidamente, acreditando haver encontrado uma discípula devotada, além de uma amante. Com lisonjas, Morgana tratou de arrancar dele mais e mais conhecimentos, aprendendo todos os seus feitiços e receitas mágicas, mas sempre negando seu corpo e lhe frustrando o desejo. Sábio, Merlin aos poucos compreendeu o que estava acontecendo e percebeu que estava sendo iludido e enganado. Mas não conseguia parar.

Ao ver com clareza o que lhe reservava o futuro, Merlin procurou o rei Artur e lhe avisou que estava próximo o fim de seu conselheiro e mago de confiança. O rei ficou perplexo e perguntou por que Merlin, com toda a sua sabedoria, não podia fazer nada para se salvar. Triste, Merlin respondeu: — É verdade que sei muitas coisas. Mas, na batalha entre o saber e a paixão, o saber nunca vence.

Ardendo em paixão não correspondida, o infeliz mago seguia Morgana por toda parte, como um adolescente perdido de amor. Mas Morgana nunca satisfazia seu desejo; sempre prometia e seduzia, descobria ainda mais segredos e tornava a se retirar. Por fim, Merlin cometeu o desatino de lhe ensinar os segredos dos feitiços que não podiam ser desfeitos. Para agradá-la, criou um aposento mágico, escavado nos grandes rochedos da Cornuália, muito acima do mar, e o encheu de maravilhas inacreditáveis. Pretendia fazer dele o glorioso cenário em que enfim os dois consumariam seu amor. Juntos, eles atravessaram uma passagem secreta na rocha e se aproximaram do quarto, cheio de pingentes de ouro e iluminado por centenas de velas perfumadas. Merlin entrou, mas Morgana ficou do lado de fora. Em seguida, pronunciou as palavras de um feitiço terrível, que nunca poderia ser desfeito — um feitiço que aprendera com ele. A porta do quarto fechou-se e Merlin ficou preso na armadilha para sempre. Enquanto se afastava pela passagem, Morgana podia ouvir a débil voz do mago atravessando a rocha, implorando-lhe que o libertasse. Mas ignorou-o, e seguiu seu caminho. Dizem que até hoje Merlin está em seu aposento recoberto de ouro, como sabia que iria ficar.

COMENTÁRIO: Podemos ver esse famoso mito do enfeitiçamento do grande feiticeiro reproduzir-se na vida cotidiana. Basta olhar para os relacionamentos em que um indivíduo, homem ou mulher, consegue por anos evitar a dor, a alegria e o poder transformador da paixão, até finalmente sucumbir a uma paixão que se mostra não-correspondida ou destrutiva. "Não há tolo maior do que um velho tolo", diz o provérbio, mas esse truísmo não se aplica a todos os que chegam à parte final da vida; aplica-se apenas aos que, durante toda a juventude e o começo da idade adulta, conseguem não "sujar" as mãos e o coração com a confusão e a ambigüidade das necessidades afetivas e sexuais poderosas. Esses indivíduos acabam não conseguindo burlar a natureza, ou sua própria natureza, e muitas vezes se deixam seduzir por objetos de amor inadequados, quando é tarde demais para ganhar a sabedoria que só a experiência emocional direta é capaz de trazer.

No ciúme com que Merlin guarda seus segredos estão as sementes de sua desgraça. O feiticeiro teme a vulnerabilidade e confia no poder para se sustentar; e onde há sede de poder, sobra pouco espaço para um relacionamento autêntico. Merlin usa seu intelecto e seu saber impressionantes para controlar a vida, em vez de se permitir experimentá-la e deixar-se modificar por ela. Nós também podemos tentar controlar nossas paixões dessa maneira, porque a paixão nos torna vulneráveis. Quando precisamos intensamente de outra pessoa, perdemos o controle das coisas e ficamos à mercê do que a vida nos traz. Para quem foi ferido na infância e aprendeu cedo a desconfiar do amor, o conhecimento e o poder podem ser os meios preferidos de se proteger e evitar as mágoas. No entanto, essa rígida couraça defensiva pode nos deixar infantilizados e ingênuos por dentro. Não conseguimos crescer, porque não nos permitimos passar pelas experiências de frustração e separação que poderiam nos fazer amadurecer. E assim, tal como Merlin, ficamos profundamente vulneráveis à exploração.

É comum lermos a respeito de homens mais velhos poderosos que desfilam com lindas mocinhas, gabando-se para o mundo, através dessas esposas e amantes exibidas como "troféus", de ainda serem viris e capazes de despertar amor; internamente, no entanto, esses homens podem conviver com o medo constante de só serem queridos por seu poder e sua riqueza, e não por eles mesmos. À medida que as posturas sociais vão se tornando menos rígidas e puritanas, vemos também mulheres mais velhas e famosas lutando por conservar a ilusão da juventude, através da cirurgia plástica, regimes rigorosos e exercícios, e desfilando de braços dados com jovens "brinquedos" masculinos. É claro que há relacionamentos ricos, sinceros e amorosos entre homens mais velhos e mulheres mais jovens, e vice-versa; mas há também muitas relações em que a posição e o poder são a moeda com que se compra um amor ilusório.

Se olharmos para a história de Merlin com um olhar psicológico, veremos um homem preso em profunda insegurança, que só confia no poder de sua sabedoria e sua magia. Sua busca de poder serve para compensar a solidão e as dúvidas a respeito de si mesmo, e o sentimento de seu próprio valor falta-lhe a tal ponto que, ao se deparar com o objeto de sua paixão, ele só consegue pensar em impressioná-lo com o poder, em vez de revelar-se como uma pessoa real e vulnerável. Isso também pode ser observado no cotidiano, pois, quando não nos sentimos seguros de nós mesmos, às vezes tentamos impressionar o outro com nosso poder, dinheiro, talento ou conhecimentos, sem percebermos que, traindo, assim, nosso verdadeiro eu, abrimos caminho para a rejeição e a mágoa. Ao nos apresentarmos como algo que não somos, estamos sendo enganosos, consciente ou inconscientemente; e ao fazê-lo, podemos atrair um enganador. A história de Merlin tem muito a nos ensinar sobre o triste desfecho da paixão, quando o indivíduo apaixonado não confia realmente em seu valor e evita o encontro profundo e sincero entre iguais, que é o requisito supremo de qualquer amor duradouro. Sansão, o herói bíblico que encontramos antes neste capítulo (*ver p.97-101*), só entra em contato com seus desejos físicos e não tem capacidade de reflexão intelectual; Merlin, por outro lado, tem medo de seus desejos físicos e só confia em sua mente. Só o equilíbrio entre essas duas dimensões é capaz de trazer a saúde psicológica e o potencial de um relacionamento satisfatório.

Capítulo 2

O Eterno Triângulo

O eterno triângulo, como o nome indica, aponta para a dificuldade que os seres humanos sempre tiveram de amar exclusivamente uma pessoa. Os triângulos amorosos são a matéria-prima essencial das melhores poesias, peças teatrais e da ficção mundiais — bem como da renda de muitos advogados. A infidelidade nos fere e degrada; no entanto, também nos fascina, talvez por conhecermos bem demais seus sofrimentos e seus encantos. O eterno triângulo é uma experiência arquetípica, e a psicologia está repleta de explicações sobre os motivos pelos quais somos infiéis. Sabemos, às vezes por amarga experiência própria, que a perda da confiança corrói os casamentos e destrói a vida familiar, e que a falsidade faz com que nos sintamos humilhados; alguns dos maiores sofrimentos humanos vêm da traição. Entretanto, na verdade, estamos tão longe de compreender por que buscamos a monogamia e praticamos a poligamia quanto estávamos há milênios, quando os grandes mitos da traição sexual e afetiva foram escritos pela primeira vez.

O Casamento de Zeus e Hera

Compromisso versus liberdade

Um dos retratos míticos mais famosos da infidelidade é o casamento de Zeus e Hera, clássicos rei e rainha dos deuses. Aí encontramos não apenas um triângulo, mas uma sucessão deles, pois Zeus é o arquétipo do marido traidor, e Hera o da esposa ciumenta. Sua vida conjugal é um catálogo de casos, temperados com ciúme, vingança e filhos ilegítimos; no entanto, de algum modo, seu casamento sobrevive.

Zeus era o rei do céu, e era ele quem organizava e governava o funcionamento regular e ordeiro do cosmo. Casou-se com sua irmã Hera, depois de uma corte altamente romântica, e parecia inebriado com ela. No entanto, desde o início do casamento foi infiel à esposa, e ela se sentia magoada e furiosamente enciumada. Os dois brigavam constantemente, e Zeus não via problemas em de vez em quando bater em Hera para silenciar suas acusações e protestos. Hera ficava furiosa por ele estar sempre atrás de outros amores — deusas e mortais, mulheres e rapazes. Os objetos do desejo do deus maior do Olimpo, freqüentemente mutáveis, sempre exigiam grande inventividade e esforço para serem obtidos. Na verdade, quanto mais difícil o desafio, mais intensa era a paixão de Zeus; muitas vezes ele tinha que mudar de aparência — sob vários disfarces e formas de animais — para conseguir burlar a vigilância de maridos zangados e pais possessivos. Para Leda, ele se transformou num cisne; para Europa, num touro; para Deméter, num garanhão; e para Danae, numa chuva de ouro. Entretanto, no instante em que conseguia realizar seus desejos, o objeto de seu amor não o atraía mais, e ele partia em busca de um novo romance.

Hera, por outro lado, passava a maior parte do tempo se sentindo ferida e rejeitada. Concentrava todas as energias na busca de provas do adultério de Zeus e na elaboração de planos astuciosos para humilhá-lo e se vingar de seus amantes. Por vezes, isso parecia dar sentido a sua vida, já que ela fazia pouca coisa além disso. Os filhos ilegítimos de Zeus — tantos quanto as estrelas do céu — ficavam especialmente expostos ao perigo da ira de Hera, que sempre perseguia aqueles a quem temia que Zeus amasse mais do que a ela ou aos filhos legítimos de seu casamento. Hera enlouqueceu Dioniso e arquitetou um plano para fazer com que a mãe dele, Semele, morresse queimada; atormentou Hércules, o filho de Alcmene, com tarefas impossíveis. Chegou até a amarrar o marido com correntes de couro, ameaçando depô-lo — embora, como era conveniente e inevitável, ele tenha sido salvo pelos outros deuses. No entanto, mesmo com todos esses "percalços", o relacionamento dos dois continuava e a paixão entre eles ressuscitava periodicamente. Hera também era perfeitamente capaz de pegar emprestado o cinturão de ouro de Afrodite, para seduzir e despertar o desejo de Zeus de maneira a atingir seus próprios objetivos. Durante a Guerra de Tróia, Hera (que era particularmente ressentida dos troianos) usou esse cinturão mágico para seduzir e distrair Zeus e afastá-lo da sua idéia de oferecer proteção à cidade.

Zeus era tão ciumento quanto Hera e se mostrava um firme adepto da postura de "dois pesos e duas medidas". Certa vez, um mortal chamado Ixíon quis seduzi-la, mas Zeus leu seus pensamentos e moldou, com uma nuvem, uma falsa imagem de Hera — e Ixíon foi atrás dela. Em seguida, Zeus o amarrou a uma roda de fogo que ficou girando pelos céus por toda a eternidade. Noutra ocasião, Hera achou que aquilo já era demais para ela, abandonou o marido e se refugiou num esconderijo. Sem a poderosa esposa a seu lado para brigar com ele e repreendê-lo, o grande Zeus se sentiu carente e perdido. De repente, seus outros amores pareceram menos interessantes. Ele procurou Hera por toda parte. Por fim, aceitando o sábio conselho de um mortal que tinha experiência em questões conjugais, mandou circular a notícia de que iria casar-se com outra pessoa. Fez uma estátua de uma bela moça, cobriu-a de véus de noiva e desfilou com ela pelas ruas. Ao ouvir os boatos que Zeus tivera o cuidado de mandar espalhar, Hera saiu do esconderijo, correu para a estátua e rasgou os véus de sua rival imaginária — descobrindo então que ela era feita de pedra. Ao perceber que fora tapeada, caiu na gargalhada, e o casal se reconciliou por algum tempo. E, até onde sabemos, é possível que os dois ainda estejam brigando e se reconciliando, magoando, enganando e amando um ao outro até hoje, no Monte Olimpo.

COMENTÁRIO: O casamento de Zeus e Hera certamente não é harmonioso, e o clima moral de nossa sociedade de hoje apressa-se a condenar qualquer Zeus contemporâneo que repita a conduta atribuída ao antigo deus grego. Contudo, há paixão e excitação nesse casamento, e cada um dos cônjuges fica perdido sem o outro. À primeira vista, podemos assumir uma postura moral convencional e condenar o adultério de Zeus; entretanto, existem nesse casamento níveis mais profundos, que podem nos surpreender com seus esclarecimentos sobre a natureza daquilo que une as pessoas.

Por que esses dois deuses tão poderosos, ambos perfeitamente capazes de se divorciar e escolher um parceiro menos estressante, continuam juntos? Zeus é a epítome do poder e da engenhosidade criativos. Suas metamorfoses e sua busca incessante do ideal nos dizem que ele é um símbolo do poder misterioso, fluente, fértil e vigoroso da imaginação, que não pode ser aprisionada ou contida nas estruturas e regras mundanas convencionais. Hera, por outro lado, é a deusa do lar e da família, e simboliza os laços e estruturas sociais que implicam a continuidade, a responsabilidade, as normas e o respeito à tradição. Na verdade, esses deuses são dois lados de uma mesma moeda e refletem duas dimensões do psiquismo humano que vivem em guerra permanente mas são eternamente dependentes uma da outra para se realizarem. Na maioria dos relacionamentos, um indivíduo tende a se inclinar para a dimensão imaginativa da vida, enquanto o outro inclina-se mais para a contenção e a estruturação dela. Mas todos temos essas aptidões e precisamos das duas em nossa vida.

Se entendermos as infidelidades de Zeus no plano psicológico, veremos que elas refletem uma busca incessante da beleza e da magia e um desejo de expressão pessoal que é a essência da capacidade criativa de qualquer artista. Se entendermos o ciúme de Hera também no plano psicológico, poderemos vislumbrar a dificuldade — e a enorme força — de manter um compromisso na vida, e a raiva que inevitavelmente sentimos quando nossa liberdade é cerceada por nossa própria opção, enquanto outros parecem sair impunes de uma entrega inconseqüente ao prazer. Todos nós, homens ou mulheres, podemos nos identificar com Zeus ou com Hera; mas esse casamento mítico nos diz, na verdade, que Zeus e Hera existem dentro de cada um de nós, e que, se quisermos evitar que o casamento deles se efetive — de maneira dolorosa e concreta — em nossa vida, convém descobrirmos um equilíbrio dentro de nós mesmos.

Zeus e Hera também são capazes de rir juntos. Esse é o ingrediente mágico que os reconcilia depois de suas brigas. E os dois se enfrentam. Embora Hera seja ciumenta, ela não é mártir; revida com vivacidade e esperteza, em vez de se desmanchar numa poça de autopiedade. Por isso eles respeitam um ao outro, embora também se magoem e se irritem. Esse mito descreve algo fundamental sobre a natureza humana: a grama do vizinho, como dizem, é sempre mais verde, e ainda mais verde quando é proibida. Zeus busca seus objetos de desejo, em parte, porque eles lhe são proibidos; quando Hera o abandona, ele sai a sua procura com tanta paixão quanto ao perseguir seus amores ilícitos. E Hera busca Zeus porque nunca consegue possuí-lo totalmente. O segredo mais profundo desse casamento olímpico, portanto, é que o amor duradouro brota da eterna impossibilidade de se possuir o outro por completo. Por mais doloroso que seja, ao sermos confrontados com um parceiro infiel, é bom nos perguntarmos se abrimos mão de nós mesmos e se, por isso, nos tornamos inteiramente acessíveis e passamos a ser uma propriedade do outro. E, ao sermos confrontados com nossa própria propensão a trair, podemos nos indagar se nossa busca da perfeição não mascara o temor de nos tornarmos inteiramente "possuíveis" e pertencentes ao outro. O reconhecimento dessa busca do que não pode ser obtido, profundamente enraizada na natureza humana, pode nos levar à consciência da necessidade do compromisso, se quisermos fazer com que um relacionamento funcione na vida real. O compromisso é uma solução imperfeita, na qual as duas pessoas conseguem parte do que querem mas ninguém consegue fazer tudo à sua maneira. Para que um relacionamento humano seja capaz de funcionar, temos que abrir mão do ideal da perfeição; do mesmo modo, porém, nunca devemos abrir mão de nossa própria alma.

Não há "resolução" no casamento de Zeus e Hera; e talvez não haja solução para o problema da infidelidade, literal ou fantasiada, nos relacionamentos humanos. Muita coisa depende da moral, da ética, da sinceridade, do autocontrole e do discernimento psicológico pessoais das partes envolvidas. A menos que tenhamos descoberto o segredo de Zeus e Hera, continuaremos a ficar perplexos com os casamentos em que essas estripulias míticas são postas em prática, enquanto os dois parceiros continuam a se amar e a ser uma inspiração um para o outro. Entretanto, quanto mais entendermos a luta entre o compromisso e a liberdade, mais capazes seremos de lidar com essa tensão dentro de nós. Nesse caso, será menos provável chegarmos aos extremos de um Zeus desenfreado ou de uma Hera choramingona.

ARTUR E GUINEVERE

A redenção através do sofrimento

A história do rei Artur e da rainha Guinevere, e do amor dela por Lancelote, o melhor amigo do rei, é um dos mais famosos dentre todos os mitos que dizem respeito à dor da traição. É também praticamente único, pelo fato de que nenhum dos participantes desse triângulo tenta destruir o outro, e sim, ao contrário, encontrar a reconciliação e a paz interior através da integridade, da lealdade à amizade e do reconhecimento da natureza essencialmente sagrada do amor profundo e verdadeiro.

Após muitos anos de guerras e batalhas, e tendo vencido as hordas saxônias invasoras, o rei Artur disse a Merlin, seu sábio conselheiro: — É chegada a hora de eu escolher uma esposa. Merlin perguntou se o rei já fizera sua escolha; ao que parece, ele já havia tomado uma decisão, pois ouvira falar numa princesa de beleza deslumbrante, chamada Guinevere, filha do rei Leodegrance de Cameliard — e ardia de paixão por ela antes mesmo de conhecê-la.

Mas Merlin era profeta e anteviu que essa escolha terminaria em tragédia. — Se eu te avisasse que Guinevere é uma escolha infeliz, isso te faria mudar de idéia?, perguntou ao rei.

— Não, respondeu Artur.

— Nesse caso, se eu te dissesse que Guinevere te trairá com teu amigo mais dileto e de maior confiança ..., disse Merlin.

— Eu não acreditaria em ti, retrucou Artur.

— É claro que não, disse Merlin com tristeza. Todo homem, em todas as épocas, agarra-se firmemente à crença em que, no seu caso, exclusivamente, as leis da probabilidade serão eliminadas pelo amor. Até eu, que sei sem sombra de dúvida que minha morte será causada por uma jovem tola, não hesitarei quando essa moça passar por mim. Portanto, tu te casarás com Guinevere. Não queres conselhos, apenas concordância.

E assim, Artur enviou Lancelote, chefe de seus cavaleiros e o amigo em quem mais confiava, para buscar a jovem na casa do pai e trazê-la à corte do rei. Na viagem, a profecia de Merlin se realizou, e Lancelote e Guinevere se apaixonaram. Mas nenhum dos dois consentiu em quebrar a promessa que tinha feito ao rei.

Logo depois do casamento, o rei Artur teve que atender a compromissos em outro lugar do reino. Em sua ausência, o rei Meleagant preparou uma armadilha para Guinevere, raptou-a e a levou para seu reino. Ninguém sabia o que tinha sido feito dela. A única maneira de entrar no fosso da prisão em que Meleagant a havia encarcerado era atravessando uma ponte perigosa, que nunca tinha sido cruzada por ninguém, e que era feita de espadas afiadas, unidas pelas pontas. Ninguém se atreveu a ir atrás de Guinevere, exceto Lancelote, que desbravou regiões desconhecidas até descobrir onde a rainha tinha sido escondida. Atravessou a ponte de espadas e sofreu ferimentos terríveis, mas resgatou Guinevere, travou um combate com Meleagant e o matou. Quando voltaram à corte, Guinevere se apiedou de Lancelote e cuidou pessoalmente de seus ferimentos. Enquanto o cavaleiro era tratado em seu leito, os dois enfim consumaram seu amor secreto.

Quando Artur voltou, Merlin contou-lhe que tivera uma visão da rainha com Lancelote e que Guinevere havia traído o marido. Outros membros da corte também disseram a Artur que era sabido que a rainha e Lancelote se amavam em segredo. Mas Artur se absteve de qualquer violência ou acusação e seguiu suas próprias inclinações, pois sabia que tanto seu amigo quanto a rainha enfrentavam um enorme sofrimento por causa do amor que sentiam, e que ambos lutavam contra ele da melhor maneira que podiam. Como amava os dois, o rei abominava a idéia de destruir qualquer um deles através da denúncia pública de sua traição. Assim, esperou, e os três ficaram num estado deplorável, por causa do amor que cada um sentia pelos outros dois.

Mas os cavaleiros da corte estavam furiosos com a vergonha a que a rainha e Lancelote haviam submetido o rei, além de verem nisso uma oportunidade para tomar o poder e expulsar da presença de Artur o seu melhor amigo. Assim, tramaram um plano para surpreender Lancelote e Guinevere juntos, a fim de levar ao rei provas da traição e tornar público o delito da rainha. Entre esses cavaleiros estava Mordred, filho ilegítimo do rei e que ambicionava o trono para si.

Uma noite, esses homens interesseiros ficaram espreitando os amantes e irromperam no quarto onde eles estavam. Mas Lancelote escapou, enquanto os cavaleiros aprisionavam a rainha e a levavam à presença do rei com uma prova de sua infidelidade. Assim, a contragosto, Artur foi obrigado a acusá-la publicamente e a levá-la a julgamento. Guinevere foi considerada culpada e condenada à fogueira. Enquanto estava escondido, Lancelote tinha ficado sabendo qual seria o destino da rainha. Quando ela estava sendo levada para o poste, ele apareceu para resgatá-la. Houve uma grande batalha e muitos cavaleiros morreram antes de Lancelote levar a rainha para seu castelo, chamado Joyous Gard.

A essa altura, Artur já não podia conceder o seu perdão, pois Lancelote havia matado muitos de seus melhores cavaleiros. Assim, o rei partiu com seu exército para sitiar o castelo de Joyous Gard. Mas Lancelote se recusou a sair do castelo, pois não queria entrar em combate com Artur. Então, o rei e ele conversaram, e ambos recordaram o amor e a lealdade que sentiam um pelo outro. Lancelote se arrependeu e jurou desistir do amor da rainha, de modo que os dois se reconciliaram.

Arthur acolheria de bom grado sua rainha, mas os outros cavaleiros não estavam dispostos a aprovar esse espírito de perdão. Exigiram vingança, e Lancelote teve que enfrentá-los em combate, para não ser considerado covarde. Seguiu-se uma grande batalha, em que Artur e Lancelote viram-se frente a frente, com lágrimas nos olhos. Mas não podiam desfazer o que tinha sido feito, e a batalha prosseguiu a seu redor, embora eles tivessem feito as pazes.

Finalmente, os dois lados se cansaram. Seguiu-se uma negociação e houve uma trégua. Artur voltou para a corte com Guinevere e ofereceu a Lancelote sua antiga posição na Mesa Redonda. Mordred, no entanto, ao ver o poder lhe escapar das mãos, arquitetou a queda de todos os três: liderou um grande exército contra o rei e, nessa batalha, Artur foi ferido de morte. Embora Lancelote houvesse combatido ao lado do rei e matado Mordred, não conseguiu suportar sua culpa, e disse à viúva que teria que partir para sempre. Assim, afastou-se, entrou para um mosteiro e passava os dias se arrependendo de seus erros. Também a rainha não pôde suportar sua culpa nem a perda dos dois homens a quem amava, e se encerrou num convento.

Passaram-se muitos anos e, uma noite, Lancelote teve uma visão em que lhe foi dito que fosse ver a rainha. Quando encontrou o convento em que ela passara seus dias, foi informado de que Guinevere tinha morrido meia hora antes, e viu-se diante de seu cadáver. Lancelote parou de comer e de beber, e foi ficando cada vez mais doente, até definhar e morrer.

Lancelote e Guinevere foram postos no mesmo ataúde e levados ao castelo de Joyous Gard, e todos os outros cavaleiros, que haviam tentado destruí-los em vida, foram lhes prestar homenagens na morte, pois tinham expiado seus pecados e, a essa altura, sabiam do grande amor que eles haviam nutrido um pelo outro e pelo rei. E na morte, portanto, foram perdoados aqueles que em vida não tinham recebido o perdão.

COMENTÁRIO: O trágico triângulo formado por Artur, Guinevere e Lancelote é uma visão luminosa da nobreza do coração humano. Retrata um potencial que todos temos, mas que, infelizmente, raras vezes se encontra na vida real. Esse triângulo não se baseia, como acontece com muitos outros, na busca do prazer, na simples atração sexual, no tédio ou na tentativa de fugir a um compromisso; ao contrário, tem raízes num amor profundo por parte de todos e nos ensina que o amor nem sempre é exclusivo. Podemos amar profundamente pessoas diferentes, de maneiras diferentes. Isso é difícil de engolir hoje, pois somos criados para crer que, se amarmos nossos parceiros, será impossível amarmos outra pessoa; fazemos votos conjugais que exigem exclusividade; e, em nossas tentativas de compreender por que nos envolvemos em triângulos, insistimos em acreditar que quem trai deve ser superficial e insensível. Em muitos triângulos, é verdade que razões mais superficiais, conscientes ou inconscientes, podem motivar a traição. Mas o mito de Artur e Guinevere nos diz que nem sempre é isso que acontece e que, por vezes, a vida é simplesmente injusta; e que o coração humano também pode ser injusto.

A despeito de sua mágoa, Artur se recusa a se vingar — o que reflete uma generosidade de espírito e uma capacidade de autocontrole invejáveis. Infelizmente, essas qualidades não são compartilhadas por seus cavaleiros, que, como muitas pessoas, são enfáticos e previsíveis em sua condenação de algo que não conseguem compreender, já que eles mesmos nunca amaram profundamente. E esses cavaleiros também têm seus projetos secretos, que não os deixam ver a profunda retidão do que Artur tenta fazer. Na opinião popular moderna, é bem possível que um Artur, diante de uma situação como essa, fosse considerado um "frouxo", um homem fraco que se disporia a tolerar uma situação vergonhosa por não ser homem o bastante para fazer alguma coisa a esse respeito. Mas Artur é justamente o inverso: sua lealdade à sua amizade com Lancelote e a seu amor pela mulher lhe causa profundo sofrimento, mas ele se recusa a trair seu coração e, com isso, prova ser mais homem do que qualquer dos cavaleiros que clamam por vingança.

Nenhum dos personagens dessa história encontra a felicidade romântica, no sentido habitual. Talvez, no entanto, mais importante do que viverem felizes para sempre seja a lealdade absoluta que os três demonstram às exigências mais profundas da alma, mesmo que isso lhes custe nada menos do que tudo. Se o amor entre Guinevere e Lancelote fosse menos do que um amor da alma, nenhum dos dois teria cedido à tentação. Se o amor de Artur pelo amigo e pela rainha fosse menos do que um amor da alma, ele teria se comprazido na vingança, com a completa aprovação de todos que o cercavam. Pode haver momentos em que um amor assim entra em nossa vida; e quando isso acontece, podemos compreender por que os antigos o viam como uma provocação mandada pelos deuses, contra a qual a vontade humana é impotente. Muitas vezes, a simples lascívia ou o desejo secreto de castigar um parceiro se disfarçam sob declarações de uma grande paixão. Mas a verdadeira natureza desse desejo se revela quando nos vemos diante do tipo de opções que são impostas a esses três personagens míticos. Talvez devamos nos considerar felizes pelo fato de não nos queimarmos nessas fogueiras; quando elas aparecem na nossa vida, é inevitável que as três pessoas sofram muito. No entanto, se a vida nos impuser esse desafio, será bom lembrarmos a história de Artur e Guinevere, que nos diz que a traição pode ser a maneira mais profunda e intensa de virmos a conhecer a nós mesmos e àquilo em que realmente acreditamos.

Capítulo 3

CASAMENTO

Existem muitos mitos sobre o casamento, mas nenhum deles descreve o "casamento feliz" pelo qual tantas pessoas anseiam. Talvez seja irônico que o "mito" tão comum do casamento feliz nunca apareça na mitologia; ela nos mostra o que as coisas realmente são em termos psicológicos, e não o que gostaríamos que elas fossem. As imagens do casamento que os mitos oferecem descrevem os fluxos, refluxos e conflitos arquetípicos das emoções humanas, e as dificuldades e provações em qualquer esforço de relacionamento autêntico. As histórias que se seguem nos oferecem saber e discernimento sobre a dinâmica de duas pessoas que tentam se relacionar. Mas não encontraremos nenhuma receita de felicidade permanente e sem esforço. Na vida real, os casamentos felizes são produto do esforço e da consciência humanos, e talvez também de um pouco de sorte; mas não são uma parte garantida do pano de fundo arquetípico do psiquismo humano.

GERDA E FREY

A importância de fazer a corte

A história norueguesa da corte que o deus Frey faz a Gerda é testemunho das recompensas da perseverança no amor e da importância dos rituais de sedução para garantir que um relacionamento se transforme num casamento feliz. Embora não tenhamos que recorrer a encantamentos, podemos aprender muito com a determinação e a paixão com que Frey — ou, a rigor, seu melhor amigo, Skirnir, que na verdade faz todo o trabalho — corteja a noiva que escolheu, pois um laço duradouro e pleno geralmente não cai dos céus sem esforço e tenacidade.

A esposa de Frey, assim como sua mãe, pertencia à raça dos gigantes. O deus sentiu-se empurrado para ela por um amor irresistível. Um dia, sentado no trono de Odin, ele se divertia observando o que acontecia na Terra. No reino dos gigantes, avistou uma donzela de beleza incomparável, saindo da casa do pai. O brilho de seus braços alvos encheu de luz o céu e o mar. O nome dela era Gerda. O coração de Frey foi imediatamente tomado de um amor veemente. Mas logo se seguiu uma profunda melancolia, pois ele não sabia como conquistar sua amada. Quando os pais perceberam a mudança de Frey, mandaram chamar Skirnir, seu amigo e servo, e lhe pediram que descobrisse o segredo da infelicidade do filho.

Skirnir logo desvendou a causa do problema e se ofereceu para pedir em casamento a mão da jovem donzela, em nome do amigo. Pediu a Frey que lhe emprestasse uma famosa espada, que se movimentava sozinha no ar, e um cavalo que fosse capaz de atravessar o fogo. Skirnir cavalgou ao longo da noite, até chegar à terra dos gigantes. À porta da casa dos pais de Gerda havia cães ferozes acorrentados, e a casa era cercada pelas labaredas do encantamento. Mas Skirnir não se acovardou: atravessou a cavalo as chamas mágicas e chegou à porta da casa.

Gerda se aproximou, atraída pela algazarra feita pelos cães. Skirnir lhe transmitiu o recado de amor e galanteio enviado por Frey. Ao mesmo tempo, ofereceu-lhe onze maçãs feitas de puro ouro e um belo anel mágico que havia pertencido a Odin. Mas Gerda não se deixou impressionar. Então, Skirnir brandiu a famosa espada que se movia sozinha, e pareceu estar prestes a matar Gerda e seu pai. A ameaça foi inútil; Gerda continuou impassível. Perdendo a esperança de chegar onde queria, Skirnir recorreu então a feitiços e encantamentos. Disse a Gerda que tinha uma varinha de condão de poder assustador, e declarou que com ela traçaria runas ameaçadoras e mortíferas, caso a moça não concordasse em se casar com Frey. Insistiu em que, através dessas runas, iria providenciar de que ela levasse uma vida solitária, longe dos homens, no extremo oposto do mundo, onde, nas profundezas geladas, ela secaria como um cardo.

Então, Gerda ficou realmente assustada. Não havia ameaça maior do que uma vida solitária, e Frey começou a parecer uma alternativa muito atraente. Como conciliação, ela ofereceu a Skirnir a taça das boas-vindas, cheia de licor de mel. Skirnir pressionou-a a se encontrar com Frey naquele exato momento, pois o rei estava impaciente para se casar. Gerda se recusou a isso, mas prometeu se encontrar com Frey depois de nove noites, num bosque sagrado cujo nome ela forneceu.

Enquanto isso, Frey se angustiava à espera de notícias. Quando Skirnir lhe levou a resposta de Gerda, seu coração tornou a se encher de alegria. Somente a demora imposta por ela causou-lhe sofrimento: — Uma noite é longa, disse ele a Skirnir, mas quão mais longas são duas noites! Como poderei ser paciente por três noites? E como poderei sobreviver a nove?

Na verdade, porém, ele sobreviveu às nove noites, embora quase levasse Skirnir e seus pais à loucura com suas reclamações. No final, casou-se com Gerda, e os dois viveram uma união feliz e fecunda.

COMENTÁRIO: Essa lenda norueguesa, ao contrário de muitos mitos de corte e casamento, tem um final feliz. Mas esse final feliz decorre do próprio cortejar, que talvez nos pareça estranho. Gerda só é convencida a se casar com Frey pelo medo, e só há uma coisa que ela realmente teme: a solidão. Somente quando Skirnir a ameaça de um futuro solitário é que ela concorda com o casamento. Isso nos fala de uma das forças predominantes que estão por trás de nossos esforços de estabelecer relações duradouras com outros seres humanos, pois a solidão é uma de nossas maiores fontes de temor e sofrimento. Talvez a razão pela qual a ameaça surte efeito esteja no fato de Gerda ser sincera consigo mesma. Às vezes, preferimos não admitir que queremos um parceiro porque isso é preferível à solidão; e às vezes não queremos enfrentar o fato de que é mais provável lutarmos por um casamento se nos deparamos com o medo de envelhecer sem ele. Preferimos falar em encontrar a pessoa "certa" ou a "alma gêmea". Atualmente louvam-se as alegrias de ser solteiro e livre. Há uma verdade profunda na importância da possibilidade de se viver como uma entidade independente, pois, os relacionamentos baseados unicamente no medo, sem respeito mútuo e comunicação, muitas vezes não sobrevivem; mas talvez Gerda seja mais sincera — e, portanto, mais bem-sucedida no casamento — do que muitos que fingem ser preferível a condição de solteiro porque, acima de tudo, têm medo dos desafios e compromissos exigidos por qualquer vínculo estreito com outro ser humano.

Não é quem faz a corte a sua própria noiva. Isso também pode nos parecer estranho; mas Skirnir, o amigo e servo, é, na verdade, uma faceta do próprio Frey, como acontece na maioria dos mitos, em que um "duplo" faz o trabalho pesado. Frey é um deus, mas o servo Skirnir é humilde, sem pretensões e sem orgulho em risco. Embora manipule instrumentos mágicos, é um simples porta-voz. Isso sugere que, para conseguirmos estabelecer as relações que buscamos, talvez precisemos nos apresentar não como seres importantes e senhoriais, mas como pessoas comuns. Skirnir é também uma imagem da comunicação: tem os instrumentos certos, as armas certas, o cavalo certo e a linguagem certa. Experimenta várias abordagens diferentes e, por fim, acerta a que convém. Essa capacidade de ser flexível, criativo e comunicativo ao estabelecer laços com outras pessoas é um esclarecimento importante que esse mito oferece. Além disso, Skirnir é persistente. Não desiste nem mesmo diante da resistência obstinada de Gerda. Talvez Frey, seu amo, ficasse emburrado, sentindo-se ferido e rejeitado; mas as emoções de Skirnir não estão em jogo, de modo que ele pode ser objetivo em seus esforços. Portanto, ele é não apenas uma imagem das boas aptidões de comunicação, mas também do desprendimento; não tem seu orgulho em risco, nem susceptibilidades a serem feridas. Talvez também precisemos cultivar esse desprendimento para encontrar a mensagem certa a ser transmitida àqueles que amamos e de quem buscamos nos aproximar.

A arma mágica, as maçãs de ouro e o belo anel oferecidos como propinas acabam não surtindo nenhum efeito em Gerda. É a invocação de seu medo da solidão que a convence. Skirnir só reconhece isso quando suas ameaças e seduções iniciais fracassam. Os esforços para impressionar não funcionam nessa estranha corte entre um deus e uma giganta; e talvez tampouco funcionem nos jogos de sedução humanos. O que a história de Frey e Gerda nos mostra é uma verdade profunda, mas perturbadora. Quando procuramos impressionar através de nossas aptidões e talentos, fracassamos em nossos esforços de conquistar o amor. No final, nossa capacidade de reconhecer e de entrar em contato com os medos do outro — que só pode surgir através do reconhecimento dos nossos próprios medos — talvez acabe sendo o canal mais verdadeiro pelo qual se rompem as defesas e se estabelecem as bases de um relacionamento duradouro.

A Transformação de Morgana

A compaixão libera a capacidade de amar

Já encontramos Morgana na história do encantamento de Merlin (*ver p.101-4*). Naquela primeira lenda, ela era jovem, insensível e interesseira, e arquitetou a queda do feiticeiro para conquistar o poder. Na história aqui apresentada, ela aprendeu a sabedoria e a compaixão através do tempo, da experiência e do sofrimento; e é somente por essa transformação que consegue atingir a um casamento verdadeiro, no qual encontra a felicidade e a realização.

Na Floresta da Aventura, Morgana andava irrequieta. Tinha mudado, desde a época em que, jovem, impaciente e ambiciosa, roubara os segredos e a vida de Merlin. Naquela época, ela havia desejado o poder e a celebridade, sem compreender o preço que a vida exige por essas dádivas. Desde então, entretanto, seu poder lhe aprisionara o coração tão firmemente quanto um dia ela tinha aprisionado o de Merlin. Por causa de sua magia, ela era capaz de fazer coisas que as pessoas comuns não podiam fazer e, em vez de libertá-la, isso fazia dela uma escrava dos desamparados. Seu dom de curar tornava-a escrava dos enfermos, e seu poder sobre o destino atava-a aos infelizes. Seu conhecimento dos segredos dos outros homens, que denunciava a maldade, fosse qual fosse sua máscara, obrigava-a a uma guerra constante contra as tramas ambiciosas da ganância e da traição que aconteciam no mundo a seu redor. Mais do que isso, Morgana percebia com tristeza que, embora sua força a ligasse aos fracos e infelizes, não fazia com que esses se apegassem a ela. É que eles não tinham como oferecer amizade em pagamento por sua dívida. Assim, ele se descobriu sozinha e solitária, enaltecida mas triste, e muitas vezes ansiava pelos velhos tempos em que o amor e a gentileza eram divididos por todos. Pois não existe solidão como a daquele que só sabe dar, nem raiva semelhante à dos que só recebem e odeiam o peso de sua dívida. Morgana ficava pouco tempo em cada lugar, pois a alegria por seus serviços transformava-se invariavelmente em desconforto diante de seu poder.

Ao viajar pela floresta, ela passou por um jovem escudeiro e percebeu que ele estava chorando. Perguntou-lhe qual era o problema, e o rapaz disse que seu senhor fora traído por sua esposa e agora, com o desgosto, jazia enfermo no leito, à beira da morte.

— Leva-me a teu senhor, disse Morgana. Ele não morrerá de amor por uma mulher indigna. Se ela é impiedosa no amor, seu castigo será amar sem ser amada.

Assim, o escudeiro a acompanhou até o leito de seu senhor, Sir Pelleas, que jazia com o rosto encovado e a testa ardendo em febre. Morgana pensou que nunca tinha visto um homem tão atraente e tão belo.

— Por que o bem se prostra aos pés do mal?, perguntou-se ela, e lhe afagou a testa com sua mão fresca. Cantou para ele, e sua magia levou-lhe tranqüilidade e o encantamento de um sono sem sonhos. Em seguida, Morgana saiu em busca da esposa infiel, que se chamava Ettarde, e a levou até junto do leito de Pelleas, que dormia.

— Como ousas trazer a morte a um homem assim?, perguntou-lhe, pois não conseguia se esquecer do que um dia fizera com Merlin, e vivia constantemente com seu próprio remorso. Quem és tu, que não soubeste ser bondosa? Eu te ofereço a dor que infligiste a um outro. Já sentes o meu feitiço e começas a amar esse homem. Tu o amas mais do que a qualquer coisa no mundo. Morrerias por ele, tão profundo é o teu amor.

E Ettarde, presa pelo encantamento, repetiu: — Eu o amo. Ó Deus! Eu o amo! Como posso amar o que antes desprezei tanto?

— É um pouquinho do inferno que costumavas oferecer aos outros, respondeu Morgana. E agora conhecerás o outro lado.

Morgana sussurrou longamente no ouvido do cavaleiro adormecido e depois o acordou, afastando-se para observar. Ao ver Ettarde, Pelleas encheu-se de desprezo por ela. E quando a moça, amorosa, moveu a mão em sua direção, ele recuou, enojado. — Afasta-te!, gritou. Não suporto te ver. És traiçoeira e fria. Deixa-me, e que eu nunca mais te veja outra vez!

E Ettarde desmoronou no chão, em prantos.

E Morgana disse: — Agora conheces a dor. Era o que ele sentia por ti.

— Eu o amo!, gritou Ettarde.

— E sempre o amarás, disse Morgana. E morrerás com teu amor desprezado; e essa é uma morte seca e atrofiante. Parte agora para tua morte poeirenta.

Depois disso, Morgana voltou para onde Pelleas estava e disse: — Levanta e começa a viver de novo. Um dia encontrarás teu verdadeiro amor, e ela te encontrará.

— Esgotei minha capacidade de amar, disse o cavaleiro entristecido. Acabou.

— Não é verdade, retrucou Morgana. Segura minha mão. Eu te ajudarei a encontrar teu amor.

— Ficarás comigo até que eu o encontre?, perguntou ele.

— Sim, disse a fada. Prometo ficar a teu lado até encontrares teu amor.

E os dois viveram juntos e felizes pelo resto de suas vidas.

COMENTÁRIO: A história da transformação de Morgana tem muito a nos dizer sobre a capacidade de amar e o potencial para se criar um laço duradouro. Ensina-nos também que temos de viver com as conseqüências internas de nossos atos, e que essa justiça — profunda —, embora nem sempre seja visível na vida externa, pode nos fazer passar de criaturas insensíveis e egoístas a indivíduos capazes de compreensão e compaixão. É possível que, embora todos nasçamos com o potencial de amar, só possamos realizar esse potencial através do sofrimento que brota do verdadeiro autoconhecimento.

Morgana descobre, inicialmente, que o poder e o prestígio sempre têm um preço, e que esse preço é, muitas vezes, o isolamento dos outros homens. Quer nosso poder provenha da riqueza, do saber, da posição social ou de dons artísticos ou de cura especiais, ou ainda de uma beleza incomum ou da sensualidade, mesmo assim temos que aceitar o fardo da solidão, se nos definirmos pelo que temos de especial. E também não podemos esperar que o serviço que prestamos aos outros nos traga em troca o amor, pois — como Morgana descobre, à custa de muito sofrimento — a obrigação e o amor não são bons parceiros.

Morgana também descobre que o remorso pelas dores causadas a outros não pode ser apagado pelo simples esquecimento ou por boas ações, como expiação. Quando ferimos nosso semelhante, por insensibilidade ou ânsia de poder, em algum lugar, bem no fundo, sabemos o que fizemos; e temos de conviver com essa consciência pela vida afora. A culpa comum é, em geral, um mecanismo inútil, porque muitas vezes não passa de um reconhecimento intelectual de nossa culpabilidade, desprovido de qualquer sentimento real. Mas o remorso, que é mais profundo, surge ao reconhecermos, de todo o coração, que, injustificavelmente, causamos dor. O remorso, quando sentido profundamente, pode nos transformar. O que Morgana fez a Merlin não pode ser desfeito e, à medida que ela envelhece e experimenta a solidão, carrega o reconhecimento disso dentro de si, e ele a torna mais humilde.

O desejo de Morgana de ajudar Sir Pelleas não surge por ela julgar que pode conquistá-lo para si, mas por ver no que Ettarde fez a ele um espelho do que ela mesma um dia fizera com Merlin. Ela reconhece que Pelleas é um bom homem, e que uma mulher parecida com a Morgana jovem quase o destruiu com sua insensibilidade e sua infidelidade. A raiva que Morgana sente de Ettarde é, na verdade, uma expressão de sua raiva de si mesma, e é a si mesma que ela de fato castiga. Ela vê com perfeita clareza que o cavaleiro merece algo melhor na vida do que o tipo de mulher que ela própria foi um dia. E quando ele declara que já não pode amar, sua piedade e compaixão por Pelleas a fazem prometer ajudá-lo a encontrar outro amor — sem perceber que ela mesma será esse amor.

Os atos de Morgana em benefício de Pelleas são inteiramente isentos de egoísmo e, portanto, em nada se assemelham ao que ela tinha feito antes. Sua ânsia de corrigir o mal causado por Ettarde vem de seu remorso e de seu doloroso reconhecimento do erro de ser inclemente com aqueles que nos amam com sinceridade. Trata-se de uma mudança profunda e de uma libertação das maldades do passado; e sua recompensa, que ela nunca procurou, é um amor duradouro. Os homens têm escrito livros e mais livros na tentativa de compreender a natureza do amor eterno e o segredo de fazer um casamento ter sucesso. Essa história talvez não responda a todas as nossas perguntas sobre o assunto, mas contém mensagens profundamente importantes sobre a misteriosa relação entre o amor e o autoconhecimento e sobre o vínculo entre a humildade e a verdadeira compaixão. A história de Morgana revela também a diferença entre "fazer o bem", como meio de reivindicar o poder e aplacar a solidão, e prestar serviços a outrem como reflexo de uma empatia que nasce da compreensão de si mesmo.

ALCESTE E ADMETO

Amar alguém mais do que a si mesmo

O mito grego que narra a disposição de Alceste de oferecer a própria vida para salvar a do marido chegou até nós como um símbolo do mais nobre tipo de abnegação no casamento. Os homens freqüentemente se entregam a algo que parece ser abnegação, mas que é, na verdade, uma forma secreta de garantir a lealdade do outro. A abnegação no casamento é muitas vezes uma espécie de "barganha" inconsciente, que visa a comprar a dedicação do parceiro. Esse mito nos dá a imagem de um amor que coloca o amado em primeiro lugar não por alguma esperança secreta de uma recompensa futura, mas simplesmente porque não há outra alternativa possível para o coração.

Alceste, a mais bela das filhas do rei Pelias, foi pedida em casamento por muitos reis e príncipes. Não querendo pôr em risco sua posição, se rejeitasse algum deles, mas obviamente impossibilitado de atender a mais de um, Pelias anunciou que ofereceria Alceste ao homem que conseguisse atrelar um javali e um leão a seu carro e guiá-los pela pista de corridas. Essa notícia acabou chegando aos ouvidos de Admeto, rei de Feras. Imediatamente, Admeto convocou o deus sol Apolo, que Zeus, o rei do Olimpo, pusera a seu serviço por um ano como pastor.

— Tenho te tratado com o respeito devido à tua divindade?, perguntou Admeto ao deus sol.

— Sim, decerto, respondeu Apolo, e demonstrei minha gratidão fazendo todas as tuas ovelhas terem gêmeos.

— Como um último favor, disse Admeto, ajuda-me a conquistar Alceste, permitindo que eu cumpra as condições de Pelias.

— Terei prazer em fazê-lo, respondeu Apolo. E logo Admeto dirigia seu carro pela pista de corrida, puxado pela parelha selvagem de um leão e um javali.

Tudo poderia ter corrido muito bem, mas Admeto, no casamento, em meio a sua grande alegria, esqueceu-se de fazer o sacrifício costumeiro a Ártemis, a deusa lua. Ártemis não tardou a castigá-lo: naquela noite, ao entrar no quarto, animado pelo vinho e enfeitado com flores, ele recuou, horrorizado. Na cama não havia uma noiva encantadora e nua a sua espera, mas um emaranhado de serpentes sibilantes. Admeto saiu correndo, gritando por Apolo, que bondosamente interveio junto a Ártemis em nome do amigo. O sacrifício negligenciado foi prontamente oferecido. E Apolo conseguiu até obter de Ártemis a promessa de que, quando chegasse o dia da morte de Admeto, ele poderia ser poupado, sob a condição de que um membro de sua família morresse voluntariamente por amor a ele.

Esse dia fatal chegou mais cedo do que Admeto esperava, embora tivesse sido determinado desde o início pelas Parcas. Uma manhã, Hermes, o mensageiro divino, entrou voando no palácio e convocou Admeto para o mundo subterrâneo. A consternação foi geral. Mas Apolo ganhou tempo para Admeto, embriagando as três Parcas e, com isso, retardando o corte do fio da vida de Admeto. Este correu para seus pais, idosos, pôs as mãos em seus joelhos e implorou que um deles abrisse mão de seus últimos dias de vida em benefício dele. Mas ambos recusaram, dizendo que ainda aproveitavam muito a vida e que ele deveria se contentar com o quinhão que lhe fora destinado, como todo o mundo.

Então, por amor a Admeto, Alceste se envenenou, e sua alma desceu ao mundo das trevas, cumprindo o combinado entre Apolo e Ártemis para conceder a Admeto uma vida mais longa. Mas Perséfone, a deusa do mundo das trevas, considerou errado que ninguém a não ser a esposa apaixonada fizesse tal sacrifício. Como mulher, compreendeu o grande amor de Alceste e resolveu recompensá-lo: mandou-a de volta para o mundo dos vivos, e marido e mulher viveram felizes por um longo tempo.

COMENTÁRIO: À primeira vista, a mensagem desse conto comovente é bastante clara — não há numa mulher amor maior do que aquele que a impele a sacrificar a própria vida em benefício daqueles a quem ama. Mas há outros temas nesse mito que nos dizem algo mais sobre a natureza do casamento, e talvez até sobre o mistério da própria vida. Desde o começo, o casamento de Alceste e Admeto está ligado a figuras divinas, que são responsáveis por grande parte da ação da história. Apolo é um deus grande e poderoso, mas funciona como servo e amigo de Admeto, ajudando-o toda vez que é solicitado. Quem é esse deus e o que ele simboliza nessa história? Como deus do sol, ele é uma imagem da luz — da luz do espírito, e também da luz da consciência. Admeto é um homem consciente e espiritualmente vivo e, portanto, pode enfrentar o desafio formulado pelo pai de Alceste a seus pretendentes. Atrelar um leão e um javali numa junta é uma imagem do controle sobre os instintos e do direcionamento da força bruta para fins civilizados. Em outras palavras, Admeto esforçou-se por refrear sua natureza instintiva e estabeleceu uma relação duradoura com seu espírito interior. Ele está, em suma, do lado da vida e da luz e, por isso, tem sorte ao escolher uma esposa.

Admeto é perdoado por sua primeira transgressão, que é a negligência em relação a Ártemis, a deusa lua. Ártemis é uma divindade ligada à natureza selvagem; é um símbolo do instinto bruto e, portanto, se zanga com o autocontrole e a consciência de Admeto. Mas Apolo resolve esse problema, e uma vida mais longa é oferecida ao herói — desde que haja alguém que o ame o bastante para tomar seu lugar no mundo subterrâneo. Apolo lida então com o problema das Parcas, embriagando-as — uma imagem única na mitologia grega, já que até os deuses tinham que obedecer ao destino. Talvez essa história nos diga que a consciência e o compromisso espiritual nos oferecem a possibilidade de nos libertarmos do tipo de compulsão cega que as Parcas simbolizam. E talvez até a morte — pelo menos no plano psicológico — possa ser afastada por algum tempo através dessa consciência interna.

Admeto pede a seus pais, idosos, que se ofereçam para lhe poupar a vida. A resposta recebida é o externo oposto do que poderíamos esperar: eles se recusam categoricamente. O amor dos pais pelos filhos, e vice-versa pode ser, às vezes, bastante precário, se levarmos a sério a mensagem dessa imagem mítica. Nas famílias, muitas vezes, o que se faz passar por amor é um vínculo enraizado na necessidade mútua, na dependência e no medo da separação, e não um amor genuíno, que provenha do respeito mútuo e da generosidade afetiva. Por essa razão, é comum sermos decepcionados por nossa família quando mais precisamos que validem nossa individualidade. Somente Alceste se dispõe a se sacrificar por Admeto; ela o valoriza o bastante para fazer tal oferta sem pestanejar. Ainda que talvez nunca tenhamos que fazer um sacrifício tão extremo por um ente querido, há em todo relacionamento muitas ocasiões em que nossa afirmação do valor do outro pode nos levar a colocar essa pessoa em primeiro lugar, sem pensarmos nas conseqüências para nós mesmos. Esse é um sacrifício que não se baseia numa esperança de retribuição futura, nem é motivado por uma tentativa secreta de prender o outro a uma obrigação; ele brota espontaneamente de um misterioso ponto do coração e da alma que não sabe fazer outra coisa senão dar.

Por causa desse ato de tão total generosidade, Perséfone, a rainha do mundo das trevas, se recusa a aprovar a morte de Alceste e a manda de volta para o reino dos vivos. Perséfone é uma imagem das dimensões misteriosas e ocultas da vida e simboliza, entre outras coisas, os ciclos da natureza e do tempo que são vedados à consciência racional. Ela não representa o julgamento da sociedade; reflete uma lei mais profunda da natureza, que lida com conseqüências psicológicas. Podemos entender que ela simboliza as leis pelas quais o próprio psiquismo inconsciente funciona. Alceste é recompensada porque nunca procurou recompensa; consegue a felicidade porque não tenta reivindicá-la; e vive sua vida, amando e sendo amada, porque pôs o amor acima de seus próprios benefícios. Não seria realista esperar que um ser humano viva o tempo todo nesse estado de total abnegação, mas podemos vislumbrar a magia da recompensa de Alceste ao darmos um passo além de nossas motivações e projetos pessoais e valorizarmos tanto uma outra pessoa que, por um breve espaço de tempo, esquecemos nossas próprias necessidades e desejos. Por mais breve que seja esse episódio, essa é uma experiência de profundo poder curativo, que renova a vida. Sem ela, não há como esperarmos chegar ao núcleo essencial do casamento.

Ulisses e Penélope

Confiança mútua apesar de todos os pesares

O casamento de Ulisses e Penélope é apenas uma pequena parte da grande saga da Guerra de Tróia. Entretanto, é um notável retrato mítico da lealdade e da confiança que podem existir num casamento, apesar das provações e tentações a que possam ficar sujeitos os dois cônjuges.

Ulisses e Penélope, que governavam a ilha de Ítaca, ficaram mais que felizes com o nascimento de Telêmaco, seu único filho. Ao ser convocado para lutar na Guerra de Tróia, Ulisses relutou em deixar a esposa e o filho, e em ir para uma guerra que ele antevia como longa e árdua. Assim, fingiu-se de louco. Desse modo, quando os guerreiros Agamêmnon e Palamedes chegaram à ilha rochosa para pedir que Ulisses se juntasse a eles, encontraram-no ocupado em semear sal em campos que arava com uma junta composta de um jumento e um touro. O astuto Ulisses esperava que isso os convencesse de que estava louco demais para combater. Mas Palamedes também era esperto: pegou Telêmaco e pôs o bebê no trajeto do arado. A reação imediata de Ulisses para salvar o filho provou que, afinal, ele não estava louco, e, relutantemente, o herói uniu-se à frota que zarpou para Tróia.

A sangrenta Guerra de Tróia arrastou-se por dez anos. Quando Ulisses pôde enfim retornar para casa, novos obstáculos estavam à sua espera na viagem de volta. Sem querer, ele ofendeu Poseidon, e o deus do oceano enviou muitas tempestades para afastá-lo de seu curso. Ele foi atormentado por provações e tentações, e os encantos da feiticeira Circe, da bela ninfa Calipso e da princesa Nausícaa seduziram-no por algum tempo. Mas a coisa em que ele mais pensava eram sua mulher e seu filho, e, embora tenha custado mais dez anos, Ulisses finalmente concluiu a viagem para casa.

Enquanto isso, Penélope aguardava, na esperança de que seu amado encontrasse o caminho de volta para ela e Telêmaco. Na ausência dele, chegaram a Ítaca muitos pretendentes, que tentaram convencê-la a desistir de esperar Ulisses e casar-se com um deles. Todos cobiçavam a ilha, e além disso Penélope ainda era muito bonita. Ela teve que descobrir um modo de recusar os pretendentes (há quem diga que eles não eram menos de cento e doze) e prometeu que, quando tivesse terminado de tecer uma mortalha para seu sogro, escolheria um deles. Entretanto, embora tecesse arduamente por longas horas durante o dia, à noite ela desfazia em segredo o trabalho diurno, e com isso nunca terminava sua tarefa. Embora lhe fosse difícil continuar acreditando no retorno seguro de Ulisses depois de vinte anos, Penélope conseguiu manter sua confiança e sua fidelidade, e foi recompensada com o retorno do marido e com seu feliz reencontro.

COMENTÁRIO: O mito de Ulisses e Penélope mostra um relacionamento que resiste ao tempo, à tentação e à longa separação. Mas isso ocorre unicamente porque os dois mantêm sua confiança um no outro, recusando-se a abrir mão de seus ideais comuns. Ambos são duramente testados e, vez por outra, cometem erros; em algumas versões do mito, tanto Penélope quanto Ulisses se entregam a outros amores, o que talvez seja compreensível, considerando-se uma separação de vinte anos. Mas seu amor e interesse um pelo outro e pelo filho os une de maneira absoluta e sustenta a ambos em seus momentos mais difíceis. Na grande epopéia de Homero, a *Odisséia*, Ulisses pensa em Penélope e Telêmaco todas as vezes que corre o risco de se deixar apaixonar

pelas várias mulheres que o tentam ao longo do caminho. Elas conseguem seduzi-lo, mas não tocar seu coração realmente, pois este já foi entregue.

A imagem de Penélope tecendo prendeu a imaginação dos leitores por mais de dois mil anos. O que ela tece de dia e desfaz à noite é uma mortalha. O que isso pode significar, como imagem do que sustenta sua lealdade, mesmo ao lhe serem oferecidas companhias que poderiam pôr fim à sua solidão? A mortalha traz o tema da morte — a morte do amor, o abandono do passado, o rompimento de laços e vínculos antigos. Embora, nos momentos em que está à vista de todos, ela continue a fazer seu trabalho, Penélope o desfaz quando está sozinha, recusando-se a abrir mão do amor, da lembrança e do passado tecido e compartilhado com o marido ausente.

Tecer é também uma imagem arquetípica da própria vida, uma trama feita de muitos fios, experiências, sentimentos e acontecimentos diferentes. Cada um de nós tem uma história singular, que começamos a tecer no nascimento e concluímos na morte. Penélope se recusa a aceitar que a trama e a tecitura de sua vida pregressa estejam completas; não busca o passado nem o futuro; vive no aqui e agora, fiel a seus instintos e sentimentos, recusando-se a ser pressionada a abandonar a esperança, mas se recusando igualmente a se tornar presa de fantasias infrutíferas. Na verdade, ela vive o momento, plena e profundamente, e a mortalha que finge tecer é apenas um meio de se proteger da importunação dos pretendentes. Essa capacidade de aceitar cada momento tal como é, e de continuar fiel ao próprio coração, a despeito do que os outros insistam em dizer que é a realidade, talvez seja a verdadeira chave da capacidade de resistência desse casamento mítico. Para Ulisses, a lembrança da mulher e do filho é o que o mantém comprometido com seus valores e desejos mais profundos; a capacidade de Penélope de se manter serena e calma no presente, recusando-se a dizer a si mesma que "o amor acabou", é algo que talvez tenhamos um imenso trabalho para encontrar. A natureza do amor desafia o tempo, a distância e a perda física e, ao lado da arte superior e dos momentos de visão mística, talvez seja a única coisa, dentre as que podem ser experimentadas por nós, mortais, que nos permite vislumbrar o eterno. Quando o encontramos, mesmo por breves instantes, no contexto de uma relação próxima, descobrimos um dos grandes segredos da imortalidade.

Também é interessante pensar que talvez seja o espaço entre essas duas figuras míticas que possibilita sua fidelidade. Será que o amor de Ulisses e Penélope teria sobrevivido à vida mundana corriqueira de Ítaca por vinte anos, ou será que seus ideais um do outro, alimentados pela ausência e pela saudade, ajudaram a manter vivo seu romance? Em seu livro *O Profeta,* Kahlil Gibran (1883-1931) afirma a propósito do casamento:

> Deixai que haja espaços em vossa união ...
> E permanecei juntos, porém não perto demais.
> Pois as colunas do templo são separadas,
> E o carvalho e o cipreste não crescem à sombra um do outro.

PARTE IV

POSIÇÃO E PODER

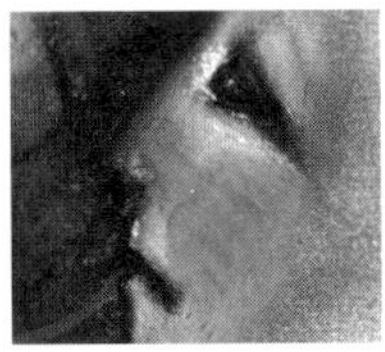

O desafio de encontrar o próprio caminho no mundo é estimulante para alguns e assustador para outros. Num ou noutro plano, o sucesso e o fracasso nos preocupam, e a auto-suficiência é uma qualidade que nem sempre é fácil de desenvolver, quando se conserva a compaixão pelos semelhantes. O dinheiro, a posição e o poder, no entanto, não são apenas coisas que se possam ter "no mundo lá fora"; são também profundamente simbólicos, refletindo nossos valores mais íntimos. A mitologia tem muitas histórias sobre a ambição e a ganância, o poder e o fracasso e a responsabilidade e irresponsabilidade para com os outros; ela revela nossas atitudes mais fundamentais perante o dinheiro e a maneira como, muitas vezes, ele simboliza ou substitui o valor da própria pessoa e a ânsia de amor. As histórias míticas também podem nos ensinar sobre a descoberta do lugar certo de cada um no mundo e sobre o que significa a vocação. Podem nos dar um discernimento profundo sobre a maneira como interagimos em sociedade. Temos muitos pressupostos coletivos sobre o que é "certo" e "errado". Mas os mitos podem às vezes nos surpreender, ao revelar sutilmente nossas forças e fraquezas, verdades e hipocrisias, nossos sistemas de valores equivocados, nossa falta de compreensão de nossas motivações mundanas, e nossas atitudes, freqüentemente ambivalentes, em relação àqueles que sentimos estarem em melhor ou pior situação do que nós.

Capítulo 1

Encontrando a Vocação

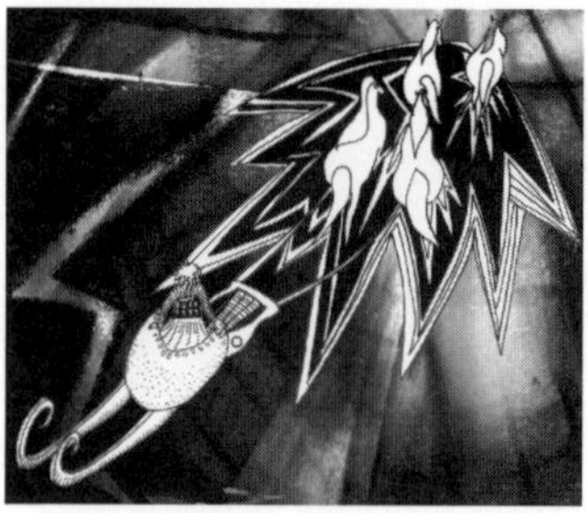

A palavra "vocação" vem de uma raiz latina que significa "chamar", e reflete o sentimento de um pedido interno ou de uma missão importante que deve ser realizada no mundo. Embora a vocação não implique necessariamente uma profissão reconhecida ou a obtenção de dinheiro, ela precisa envolver o coração, para que sintamos ter realmente encontrado nosso lugar na vida. Também precisa ter uma manifestação externa, para que tenhamos a sensação de haver conseguido aquilo para que viemos ao mundo. Para alguns, a vocação pode implicar chegar ao topo da profissão; para outros, pode envolver a serena, mas igualmente comprometida, criação de um filho, ou o embelezamento do jardim. Todos precisamos de um certo sentido de vocação, quer ele se expresse através de um trabalho, quer seja buscado fora da vida profissional cotidiana. Entretanto, é freqüente ficarmos confusos diante da maneira de descobrir nossa vocação e de, caso a descubramos, realizá-la. A vocação pode vir de uma inspiração interna, ou se desenvolver a partir de exigências externas que nos impelem por um caminho que só depois descobrimos ser absolutamente certo. A mitologia nos oferece exemplos de ambos, bem como do que fazer e do que não fazer ao construirmos nosso caminho no mundo.

Lugh

Nunca desistir de tentar

O mito celta da entrada de Lugh nos salões dos Tuatha dé Danann é uma lição encantadora sobre a importância da perseverança para descobrirmos nosso lugar no mundo. A vocação pode ser um pedido interno, mas exige tanto adaptabilidade ao mundo externo quanto um compromisso íntimo. Lugh é um personagem de grande sagacidade — parte deus, parte trapaceiro — e, nessa história, sua versatilidade camaleônica reflete uma qualidade de suma importância para os que pretendem encontrar seu caminho na vida.

Havia uma grande assembléia que se realizava em Tara, onde os Tuatha Dé Danann, o povo da deusa Danu, costumavam se reunir. O rei Nuada estava comemorando sua volta ao trono com um banquete. Quando a festa estava no auge, chegou ao portão do palácio um estranho que se vestia como um rei. O porteiro lhe perguntou seu nome e o que viera fazer ali.

— Eu sou Lugh, respondeu o estranho. Sou neto de Diancecht por parte de Cian, meu pai, e neto de Balor por parte de Ethniu, minha mãe.

— Sei, sei, disse o porteiro, impaciente, mas não te perguntei tua genealogia. Qual é tua profissão? Porque aqui não entra ninguém que não seja mestre em algum ofício.

— Sou carpinteiro, disse Lugh.

— Não precisamos de carpinteiro. Já temos um muito bom; ele se chama Luchtainé, disse o porteiro.

— Sou um excelente ferreiro, disse Lugh.

— Não queremos um ferreiro. Temos um que é ótimo; chama-se Goibniu, retrucou o porteiro.

— Sou guerreiro profissional, disse Lugh.

— Não temos necessidade de nenhum. Nosso defensor é Ogma, disse o porteiro.

— Sou harpista, falou Lugh.

— Já temos um excelente harpista, disse o porteiro.

— Sou um guerreiro mais renomado pela habilidade do que pela mera força, afirmou Lugh.

— Já temos um homem assim, disse o porteiro.

— Sou poeta e contador de histórias, disse Lugh.

— Não precisamos disso, disse o porteiro. Já contamos com um poeta e contador de histórias extremamente talentoso.

— Sou feiticeiro, disse Lugh.

— Não queremos um. Temos incontáveis feiticeiros e druidas, respondeu o porteiro.

— Sou médico, disse Lugh.

— Nosso médico é Diancecht, disse o porteiro.

— Sou copeiro, falou Lugh.

— Já temos nove deles, disse o porteiro.

— Sei trabalhar o bronze, disse Lugh.

— Não precisamos de ti. Já temos alguém que trabalha o bronze. O nome dele é Credné, disse o porteiro.

— Então, pergunte ao rei, disse Lugh, se ele tem a seu lado um homem que seja mestre em todos esses ofícios ao mesmo tempo, pois, se ele tiver, não haverá necessidade de que eu venha para Tara.

O porteiro entrou e disse ao rei que havia chegado um homem que se chamava Lugh *Ioldanach* (que significa "Mestre de Todas as Artes") e que afirmava saber tudo. O rei mandou seu melhor jogador de xadrez para uma partida com o estranho. Lugh venceu, inventando um novo movimento, chamado "cerco de Lugh". Diante disso, o rei o convidou a entrar. Lugh entrou e se sentou na cadeira chamada "assento do sábio", reservada ao mais sábio dos homens.

O guerreiro Ogma estava fazendo uma demonstração de sua força, empurrando uma laje tão grande que seriam necessárias oitenta juntas de bois para movê-la. A pedra, apesar de enorme, era apenas uma lasca quebrada de uma pedra ainda maior. Lugh levantou-a com as mãos e a recolocou no lugar. Em seguida, o rei lhe pediu que tocasse harpa. Lugh tocou a "canção do sono" e o rei e toda a sua corte adormeceram, e só acordaram no dia seguinte, na mesma hora. Depois disso, Lugh tocou uma ária de um lamento e todos choraram. E depois tocou um compasso que os arrebatou a todos, de tão alegre.

Ao ver todos esses numerosos talentos, o rei percebeu que uma pessoa tão bem dotada poderia ser de grande ajuda para seu povo contra os inimigos. Assim, consultou os outros e emprestou o trono a Lugh por treze dias. E Lugh se tornou o líder guerreiro dos Tuatha Dé Danann.

COMENTÁRIO: "Mestre de Todas as Artes" talvez seja uma coleção de talentos vasta demais para que qualquer ser humano aspire a ela; além disso, em geral não se requer essa mestria toda quando procuramos um trabalho. Mas a história de Lugh nos ensina que precisamos adquirir uma multiplicidade de habilidades se quisermos encontrar lugar em nosso mundo constantemente mutável. Esse antigo mito celta é estranhamente prático e atual, porque nos apresenta a importância de termos conhecimento de muitos assuntos interligados — mesmo que desejemos trabalhar com apenas um deles. A idéia da especialização e de ser bom em apenas uma coisa pode ter sido adequada há décadas, quando o mercado de trabalho era diferente e a era do computador ainda não havia começado. Agora, o mundo vem mudando com incrível rapidez, e talvez precisemos da sagaz versatilidade de Lugh para podermos vencer a concorrência e obter acesso a nossas metas no mundo.

Lugh também é persistente, e essa qualidade é vital quando queremos realizar nossas aspirações. Ele não vai embora, magoado e cabisbaixo, ao ser rejeitado pela primeira vez, nem tampouco se zanga ou se torna arrogante; simplesmente opõe a cada recusa uma nova oferta. Ele sabe que tem que convencer o rei não de que é o melhor harpista ou guerreiro ou carpinteiro, mas de que é capaz de fazer qualquer dessas tarefas e, portanto, tem o valor de várias outras pessoas, em termos das habilidades que tem para oferecer. Sua confiança estão em seu autoconhecimento e em sua formação em muitas artes diferentes. Em suma, ele é capaz de convencer a todos, inclusive o rei, de seu valor, porque acredita em si mesmo; e essa confiança não se baseia numa visão auto-enaltecedora, mas numa sólida experiência prática. Nesse mito, o mais pragmático de todos, há uma descrição vívida de como devemos nos munir no mundo externo e de como precisamos nos apresentar àqueles por quem buscamos ser preferidos. Quase ouvimos o rei pesando a eficiência, em termos de custo, de contratar um homem capaz de fazer as tarefas de seis. Lugh é uma divindade rigorosamente moderna, consciente das forças de mercado. Há muitas questões mais íntimas e mais profundas a respeito de seguir uma vocação, as quais examinaremos através de outros mitos, mas a história de Lugh pode nos ensinar que nossa viagem deve começar por fincarmos firmemente os pés no chão.

Um Mito de Dois Irmãos

Lição sobre como prosperar

Essa história do leste da África tem muito a nos ensinar sobre as leis invisíveis que devem ser cumpridas para que encontremos o que buscamos no mundo. Um dos irmãos não compreendeu a mensagem, o outro, sim — não porque fosse mais inteligente ou mais forte, mas por ter atendido às necessidades daqueles que encontrou no caminho.

Era uma vez um homem que tinha dois filhos. O mais velho chamava-se Mkunare e o mais novo, Kanyanga. Eram tão pobres que não tinham uma única vaca. Um dia, Mkunare propôs-se a ir até Kibo, um dos dois picos do Monte Kilimanjaro, porque ouvira dizer que lá governava um rei que era generoso com os pobres. Assim, tinha esperança de cumprir o que julgava ser sua vocação, que era salvar sua família e seu povo.

Mkunare pegou um punhado de mantimentos — tudo que não fosse fazer falta — e partiu para o alto da montanha. Depois de algum tempo, encontrou uma velha sentada à beira do caminho. Ela estava com os olhos tão machucados que não conseguia enxergar. Mkunare a cumprimentou.

— Por que vieste a este lugar?, disse a velha, em resposta.

— Estou procurando o rei que mora no alto da montanha, explicou Mkunare.

— Lambe meus olhos para limpá-los, disse ela, e eu te direi como chegar lá.

Mas Mkunare teve nojo demais daqueles olhos doentes para lambê-los, e seguiu seu caminho. Mais adiante, chegou à região dos Konyingo (o Povo Pequeno, ou Gente Miúda), e viu um grupo de homens sentados no curral de seu rei.

Eram homens muito pequenos, do tamanho de meninos, e Mkunare presumiu, erroneamente, que se tratava de crianças.

— Olá!, chamou-os. Onde posso encontrar vossos pais e irmãos mais velhos?

Os Konyingo responderam: — Espera aqui até eles chegarem.

Mkunare esperou até o anoitecer, mas não apareceu ninguém. Antes do cair da noite, os Konyingo levaram seu gado para o curral e mataram um animal para a refeição noturna, mas não deram nenhuma parte de sua carne a Mkunare. Disseram que ele devia esperar até que seus pais e irmãos mais velhos chegassem. Cansado, faminto e decepcionado, Mkunare tomou o caminho da descida da montanha e novamente passou pela velha sentada à beira da estrada. Embora tentasse convencê-la, ela se recusou a lhe dizer o que havia acontecido com ele. Na volta, o rapaz se perdeu pelas regiões desabitadas e levou um mês para chegar em casa. Assim, fracassou em sua busca e disse a seus companheiros de tribo que no alto do monte Kibo havia um povo com grandes rebanhos de gado, mas que, por ser mesquinho, não dava nada aos estranhos.

Então, Kanyanga, o irmão mais novo, resolveu subir a montanha, numa segunda tentativa de diminuir a pobreza da família. Passado algum tempo, também ele encontrou a velha sentada à beira da estrada. Cumprimentou-a e, quando ela lhe perguntou por que tinha ido até lá, disse-lhe que estava procurando o rei que morava no topo da montanha.

— Lambe meus olhos para limpá-los, disse-lhe a velha, e eu te direi como chegar lá.

Kanyanga apiedou-se dela e lambeu cuidadosamente seus olhos.

— Continua tua subida, disse-lhe ela, e chegarás ao povoado do rei. Os homens que lá encontrarás não são maiores do que meninos, mas não te precipites concluindo que são crianças. Dirige-te a eles como membros do conselho do rei e cumprimenta-os respeitosamente.

Mais acima, Kanyanga chegou ao curral do rei dos Konyingo e cumprimentou respeitosamente os homenzinhos. Eles o levaram até o rei, que ouviu seu pedido de ajuda e ordenou que lhe dessem uma refeição e um lugar para passar a noite. Em troca de sua hospitalidade, Kanyanga ensinou aos Konyingo os encantamentos e remédios que protegem as plantações contra os insetos e outras pestes, e também os que barram invisivelmente o caminho contra a invasão dos inimigos. Os membros do Povo Pequeno ficaram tão satisfeitos com esses novos métodos que cada um deu a Kanyanga um animal de seu rebanho; e ele desceu a montanha tocando o gado à sua frente e entoando a canção dos boiadeiros. E assim Kanyanga prosperou, tal como seus companheiros de tribo, mas o povo compôs sobre Mkunare, seu irmão mais velho, uma canção que até hoje é cantada:

— Ó Mkunare, espera que os pais deles cheguem.

Que direito tens de desprezar a Gente Miúda?

COMENTÁRIO: Como muitas pessoas, Mkunare sabe o que quer: prosperar e ajudar a família e os membros de sua tribo. Para isso, precisa da ajuda de alguém que esteja em condições de ajudá-lo. Também como muitas pessoas, fica tão preocupado em atingir seu objetivo que não repara no que está realmente acontecendo a seu redor, e não reage com compaixão às pessoas menos afortunadas que encontra no caminho. Por sentir repulsa pela anciã e não olhar atentamente para os pequenos Konyingo, para descobrir se são realmente meninos ou homens, ele não recebe ajuda e tem que voltar para casa de mãos vazias. Também nós podemos ficar tão concentrados naquilo que queremos, ao começarmos nossa vida, que perdemos a capacidade de nos mantermos conscientes do que vemos no presente imediato. E, por não conseguirmos viver aqui e agora, arriscamo-nos a perder os objetivos que tanto queremos alcançar.

A senhora que Mkunare encontra é um dos desvalidos da vida, mas possui também algumas informações muito importantes, sem as quais Mkunare não tem chance de obter o que procura. Podemos interpretá-la como uma imagem das pessoas menos bem sucedidas do que nós mas que, por dura experiência pessoal, adquiriram a sabedoria de que precisamos. Ou podemos vê-la como um símbolo da face dolorosa e injusta da vida, que precisa ser enfrentada para que compreendamos o mundo em que vivemos. Como quer que a interpretemos, a mensagem é clara: a recusa a atender seu pedido resulta numa ignorância fatal dos fatos reais e, portanto, no fracasso. Imagens como a dessa anciã são comuns na mitologia. Às vezes elas são retratadas como pessoas pobres, doentes ou idosas, que pedem um favor, e às vezes como animais que precisam de ajuda; e quando aparecem, elas invariavelmente recompensam quem atende seu pedido, oferecendo algum conhecimento ou instrumento vital, que garante o sucesso futuro. É possível que todos nos deparemos com situações como essa ao atravessarmos a vida, mas, com freqüência, não reconhecemos a importância do que está diante de nós, e não conseguimos demonstrar a compaixão necessária.

O segundo erro de Mkunare, que é uma decorrência inevitável do primeiro, é ele se dirigir ao Povo Pequeno com desrespeito, por julgar que se trata de crianças. Como eles não correspondem à imagem que Mkunare tem de como devem ser os conselheiros de um rei, o rapaz os trata com desdém. Da mesma forma, nós também podemos nos descobrir julgando outras pessoas unicamente por sua aparência e tratando-as com desrespeito, sem perceber que, na verdade, elas podem deter a chave das metas que tão avidamente perseguimos. E, mesmo que esse Povo Pequeno fosse feito de crianças, elas também merecem respeito como indivíduos; se são suficientemente espertas para saber cuidar do gado, são perfeitamente dignas de que Mkunare lhes dirija a palavra com civilidade. Em vez disso, porém, ele os descarta, e os homens o fazem pagar por sua descortesia. Assim, Mkunare nada aprende com tudo isso e, mais tarde, diz a todos que os Konyingo são mesquinhos demais para dividir alguma coisa com ele. Essa visão negativa e cínica das outras pessoas resulta, freqüentemente, não da mesquinhez alheia, mas de nossa própria estupidez.

Kanyanga, ao contrário do irmão mais velho, não se deixa cegar pela indiferença ou pelo superficialismo. Apieda-se da senhora e lhe dá o que ela precisa; mesmo que fique enojado, sua compaixão se mostra mais forte. Lamber os olhos feridos de uma anciã quase cega é uma imagem marcante, que sugere o oferecimento generoso de consolo pela dor e desilusão alheias. Assim, Kanyanga é informado sobre o Povo Pequeno e não o confunde com crianças. Porém ele faz mais do que apenas seguir bons conselhos: responde à generosidade dos Konyingo com sua própria generosidade, ensinando-lhes tudo o que sabe. Esse não é um ato premeditado em busca de recompensas, mas dado de coração. Com isso, ele consegue levar para casa a riqueza, sob a forma do gado. A mensagem é clara.

Faetonte e o Carro do Sol

Ir longe demais, com pressa demais

O triste mito grego de Faetonte revela muitas das aspirações e dificuldades do jovem que procura encontrar seu lugar no mundo, e faz uma dura advertência contra as tentativas de se ir longe demais com pressa demais. E também nos ensina — o que talvez seja mais importante — que tentar copiar o pai ou mãe que admiramos nem sempre é um modo sábio de descobrir a própria vocação.

Sustentado por colunas luminosas, o palácio de Apolo, o deus sol, erguia-se reluzente e brilhante no céu. A esse belo palácio dirigiu-se Faetonte, filho de Apolo com uma mortal. Faetonte viu seu pai divino sentado num imenso trono de ouro, cercado por seu séquito: os Dias, os Meses, os Anos, os Séculos, as Estações e, movendo-se com graça de um lado para outro, as Musas, entoando doces melodias. Apolo notou com surpresa o belo jovem que se postara diante da glória que o cercava, fitando-a com admiração silenciosa.

— Por que vieste aqui, meu filho?, perguntou-lhe.

— Os homens andam zombando de mim na Terra e caluniando minha mãe, Climene, respondeu Faetonte. Dizem que apenas finjo ser de origem divina e que, na realidade, sou simplesmente o filho de um homem qualquer. Assim, vim implorar-te um sinal que prove ao mundo que meu pai é realmente Apolo, o deus sol.

Apolo se levantou e abraçou o filho com ternura. — Jamais te renegarei perante o mundo, disse ao rapaz. Mas, se precisas de algo além de minha palavra, juro pelo rio Estige que teu desejo será atendido, seja ele qual for.

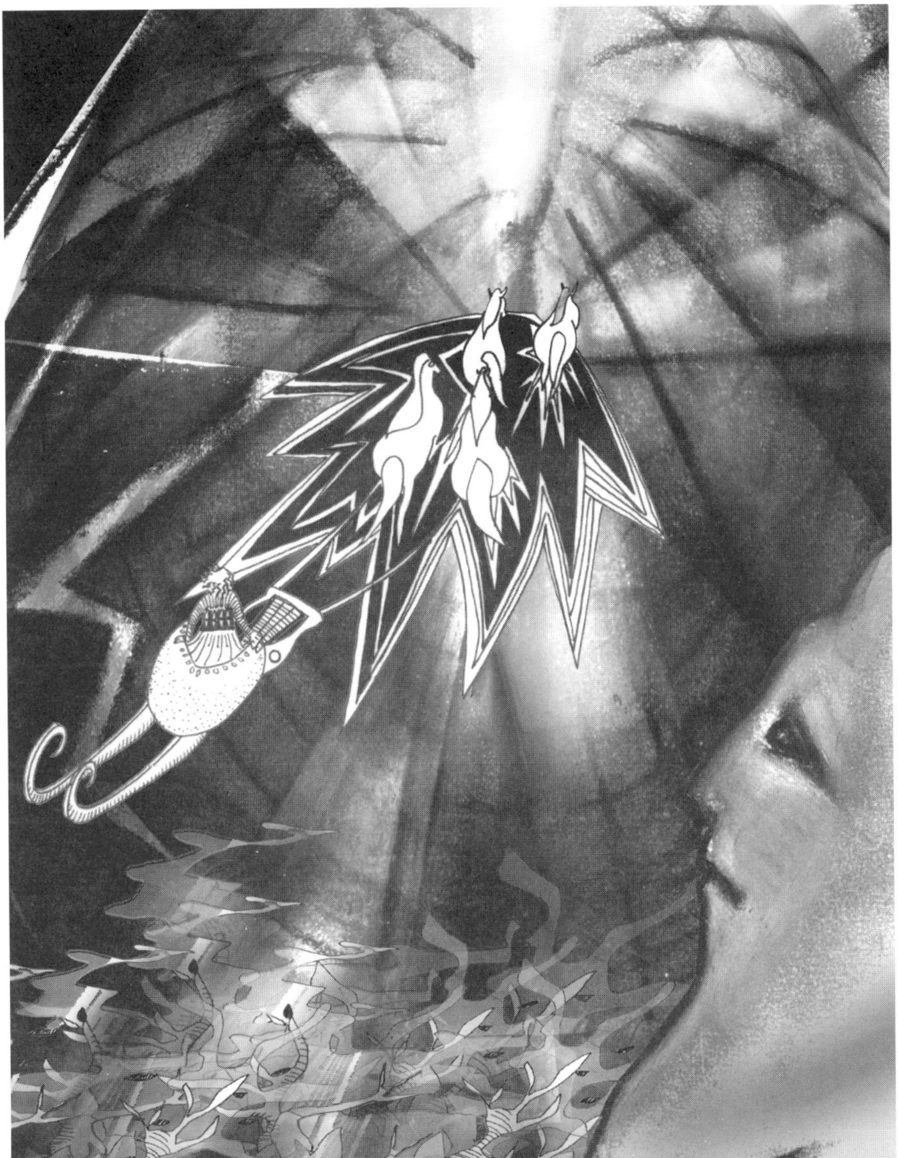

— Então realiza meu sonho mais fantástico!, disse Faetonte. Deixa-me guiar a carruagem alada do sol por um dia!

O medo e o desgosto ensombreceram o rosto luminoso do deus. — Incitaste-me a dizer palavras duras, disse ele com tristeza. Quisera eu poder desfazer minha promessa! É que me pediste algo que está além de tuas forças. És jovem, és mortal, mas anseias por aquilo que só é concedido aos deuses, e nem mesmo a todos eles, pois só eu estou autorizado a fazer o que tanto queres tentar. Meu carro tem que percorrer um trajeto íngreme. É uma subida difícil para os cavalos, mesmo quando estão descansados no alvorecer. O centro do trajeto fica no zênite do céu. Muitas vezes, eu mesmo me sinto abalado pelo medo, quando me ponho de pé em meu carro naquela altitude. Minha cabeça gira quando baixo os olhos para a Terra, lá embaixo. E o último trecho do caminho é uma descida abrupta, que requer mão firme nas rédeas. Ainda que eu te desse meu carro, como poderias controlá-lo? Não insistas em que eu cumpra a palavra que te dei; corrige teu desejo enquanto ainda há tempo. Escolhe qualquer outra coisa que o céu e a Terra possam oferecer. Mas não peças essa coisa perigosa!

Mas Faetonte pediu e insistiu e, afinal, Apolo dera sua palavra sagrada. Assim, ele pegou o filho pela mão e o conduziu até o carro do sol. O timão, o eixo e os aros das rodas eram todos de ouro, os travões eram de prata e a canga reluzia com pedras preciosas. Enquanto Faetonte se deslumbrava, o alvorecer acordou no leste. Apolo ordenou que as Horas atrelassem os cavalos e besuntou o rosto do filho com um ungüento mágico, para permitir que ele suportasse o calor das chamas.

— Meu filho, poupa as esporas e utiliza as rédeas, pois os cavalos correrão sozinhos, disse ele. Teu trabalho consistirá em lhes refrear a corrida. Fica longe dos pólos sul e norte. Não avances lento demais, para que a Terra não pegue fogo, nem vás alto demais, para não queimares o céu.

O rapaz mal escutou os conselhos do pai. Pulou para dentro do carro, e os cavalos partiram aos saltos pelo trajeto, rompendo as brumas da manhã. Mas logo sentiram que seu fardo era mais leve que de hábito, e a charrete rodopiou confusamente pelo ar, ziguezagueando sem rumo de um lado para outro, enquanto os cavalos se afastavam dos caminhos conhecidos do céu e empurravam uns aos outros numa pressa selvagem. Faetonte ficou amedrontado; não sabia por onde puxar as rédeas, nem onde estava, e não conseguia conter os animais. Quando olhou para a Terra lá embaixo, seus joelhos tremeram de pavor. Queria chamar os cavalos, mas não sabia seus nomes. Gelado de medo, soltou as rédeas e, no mesmo instante, os cavalos saltaram para os lados, entrando em regiões desconhecidas do ar. Roçaram em flocos de nuvens, que se inflamaram e começaram a incendiar. Dispararam em direção às estrelas fixas, e a Terra se enregelou e os rios se transformaram em gelo.

Em seguida, os cavalos mergulharam em direção à Terra. A seiva das plantas secou, e as folhas das árvores nas florestas se encolheram e irromperam em chamas. O mundo se incendiou e Faetonte começou a sofrer com o calor insuportável: foi torturado pela fumaça e pelas fagulhas lançadas para o alto pela Terra ardente; uma fumaça negra como o piche subiu a seu redor, e então seu cabelo pegou fogo. Ele caiu do carro e rodopiou no espaço como uma estrela cadente, até ser finalmente tragado pelos braços do oceano, lá embaixo.

Apolo, seu pai, que havia temido e depois testemunhado essa destruição, cobriu sua cabeça radiosa e pôs-se a remoer sua tristeza. Dizem que esse dia não trouxe nenhuma luz para o mundo; apenas o enorme incêndio brilhou por toda parte.

COMENTÁRIO: Faetonte, como muitos jovens enérgicos e inconseqüentes, quer ser alguém importante na vida. Sente-se ferido pela zombaria dos outros, que afirmam que ele não é filho de ninguém, que não é filho do radiante deus sol. Como é comum ouvirmos os jovens se gabarem de quem são seus pais, na esperança de tomarem emprestado um pouco do sucesso e da posição dos mais velhos, antes de alcançá-los por si próprios! E, com igual freqüência, podemos ouvir filhos de pessoas que alcançaram pouco sucesso material, envergonhados de sua origem humilde, gabarem-se de uma ascendência imaginária, para conseguir a admiração dos que os cercam. Faetonte não é mau nem tolo, mas não é suficientemente maduro para esperar a hora certa e trabalhar pelo dia em que o sucesso e o reconhecimento possam ser fruto de seus próprios esforços e habilidades. Ele está atrás de seu lugar no mundo, à procura de uma verdadeira vocação, mas impaciente por colher as recompensas, sem antes compreender sua capacidade e suas limitações.

Apolo, que nessa história é um pai amoroso e interessado, quer fazer o possível para ajudar o rapaz a se firmar nos próprios pés. Assim, precipita-se a prometer qualquer coisa que ele queira, talvez, em parte, para compensar sua negligência. Esse é o equivalente mítico de deixar um filho pegar o carro emprestado antes de tirar a carteira de motorista, ou permitir que ele se torne sócio da empresa da família antes de demonstrar qualquer conhecimento ou qualificação. Muitos pais se sentem profundamente culpados por passarem tempo demais longe da família e, ao se verem confrontados com a mágoa dos filhos, tentam remedar a situação oferecendo recompensas materiais que estão além da capacidade dos filhos. Quando Faetonte pede o carro do sol, Apolo, o deus da previsão e da profecia, vê bem qual será o trágico desfecho. Previne Faetonte de que ele não tem força suficiente para a tarefa, e de que ela não é para qualquer mortal. No entanto, não pode voltar atrás em seu juramento sagrado. Tem que pagar um preço alto por seu erro, cometido em parte por amor e em parte como um esforço de aplacar a culpa.

Como muitos personagens da mitologia grega, Faetonte é prejudicado pela *hybris**. Quer se assemelhar a um deus e se recusa a aceitar suas limitações de mortal. Nós também podemos ter essas aspirações na vida, querendo ser grandes e famosos, ricos e poderosos, esquecidos de nossas limitações humanas e nos recusando a refletir, com frieza e realismo, sobre aquilo em que somos eficientes e o que não estamos aptos a fazer. O desafio de descobrir uma vocação nos testa em muitos níveis, quer o enfrentemos na juventude ou mais tarde na vida, quando acontece procurarmos mudar de rota e tomar uma direção mais satisfatória. Um dos maiores desses testes é a complexa questão de discernir quais são nossos talentos e de encontrar a humildade de reconhecer as situações em que simplesmente não ficaremos à altura da tarefa. Algumas pessoas não têm aspirações muito elevadas e deixam de desenvolver aptidões reais, às vezes por insegurança ou por circunstâncias que escapam a seu controle. Algumas almejam muito pouco, por preguiça. Outras, como Faetonte, querem imitar outra pessoa, pois querem brilhar e ser consideradas especiais; no entanto, talvez não possuam a combinação particular de qualidades que é necessária para atingir esse objetivo. E, quando não compreendem isso, ficam sujeitas a inúmeras tristezas e humilhações.

Somos seduzidos pela vida aparentemente glamourosa dos famosos e ficamos horrorizados com a perspectiva de levar uma vida banal e sem sentido, sem oferecer nada que possa ser lembrado pelas futuras gerações. Grande parte do impulso de cavar um lugar especial no mundo vem de sabermos, embora inconscientemente, que a vida é curta e que devemos aproveitar as oportunidades que surgem, pois talvez elas não tornem a aparecer. O sonho impossível de Faetonte é perfeitamente compreensível, considerando-se o sentimento crescente de tédio e falta de sentido que atormenta muita gente no mundo moderno. Entretanto, apesar da ameaça de insignificância que paira sobre todos nós, precisamos encontrar coragem e humildade para reconhecer que a ambição presunçosa, sem formação, aptidão ou um sentido de vocação verdadeira, baseada em talentos reais, pode ser um caminho perigoso. Podemos tomar a ruína de Faetonte como uma imagem do desastre financeiro gerado por sonhos grandiloqüentes ou como uma imagem de humilhação profissional gerada pela busca de metas que estão além do alcance dos próprios talentos; em ambos os casos esse mito nos diz, claramente, que a carruagem do sol está fora do nosso alcance. Na arena do mundo, podemos almejar, acertadamente e com esperança, sermos nem mais nem menos do que humanos.

---

* *Hybris* (gr., "excesso", "descomedimento"): o orgulho, a arrogância do herói, que levam à sua queda. (N. da E.)

Capítulo 2

COBIÇA E AMBIÇÃO

A cobiça, seja de prazer físico ou de riqueza, é um atributo fundamental da natureza humana, assim como o desejo de ser o maior e o melhor. É ingênuo acreditar que seja possível eliminar essas coisas através de princípios ideológicos ou da legislação moral, mas podemos conter nossa ganância para que ela não prejudique os outros. Podemos usar a ética para refrear a ambição, de maneira a aproveitar ao máximo nossos talentos e, ao mesmo tempo, beneficiar o mundo que nos cerca. Infelizmente, isso não é tão fácil quanto parece, e a mitologia está repleta de exemplos dos que foram guiados pela ganância cega e devorados por uma ambição incontrolável, a ponto de não apenas prejudicarem os outros, mas destruírem a si mesmos. Os mitos que se seguem versam sobre muitas facetas diferentes da cobiça e da ambição, ensinando-nos as expressões construtivas e destrutivas dessas necessidades humanas primitivas e poderosas.

ARACNE

O talento requer humildade

O talento é algo simultaneamente invejável e, à sua maneira, arriscado, pois traz consigo algumas responsabilidades e desafios. Precisamos honrar nossos dons, explorando-os ao máximo. Mas também precisamos continuar a ser pessoas comuns, o que implica uma certa humildade. O mito grego de Aracne e seu orgulho arrogante ilustra vividamente que o talento sem humildade nem sempre traz o sucesso. Na verdade, pode provocar a inimizade e até a retaliação de outras pessoas.

Aracne tinha a sorte de ter sido abençoada com um talento raro para tecer. Era tão hábil, que não apenas as pessoas comuns do povo acorriam para ver seu trabalho, mas também as ninfas dos bosques e rios iam observar, admiradas, a destreza com que ela tecia e as criações maravilhosas que saíam de sua agulha. Na verdade, tanto se falou bem dela que chegou aos ouvidos de Atena, a deusa dessas artes — a quem, muitos diziam, Aracne devia seu talento. Atena ensinara os homens a tecer, e todos os que possuíam essa habilidade deviam seu dom a essa deusa.

Mas a mais ínfima sugestão disso feriu o orgulho de Aracne, e ela abanou a cabeça, cheia de desdém. — Atena, qual! Não devo minha habilidade a ninguém senão eu mesma, e não há ninguém na Terra ou no céu com quem eu não aceite competir. Se Atena quiser, ela que venha comparar sua destreza com a minha.

Seus amigos tremeram ao ouvi-la dizer isso; da multidão que tinha se juntado, como sempre, para observá-la, saiu uma anciã. — Toma cuidado com o que dizes, minha cara. A idade e a experiência sempre trazem sabedoria. Ouve o que te digo e reconhece o poder da deusa, pois ela tem graças a oferecer aos mortais que a honram. Nenhum trabalho humano é tão bom que não possa ser aprimorado.

— Velha tola, quando eu quiser teus conselhos, pedirei!, retrucou Aracne, enraivecida. Se Atena quiser uma competição, ela que venha.

— Eis-me aqui!, bradou uma voz imperiosa. E da anciã encarquilhada, fez-se a grande Atena, pessoalmente, em toda a sua esplêndida glória. — Que se inicie a competição!

A princípio, Aracne ficou confusa, mas logo recuperou a compostura e aceitou ousadamente o desafio. Foram montados dois teares, e as rivais começaram a trabalhar.

Como tema de seu trabalho, Atena escolheu os deuses, alinhados na acrópole de Atenas: Zeus em toda a sua majestade, Poseidon com seu poderoso tridente, ela própria dando vida à oliveira, como a melhor dádiva ofertada ao homem. Em torno dessa cena central eram retratados mortais ingênuos, confusos, gigantes rebeldes transformados em montanhas, e, numa pista para sua pretensiosa rival, meninas tagarelas transformadas em pássaros estridentes. Como moldura, uma barra feita de folhas de oliveira.

Aracne optou por zombar dos deuses em seu trabalho, escolhendo histórias em que eles tinham sido envergonhados: Zeus cortejando mortais de maneiras indignas, Apolo trabalhando humildemente como pastor na Terra, Dioniso embriagado fazendo travessuras, e tudo isso contornado por uma bela moldura de hera e flores. Mas essas cenas irreverentes foram tecidas com tamanha beleza e com arte tão requintada que os animais e a folhagem pareciam tão reais que quase podiam ser tocados. O talento de Aracne era inegável, e Atena, ao se erguer para examinar o trabalho da rival, teve que admiti-lo. Mas apontou o dedo para Aracne e disse zangada: — Fia para sempre, mas esteja certa de que teu trabalho, por mais delicado e belo que seja, só despertará horror e repulsa na humanidade e, por mais intricadas e fascinantes que sejam tuas tapeçarias, elas serão sempre varridas para longe!

Horrorizada, Aracne percebeu que suas feições humanas, seus membros humanos e seu corpo humano estavam encolhendo e desaparecendo. Em menos de um minuto, ela foi transformada na primeira aranha da Terra, destinada a tecer para sempre, mas sem nenhum reconhecimento.

COMENTÁRIO: Como em muitos mitos, o significado dessa história é óbvio, e indica que ultrapassar as fronteiras pode trazer o infortúnio, pois ninguém é tão engenhoso, inteligente, talentoso ou habilidoso que possa ficar isento à desgraça. "O orgulho antecede a queda", diz o provérbio, e essa história ilustra bem isso.

Aracne, como muitas pessoas talentosas, começou a acreditar que seu talento a fazia tão especial que nada poderia afetá-la. De fato, ele era especial, pois ela venceu a competição com Atena. Vangloriar-se disso, entretanto, custou-lhe a vida, condenando-a a tecer teias de aranha eternamente, como que para zombar da habilidade que tinha despertado a inveja de Atena. Os próprios deuses são invejosos, e despertar deliberadamente sua inveja é uma insensatez, como Aracne descobriu, pagando um alto preço.

Na vida real, podemos ver situações em que artistas, sejam eles pintores, músicos, cantores ou atores, ficam tão envaidecidos que acreditam que nada nem ninguém jamais poderá superá-los. E podemos pensar também naqueles artistas com quem se torna impossível trabalhar: não é raro ouvirmos falar de um ator talentoso ou de um modelo magnífico que é tão desagradável que os diretores ou fotógrafos recusam-se a trabalhar com ele. É possível que eles sejam realmente talentosos ou belos, mas chega uma hora em que seu outro lado, menos atraente, supera seu talento.

O Anel de Polícrates

Arrogância perante os deuses

Os gregos usavam a palavra *hybris* para nomear o orgulho exagerado e a incapacidade de reconhecer limites. Para eles, a *hybris* provocava inevitavelmente a ira dos deuses — mas o castigo era sempre arquitetado pelo próprio indivíduo, inadvertidamente. A história de Polícrates ilustra com clareza como a *hybris*, combinada com a ganância humana, leva inevitavelmente à queda.

Polícrates, o tirano de Samos, parecia ser o homem mais feliz do mundo. Governava uma ilha riquíssima, que havia tomado à força de seus dois irmãos: matara um irmão e banira o outro, passando a ser o único regente. Raramente se passava um dia em que Polícrates não recebesse notícias de uma vitória de sua frota ou da chegada ao porto de um navio seu, carregado de tesouros e de escravos. Era tão rico e poderoso que queria se tornar senhor de toda a Jônia.

Na plenitude de suas vitórias, Polícrates se ofereceu como aliado a Amósis, o grande faraó do Egito, que a princípio acolheu sua amizade. Mas o rei Amósis começou a pensar melhor e logo enviou uma mensagem a Polícrates.

"O homem que é sempre feliz tem muito a temer. Ninguém chega a um poder como o vosso sem fazer inimigos, e até os próprios deuses sentem inveja de um homem tão bem sucedido; cotas alternadas do bem e do mal são o quinhão comum dos mortais. Nunca tive notícia de nenhum que fosse tão grande a ponto de não ter preocupações, e que, apesar disso, chegasse a um final feliz. Aceitai meu conselho: buscai vosso mais rico tesouro e oferecei-o em sacrifício aos deuses, para que eles não vos tratem mal."

Ao receber essa mensagem, Polícrates refletiu longamente sobre ela e resolveu seguir o conselho do rei Amósis. Escolheu um anel de timbre de esmeralda, muito valioso e um dos tesouros que ele menos queria perder, e partiu para o mar num navio ricamente equipado. Diante de seus cortesãos e seus guardas, atirou o anel nas profundezas do oceano, confiando em que ele lhe conseguiria a graça dos deuses.

Antes mesmo de chegar em casa, entretanto, começou a lamentar a perda de sua jóia preciosa e, durante muitos dias, censurou-se por tê-la jogado fora com tamanha precipitação. Uma semana depois, um pescador pobre levou aos portões do palácio um peixe enorme, acreditando que esse presente pudesse agradar ao senhor de Samos. Quando os criados abriram o peixe, encontraram em sua barriga o mesmo anel de esmeralda que tinha sido atirado ao mar, e o entregaram contentes a seu senhor.

Polícrates ficou radiante e interpretou isso como um sinal de que os deuses lhe concederiam boa sorte para sempre. Feliz da vida, escreveu ao rei Amósis, explicando que tinha seguido seu conselho e que os deuses lhe haviam devolvido sua oferenda. Para sua surpresa, Amósis mandou seu arauto de volta desfazendo a aliança, pois ali estava alguém que parecia destinado a atrair a calamidade sobre sua própria cabeça.

Em seu orgulho, entretanto, o tirano se recusou a aceitar qualquer advertência. Ao contrário, continuou atrás de poder e riqueza e, estimulado pelo sucesso, julgou-se invencível. Por fim, Polícrates recebeu do rei Oretes, da Pérsia, uma proposta de aliança, a ser paga com um grande tesouro. O ganancioso Polícrates não pôde resistir a essa oportunidade e mandou um criado visitar Oretes e examinar os tesouros que ele lhe havia oferecido. Foram mostradas ao servo oito arcas, que, na verdade, estavam cheias de pedras, mas estavam cobertas por uma camada de ouro e pedras preciosas. O criado levou a Polícrates um relatório deslumbrado sobre o esplêndido tesouro, e o tirano resolveu partir imediatamente.

Os oráculos e augúrios, no entanto, eram contrários a que ele fizesse essa viagem, e a filha de Polícrates sonhou que ele era erguido no ar, sendo lavado por Zeus e ungido pelo sol. Polícrates, porém, interpretou o sonho como um presságio de alguma grande honraria e enaltecimento, e zarpou diretamente para a Pérsia, ignorando todas as advertências. Tão logo o rei Oretes o teve nas mãos, ordenou que ele fosse imediatamente crucificado. E assim o homem que julgara não ter nada a temer dos céus ou da Terra foi lavado pelo céu e ungido pelo sol.

COMENTÁRIO: O destino de Polícrates foi arquitetado por ele mesmo e pode ser visto inúmeras vezes na vida moderna. Quantas vezes homens de negócios e líderes políticos vão além dos limites e provocam uma desgraça, por não conseguirem reconhecer o momento de parar? Esse problema pode afetar qualquer pessoa que, tendo alcançado um objetivo e esteja inquieta por atingir uma meta maior, pois nada é tão capaz de gerar arrogância quanto o sucesso, a menos que reconheçamos que, na vida, há certas leis que sempre acabam por nos relembrar nossa mortalidade e nossos limites.

A maior falha da natureza de Polícrates não está em sua cobiça nem sua ambição, que são humanas e bastante comuns, mas no fato de que ele não honra os deuses. Honrar os deuses não significa necessariamente que devamos ter uma inclinação religiosa ortodoxa, para cercear nossa inclinação humana natural a ultrapassar nossos limites; mas precisamos ter respeito pela vida e pelos outros homens, e enfrentar com franqueza o impulso de exercer o poder sobre os outros — impulso que pode se insinuar inconscientemente, até mesmo no indivíduo mais bem intencionado. Quando Amósis aconselha Polícrates a oferecer aos deuses seu maior tesouro, está expressando uma verdade profunda sobre o psiquismo humano. Se identificarmos nosso valor com nossas realizações terrenas, teremos aberto mão de nosso sentimento de identidade e valor interiores; se, por outro lado, pudermos sacrificar essa identificação, teremos noissas almas livres, e, se as circunstâncias felizes se transformarem em dificuldades, continuaremos a saber quem somos. Em 1929, quando houve a grande quebra da bolsa de valores de Nova York, muitas pessoas se suicidaram porque não conseguiam ver sentido nem valor na vida, ou nelas mesmas, depois de haverem perdido sua riqueza material. Isso reflete uma identificação completa com os sinais externos da sorte e uma falta total de qualquer sentimento íntimo e profundo de valor pessoal.

Polícrates faz sua oferenda por medo da ira dos deuses, e não por respeito a seu poder. Sua escolha é um anel precioso. Mas o anel — símbolo que já encontramos na história de Siegfried (*ver p.65-8*) — deve ser dado com alegria, livre e espontaneamente; caso contrário, a oferenda não tem sentido. Polícrates lamenta ter se desfeito do anel assim que o joga ao mar. Um sacrifício, para ser real, deve ser feito de coração. Não surpreende, portanto, que os deuses rejeitem a oferenda e a devolvam no corpo do peixe. E, se compreendermos os deuses em termos psicológicos, veremos que eles refletem os instintos e padrões inconscientes mais profundos que dão sustentação ao desenvolvimento individual. Ao nos recusarmos a honrar esse eu mais profundo que há dentro de nós, podemos de fato arquitetar, inconscientemente, nossa própria queda.

A arrogância de Polícrates não é nada menos do que a crença cega em seus poderes divinizados. Esse exagero, mesmo na pequena escala da vida cotidiana, pode destruir nossa sensibilidade para os sinais emitidos por nossos semelhantes e corroer nossa capacidade de julgar corretamente as situações. Quando acreditamos que podemos fazer qualquer coisa e que temos o direito de pisar nos outros, é inevitável que deixemos de perceber que os outros estão se zangando e se unindo para garantir que não consigamos o que queremos; criamos inimigos e provocamos oposição no mundo que nos cerca. Quando alienamos demais os outros, eles começam a tramar nossa queda, ou se abstêm de nos ajudar quando estamos prestes a cair no precipício. E então, se ainda não tivermos aprendido as lições da vida sobre a arrogância, poderemos nos queixar com Deus e o mundo sobre como fomos maltratados, mas é pouco provável que encontremos solidariedade. O poder corrompe, como dizem, e o poder absoluto corrompe em termos absolutos. Podemos começar sendo humildes e desejando fazer o bem, mas, uma vez intoxicados pelo sabor do poder, podemos deixar de dar ouvidos aos outros, e é então que começamos a cometer erros graves. A história de Polícrates representa uma mensagem clara e inequívoca para todos os que procuram a realização no mundo mas ainda não aprenderam a ter a franqueza consigo mesmos e a humildade necessárias para assegurar que não se perca o que foi conquistado.

O Rei Midas

A riqueza sozinha não traz felicidade

O célebre mito grego do rei Midas destaca-se como a afirmação mítica definitiva de que o excesso de algo pode ser tão ruim quanto a sua falta. A lendária ganância do protagonista, entretanto, é expiada no final — ao contrário de muitos exemplos modernos —, pois Midas, com uma pequena ajuda dos deuses, aprende bem sua lição.

Midas era um rei da Macedônia que amava os prazeres. Em sua primeira infância, assistiu-se a uma procissão de formigas que escalaram seu berço, carregando grãos de trigo e os colocando entre os lábios do menino adormecido — um prodígio que os adivinhos interpretaram como um sinal da imensa riqueza que ele viria a possuir.

E foi o que aconteceu. Midas era mais rico do que a maioria das pessoas, mas, como acontece com tantos dos que têm muito, só pensava em ter ainda mais. Um dia, teve uma oportunidade de prestar serviços a um deus: encontrou o velho sátiro Sileno, tutor do deus Dioniso, embriagado e fazendo baderna em seu roseiral. Em vez de repreender o sátiro, Midas cuidou dele com bondade durante cinco dias e cinco noites, divertindo-se à larga com as histórias embriagadas de Sileno. Depois disso, devolveu-o em segurança a Dioniso. O deus ficou encantado com Midas, por ele ter se revelado um companheiro tão atencioso e jovial para o velho beberrão. No mesmo instante, ofereceu-lhe qualquer recompensa que ele desejasse.

Midas não hesitou: — Concede que tudo em que eu tocar seja transformado em ouro!

— Assim seja!, respondeu o deus, rindo de um modo que não deixou Midas muito satisfeito. Mas o rei se afastou às pressas, impaciente por testar sua dádiva.

No caminho de volta para o palácio, quebrou um galho de uma árvore, e eis que este se transformou em ouro puro e brilhante. Radiante, Midas apanhou pedrinhas, e também elas se transformaram em pepitas reluzentes. O rei entrou dançando alegremente no palácio, tocando em colunas e mastros, que se transformavam instantaneamente em ouro. Tocou todos os móveis, e ficou satisfeito ao ver o reluzente resultado.

Por fim, a agitação e o cansaço do dia pesaram, e o rei sentiu-se cansado e faminto. Pediu comida, e seus servos lhe levaram uma bacia para ele lavar as mãos antes de comer; mas a água cristalizou-se em ouro gelado. Midas sentiu uma pontada de preocupação. Lembrou-se do riso de Dioniso e estremeceu. Sua alegria logo se transformou em desespero, quando ele se sentou para comer, e cada deliciosa colherada se transformou em metal reluzente e sem sabor.

Torturado pela fome e pela sede, Midas se levantou daquele falso banquete e, pela primeira vez, invejou o criado pobre da cozinha, que devorava uma refeição satisfatória. O rei deixou de se comprazer com seus tesouros crescentes; a própria visão do ouro começou a deixá-lo nauseado. Midas chorou amargamente quando sua filha caçula correu para segurar sua mão e foi imediatamente transformada numa estátua de ouro. Caiu a noite e Midas desabou em seu leito macio — que no mesmo instante se tornou duro e frio. Ali ele rolou de um lado para outro, irrequieto e enregelado, pois toda coberta em que tocava se transformava numa fria lâmina de ouro. Ele era, ao mesmo tempo, o homem mais rico e mais miserável da Terra.

Ao primeiro sinal do alvorecer, Midas se apressou a procurar Dioniso e lhe implorou, ansioso, que aceitasse de volta sua dádiva de miséria esplendorosa.

Dioniso divertiu-se enormemente. — Com que freqüência os desejos que são mais caros ao homem se revelam insensatos!, sorriu o deus. Mas ele se lembrou da bondade de Midas para com Sileno e lhe disse que fosse se banhar nas águas puras do rio Páctolo. Desesperado de fome e de sede, Midas correu para o rio, deixando em suas passadas um rastro de ouro. Atirou-se nas águas curativas. Assim que sua cabeça submergiu, o presente funesto foi lavado e, para sua grande alegria, Midas recuperou a possibilidade de comer e beber. Mas até hoje as areias do Páctolo reluzem com pepitas de ouro.

COMENTÁRIO: Essa história encantadora traz uma mensagem bastante clara: a riqueza é inútil quando as necessidades mais básicas da vida não podem ser atendidas. Em última instância, os prazeres comuns do cotidiano adoçam a vida tanto de ricos quanto de pobres. Quando não há esses prazeres — ou quando se perde a capacidade de desfrutá-los —, não há riqueza capaz de supri-los. Num plano mais profundo, o toque mortífero de Midas não diz respeito apenas à ganância e ao desejo de acumular mais e mais riquezas; ele é também reflexo de algo interno ao ser humano que congela tudo o que é vivo e caloroso, e impossibilita o simples relacionamento. É assim que muitas pessoas, movidas pela necessidade de acumular riqueza, acabam congelando sua capacidade de usufruir do simples prazer e trocas humanos; e a comida e a bebida por que elas anseiam não são físicas, mas sim um tipo mais sutil de alimento, sem o qual a vida não vale a pena.

Quando Midas toca em sua filha, ela também se transforma em ouro. As pessoas não podem ser compradas, especialmente aquelas com quem desejamos ter os laços mais fundamentais de afeição; e essa é uma imagem do "assassinato" de um relacionamento pela valorização exagerada do dinheiro. Podemos vislumbrar os traços reluzentes do rei Midas naquelas pessoas que se preocupam a tal ponto com a acumulação de bens que afastam seus familiares e amigos, e depois se perguntam por que se tornaram tão solitários. Essa história simples ilustra vividamente a ingenuidade dos homens em supor que a riqueza pode comprar a felicidade. É verdade que a abundância de recursos pode afastar de nós muitas das vicissitudes da vida, e quem sofreu com a falta de recursos sabe muito bem o quanto a busca do dinheiro pode dominar nossa vida, quando ele falta. Mas "suficiente" não é uma palavra que faça

parte do vocabulário de Midas. Ele não se contenta em ser um rei rico; quer ainda mais. E é assim que sua ganância envenena tudo o que um dia lhe dera prazer.

Dioniso é um deus ambíguo, que fica feliz por conceder uma graça a Midas e, ao mesmo tempo, diverte-se com as conseqüências trágicas da ganância do rei. É o senhor do caos e do êxtase e o patrono de todos os que tentam ir além de seus limites terrenos através da bebida, das drogas, da dança e da visão artística. Em suma, Dioniso é uma força vital primária, que não está interessada na moral corriqueira, mas simboliza o próprio fluxo da natureza. Ele não dá conselhos a Midas; simplesmente deixa que o rei se meta numa enrascada e aprenda com seus próprios erros. E no fim é Dioniso que o liberta, ao recomendar um banho nas águas puras do Páctolo. Quando a cabeça de Midas submerge, a maldição disfarçada de bênção é lavada. Em outras palavras, Midas precisa se perder nessas águas e abrir mão de qualquer idéia de controle; só então ficará livre para voltar à sua vida corriqueira. O único antídoto para o tipo de ganância corrosiva que aflige Midas é a renúncia no nível mais profundo, ao orgulho e ao desejo. Essa mensagem, aqui expressa em forma mítica, está no cerne de todos os grandes ensinamentos religiosos do mundo.

Quantas vezes ouvimos as pessoas falarem em como serão felizes no dia em que ganharem na loteria! Elas querem acreditar que a riqueza solucionará todos os seus problemas, mas, com igual freqüência, sabemos de ganhadores que ficam mais infelizes do que nunca, por terem perdido todos os seus amigos e não conseguirem mais confiar no amor e na lealdade dos outros. A riqueza não traz automaticamente a infelicidade. Mas tampouco traz automaticamente a felicidade, a menos que o indivíduo seja capaz de preservar a capacidade de satisfação comum na vida cotidiana. Em última análise, a história do rei Midas não diz respeito aos supostos males da riqueza, mas ao poder que a ganância tem de congelar e macular tudo aquilo que vivenciamos como belo e digno.

A Corrupção de Andvari

O poder não substitui o amor

O mito norueguês do ouro do anão Andvari é a base da primeira ópera do grande ciclo de Richard Wagner, *O anel dos nibelungos*, embora, na versão do compositor, o anão seja chamado Alberico. Entretanto, quer examinemos o conto original, quer escutemos a ópera de Wagner, essa é uma história de amargura e ganância. Tem muito a nos ensinar sobre as raízes mais profundas da ambição destrutiva e da corrupção que deforma a alma, quando o amor frustrado se transforma num impulso de obtenção do poder.

O anão Andvari possuía um grande estoque de ouro, além do poder de produzir ainda mais, mas não conquistou sua riqueza sem pagar um preço amargo — nem tampouco pôde ficar com ela, no final. Um dia, enquanto nadava no rio para pegar um peixe para o jantar, Andvari avistou alguma coisa brilhante e faiscante no leito do rio; era o ouro das ninfas fluviais, que amavam o metal precioso por seu brilho e alegria. Ainda mais atraentes para o anão foram as próprias ninfas, que nadavam graciosamente a seu redor e o provocavam com sorrisos e elogios. Entretanto, toda vez que ele tentava segurar uma delas, a ninfa escapulia agilmente e Andvari ficava sem fôlego e frustrado. Elas continuaram a seduzi-lo e atiçá-lo; e durante todo esse tempo, pavoneando-se diante dele, também o insultaram, zombando de seus membros distorcidos e de seu rosto feio e sombrio. Andvari se enfureceu e um ódio tenebroso encheu seu coração e sua mente, e, mais uma vez, seus olhos se fixaram no ouro reluzente que havia no fundo do rio.

Num mergulho rápido, o anão apanhou o ouro e começou a nadar para a superfície. As ninfas gritaram, pedindo que devolvesse seu brinquedo, mas Andvari as ignorou. Elas o chamaram e o adularam, prometendo-lhe prazeres sensuais se ele lhes devolvesse seu tesouro. Mas sua rejeição e seu escárnio tinham amargurado Andvari. Ele sabia que era feio e que nenhuma mulher jamais o desejaria. Se quisesse amor, teria que comprá-lo.

Andvari voltou-se para as ninfas e gritou com todas as suas forças, para que todos os deuses ouvissem: — Não quero nenhuma de vós, nem vossos deleites! Renuncio ao amor! Perante todos os deuses, juro que amarei somente ao ouro e ao poder que o ouro pode me trazer!

E com essas palavras — que constituíram um compromisso, porque foram ouvidas em todos os reinos do céu e da terra — Andvari furtou o ouro e o levou para seu reino. Lá, através de muitos feitiços e encantamentos, fundiu-o num anel mágico que o dotou de poder sobre todos os outros anões, e também do poder de criar pilhas intermináveis de pepitas de ouro.

E Andvari teria vivido assim eternamente, corroído pela amargura, transformando os outros anões em escravos e enchendo as cavernas de seu triste reino com pilhas de ouro cada vez maiores. No reino dos deuses celestes, entretanto, ocorriam coisas que estavam fadadas a interferir nas preocupações do anão. Odin, rei do céu e governante de todos os reinos superiores, tinha se metido em encrenca e precisava pagar para se livrar dela; por isso, precisava de uma grande quantidade de ouro. Voltou-se para seu conselheiro astuto e enganador, Loki, o deus do fogo, que na mesma hora o informou de que a quantidade necessária de ouro poderia ser encontrada no reino dos anões. Todos os deuses sabiam o que Andvari tinha feito, embora até então nenhum deles tivesse achado que devia interferir no que acontecia nos reinos abaixo da terra.

Com a permissão de Odin, Loki traçou um plano, pois sabia que Andvari era astuto e que não seria fácil conseguir o ouro. Primeiro, ele viajou sob as águas do mar, para visitar o palácio da deusa marinha Ran. — Os deuses estão em perigo!, disse a Ran, ofegante. O próprio Odin está preso, e só tua rede poderá salvá-los!

A deusa do mar arregalou seus olhos pálidos e frios. Não era muito versada no que acontecia nos céus, de modo que não sabia se Loki estava dizendo a verdade. Mas o deus do fogo era a persuasão em pessoa. — Empresta-me a rede que usas para atrair os homens para ciladas e afogá-los. Posso usá-la para salvar os deuses.

Assim, Ran emprestou-lhe sua rede, e Loki retirou-se às pressas do salão que havia sob as ondas, para estar longe caso ela mudasse de idéia. Dirigiu-se então ao reino dos anões. Abriu caminho por uma cadeia de túneis gotejantes e por um labirinto de aposentos banhados pela luz difusa do crepúsculo, até chegar a uma enorme caverna embaixo da terra. Seu teto era sustentado por colunas de pedra mais grossas que troncos de árvores, e seus cantos eram silenciosos e escuros. Loki avistou um grande lago silencioso, repleto de uma água que parecia brotar do nada e fluir para lugar nenhum. Ele sabia que Andvari ficava tão à vontade na água quanto nos túneis embaixo da terra, e sabia também que o anão perceberia sua aproximação e se esconderia. Loki abriu a rede finamente tecida por Ran e a lançou dentro do lago. Arrastou-a e puxou-a para cima, e eis que lá estava o anão, debatendo-se e se contorcendo furiosamente. Loki o libertou da rede, enquanto o segurava firmemente pela nuca.

— O que queres?, perguntou Andvari num gemido, embora tivesse uma idéia muito sagaz do que levara o deus do fogo até ali.

— O que quero é teu ouro, disse Loki. Caso contrário, vou torcer-te como uma peça de roupa lavada. Todo o teu ouro.

Andvari estremeceu. Por uma passagem serpenteante que descia até sua forja, conduziu Loki para fora daquela câmara, onde o som ecoava. A forja era quente e fumacenta, mas havia pilhas e pilhas de pepitas de ouro brilhando à luz do fogo.

— Recolhe-o, disse Loki, chutando uma das pepitas.

Andvari foi recolhendo os objetos desordenadamente, praguejando e gemendo. Fez uma pilha de pepitas e pequenas barras de ouro, de objetos prontos e outros semiprontos. Loki olhou para a pilha e ficou muito satisfeito. — É tudo?, perguntou o deus do fogo.

Andvari não disse nada. Guardou o ouro em dois sacos velhos e os colocou diante de Loki.

— E esse anel?, disse Loki, apontando para a mão direita fechada do anão. Eu vi quando tu o escondeste.

Andvari balançou a cabeça.

— Coloca-o no saco, disse Loki.

— Deixa-me ficar com ele, implorou Andvari. Só este anel. Deixa-me guardá-lo. Assim poderei fazer mais ouro outra vez.

Mas Loki, compreendendo logo que o anel era mágico, deu um passo à frente, abriu a mão de Andvari à força e pegou o pequeno anel retorcido. Nunca se sabe quando os deuses do céu vão precisar de mais ouro. O anel era maravilhosamente lavrado, e Loki o colocou em seu próprio dedo mindinho. — O que não é dado de graça deve ser tomado à força, disse.

— Nada foi dado de graça, retrucou Andvari. Mas Loki ignorou esse comentário e, colocando os sacos no ombro, voltou-se para a porta do ferreiro.

— Hás de te lamentar por roubar o meu anel!, gritou o anão. — Minha maldição está nesse anel e nesse ouro! Ele destruirá quem quer que o possua! Ninguém conseguirá a alegria com minha riqueza!

Mas Loki simplesmente tornou a virar as costas e, com as pragas e maldições de Andvari ecoando em seus ouvidos, retirou-se do mundo dos anões e voltou para os céus, onde Odin esperava, impaciente.

COMENTÁRIO: O anão Andvari, lamentavelmente, assemelha-se a muitas pessoas que, amarguradas por uma experiência precoce de rejeição ou por uma decepção na vida pessoal, apequenam-se na alma e se entregam inteiramente ao poder. Quando não consegue obter o amor, Andvari opta pela riqueza e pela dominação de seus semelhantes, mas sua riqueza não lhe dá alegria e, como seria inevitável, é arrancada dele por outros que também não agem com ética para conseguir o poder. Esse mito é uma sombria evocação da vida na selva material, e pode ser observado nos mundo dos negócios, das finanças e da política modernos, praticamente em qualquer dia da semana. Pode ser visto também nas manobras pequenas, mas igualmente escusas, no seio das famílias, especialmente quando uma herança é questionada, ou quando há uma partilha de bens depois de um divórcio. Em suma, Andvari é um símbolo daquilo que, dentro de nós, reage à decepção pessoal com raiva e amargura, e com a conseqüente perda dos sentimentos reais pelo semelhante.

No mito de Siegfried (*ver p.65-8*), exploramos o simbolismo do ouro das ninfas dos rios. Esse ouro "natural", que jaz inocente e amorfo no leito do rio, é uma imagem dos recursos naturais que há, adormecidos, em cada indivíduo e também no psiquismo humano coletivo. O ouro é ainda uma imagem dos recursos naturais de nosso planeta. Esses recursos podem não ser canalizados, ou podem ser usados para o bem ou para o mal, quando passamos a ter consciência deles e os transformamos em instrumentos de civilização ou de destruição. Por se achar feio e deformado, Andvari renuncia para sempre ao amor e jura amar tão somente o ouro. Como imagem mítica, sua feiúra é uma qualidade interior, que reage à implicância desdenhosa das ninfas com ódio e ira. Ainda que tenhamos essas características obscuras primitivas — as quais, afinal, são de fato o lado sombrio do ser humano —, não precisamos agir com base nelas nem renunciar a nossos valores mais altos, por não conseguirmos fazer com que a vida nos dê exatamente o que queremos, no momento em que o queremos. A alma de Andvari se apequena porque ele não tem a generosidade, a tolerância ou a confiança íntima para ignorar a provocação das ninfas. Acolhe-a com amargura porque já é amargo. Andvari nos ensina que não podemos justificar toda a destrutividade humana apontando para um meio ambiente nocivo ou difícil no começo da vida. Há algo mais profundo, alguma característica no caráter humano individual, que opta por reagir a essas mágoas precoces com ódio ou com compreensão. Todos enfrentamos essas escolhas, possivelmente muitas vezes na vida, e através delas podemos moldar nosso futuro.

Por ter obtido seu ouro de maneira desonesta, Andvari não atrai nenhuma simpatia dos deuses, e Odin, quando precisa de ouro, não hesita em roubá-lo de Andvari, porque o próprio anão é um ladrão. Em outras palavras, o semelhante atrai o semelhante, e o anão traça inadvertidamente seu próprio futuro, com sua decisão de escolher o lado tenebroso que há dentro dele. Não é preciso recorrermos a fórmulas religiosas de recompensas e castigos divinos para compreender a lógica interna que há por trás disso; nossos atos no mundo produzem conseqüências e, em última instância, tendemos a ser tratados da maneira como tratamos o outro. Como não resta nenhum amor dentro de Andvari, ele não é tratado com amor; e assim como ele escraviza os anões que são seus semelhantes, também Loki, o deus do fogo, o escraviza e lhe rouba seu ouro.

Viver no mundo implica aprender algumas lições penosas, e esse mito descreve uma das mais importantes. A ânsia intensa de poder é, muitas vezes, o produto deturpado da dor e da amargura afetivas, e pode nos levar a justificar comportamentos que nos desvinculam de qualquer relação real com os outros seres humanos. Ela é, no sentido mais profundo, uma espécie de "pacto com o diabo", embora o diabo, tal como apresentado nesta lenda, esteja dentro de cada pessoa. Numa escala global, há exemplos disso por toda parte: empresas que fabricam armas letais para vendê-las a ditadores, ou que exploram as populações pobres de outros países para gerar riqueza para sua nação.

Também podemos nos ver nessa história, na maneira como tratamos as pessoas que trabalham para nós, em nossas atitudes em relação ao dinheiro nas transações cotidianas, e na maneira como nos esquecemos momentaneamente de nossos ideais porque alguém nos faz uma oferta irrecusável. Esses lapsos convenientes decorrem, muitas vezes, de um núcleo profundo mas inconsciente de amargura e raiva dos outros seres humanos, por não termos a felicidade que julgamos merecer. Tal comportamento, no entanto, pode acabar trazendo uma recompensa tenebrosa, mais cedo ou mais tarde. Ainda que Loki não tivesse aparecido para furtar o ouro, seria útil pensarmos no tipo de vida que Andvari continuaria a levar em sua caverna escura embaixo da terra, solitário e sem amigos, tendo apenas o ouro para o consolar. A história de Andvari nos ensina que não é no dinheiro que está a raiz de todos os males: é na maneira como o usamos para defender, justificar ou compensar nossa incapacidade de perdoar.

Capítulo 3

RESPONSABILIDADE

As realizações mundanas envolvem não apenas riscos e recompensas, mas também a responsabilidade, interna e externa. Ao buscarmos posições de poder, entramos num terreno mais profundo e complexo que a simples conquista de um prêmio ou a sensação de saborear algo que desejamos há muito tempo. O poder concerne, invariavelmente, à maneira como tratamos o semelhante, e, no nível mais profundo, reúne os ideais em que acreditamos e o compromisso que assumimos com a vida. O poder, em suma, é uma forma de serviço. As narrativas mitológicas estão repletas de descrições das vicissitudes do poder, e costumam envolver algum deus. Isso nos diz que o poder também está ligado a alguma coisa superior e que, se quisermos usá-lo com dignidade, precisaremos conservar a humildade, a sabedoria e o sentimento de honrar aqueles a quem governamos e servimos.

O REI MINOS E O TOURO

Usando o poder com integridade

Esse famoso mito grego ilustra vividamente o que pode acontecer quando não honramos as promessas feitas aos deuses e quando o poder é exercido de maneira irresponsável. Dizem que o poder corrompe, mas qual é a natureza dessa corrupção? Vemos aqui seu lado mais profundo, quando a corrupção atinge os que estão no poder. As escolhas feitas por Minos e as conseqüências que ele provoca revelam a profunda importância de nos mantermos fiéis à causa superior a que estamos servindo.

Zeus, o rei do Olimpo, viu a bela princesa Europa e a desejou. Mas não era fácil seduzir a moça, de modo que Zeus se disfarçou num touro imaculadamente

branco e a transportou pelo mar até a ilha de Creta. Ali, possuiu-a. Mas os atrativos de Europa eram tantos que ele voltou várias vezes para visitá-la, o que não era habitual nesse deus volúvel. Com o tempo, Europa deu-lhe três filhos — Minos, Radamanto e Sarpêdon —, todos os quais foram adotados pelo rei cretense Asteríon, que se apaixonou por Europa e se casou com ela.

Quando os meninos cresceram, houve a inevitável disputa pela sucessão do trono após a morte do pai adotivo. Minos, o mais velho, resolveu a questão rezando para que Poseidon, o deus do mar, lhe desse um sinal divino. Poseidon prometeu que enviaria do mar um touro, como um sinal para o mundo inteiro de que a reivindicação do trono por Minos era favorecida pelos poderes divinos. Minos, por sua vez, concordou em sacrificar imediatamente esse touro ao deus, para afirmar sua lealdade a Poseidon e seu reconhecimento de que seu direito de governar provinha do senhor das profundezas oceânicas. Com isso, Minos deveria demonstrar a todos que seu poder não era apenas seu, e que ele deveria usá-lo com responsabilidade.

Poseidon cumpriu sua parte do pacto, e um magnífico touro branco emergiu das ondas. Minos, entretanto, uma vez coroado, não cumpriu sua promessa. A ganância e a vaidade instigaram-no, e ele começou a pensar em maneiras de ludibriar o deus e fugir ao sacrifício prometido. Considerava que o animal era tão esplêndido que seria uma pena matá-lo; quis mantê-lo em seu rebanho e usá-lo para reprodução, em vez de desperdiçá-lo imolando-o no altar dos sacrifícios. Assim, substituiu-o por seu segundo melhor touro e sacrificou este a Poseidon. Mas esse foi um erro que lhe custou muito caro; o deus ficou furioso e castigou Minos fazendo com que sua mulher, Pasifae, se apaixonasse loucamente pelo touro saído do mar.

Pasifal conseguiu satisfazer seu desejo ardente com a ajuda do artesão Dédalo, que lhe construiu uma vaca de madeira em tamanho natural na qual ela pudesse se esconder. O touro foi enganado e a união se consumou. O resultado desse estranho acasalamento foi o Minotauro — um monstro com corpo de homem e cabeça de touro, que se alimentava exclusivamente da carne humana de virgens. Para esconder essa criatura vergonhosa, Minos encomendou a Dédalo a construção de um labirinto complexo em que aprisionar o Minotauro, um labirinto tão difícil que ninguém fosse capaz de encontrar sua saída. Todos os anos, nove rapazes e nove moças eram enviados de Atenas para alimentar o terrível apetite do Minotauro. E ano após ano, o mal secreto que havia no coração do reino de Minos foi devorando sua paz, até que o herói ateniense Teseu embarcou para Creta. Teseu matou o Minotauro com a ajuda de Ariadne, uma das filhas de Minos, e com isso libertou Creta de sua terrível maldição. Desgastado pela tristeza e pela culpa, Minos morreu, e Teseu se tornou rei de Creta e de Atenas.

COMENTÁRIO: Todas as ações humanas têm conseqüências, e nenhuma é mais visível ao mundo do que os atos praticados por quem está no poder. No começo da história, o rei Minos é um homem decente. Não se apodera do trono pela violência ou pela traição, como fazem muitos governantes na mitologia grega: recorre aos deuses em busca do julgamento deles, e é recompensado por sua humildade. Esse é o antigo simbolismo da monarquia, que sempre retratou o rei como um veículo da divindade, uma espécie de "bom pastor" que governa o povo pela graça de Deus, e que renova seu poder pela renovação de seu juramento de servir. Embora nos tempos modernos tenhamos praticamente esquecido essa dimensão antiga e profunda do governo, existe uma certa magia naqueles que governam (seja por herança, seja em cargos eletivos), e talvez seja de fato por um poder e finalidade mais profundos que o governante que reivindica seu trono com honestidade recebe esse papel.

Mas a ganância e a vaidade de Minos tomavam conta dele. Do mesmo modo, muitas pessoas hoje começam a abusar do poder em função do desejo de obter mais do que é sua cota. A arrogância também pode ter um certo papel nisso, pois é fácil esquecer, quando se chega ao poder, os ideais iniciais que inspiraram a busca dessa posição, e o indivíduo pode começar a acreditar que é superior àqueles sobre quem exerce controle. A história está cheia de exemplos do triste destino dos que se esqueceram daqueles ou daquilo a que deviam seu poder; e todos os dias podemos observar esse padrão em qualquer empresa ou estabelecimento comercial, bem como no mundo político. Poseidon, o senhor dos mares, dispôs-se a ajudar Minos a obter sua coroa, desde que Minos o honrasse publicamente. Mas, como muitos de nós, o rei não se deu por satisfeito depois de obter o que queria; achou que podia conseguir um pouco mais e cometeu o erro fatal de tratar o deus como um tolo. Naturalmente, o deus se enfureceu. Ainda que, no sofisticado mundo moderno, possamos não acreditar mais na justiça divina, a vida tem estranhas maneiras de, mais cedo ou mais tarde, nos mostrar as conseqüências de nossos atos.

O Minotauro é uma imagem selvagem de algo cego, bestial e implacável, que se encontra no cerne do reino de Minos e, portanto, no coração do próprio rei. Esse monstro é um retrato vigoroso do processo de corrupção e transformação da alma humana em algo menos que humano. Em pequeninas coisas, nós também podemos perder parte de nossa humanidade pela cobiça e pela arrogância, pisoteando sem pena os que são mais fracos do que nós. O Minotauro come a carne dos jovens e, quando nossa integridade é corroída pela embriaguez do poder, tendemos a ser destrutivos com tudo o que é vulnerável, tanto nos outros quanto em nós mesmos. Podemos tratar nossos filhos com insensibilidade, ou mesmo brutalidade, por eles serem dependentes de nós e não poderem revidar, e podemos nos portar ditatorialmente com aqueles que nos devem alguma coisa, alegrando-nos secretamente com o poder de humilhá-los. Várias vezes ouvimos falar de empresários de sucesso que arriscam tudo para duplicar sua fortuna — e perdem tudo. E há os que se sentem tentados a praticar atos indecorosos, desonrosos ou lesivos contra outras pessoas, em troca de uma esplendorosa recompensa no final; cedo ou tarde, entretanto, em particular ou em público, eles têm que enfrentar a humilhação da derrota. Talvez nem sempre tomemos conhecimento das conseqüências desses atos nos jornais. O desfecho pode se dar em sigilo e estar no cerne da vida pessoal da pessoa. Mas há um velho provérbio que diz que os moinhos do Senhor moem com vagar, mas trituram até reduzir a um pó extraordinariamente pequeno.

A história de Minos nos ensina que usar o poder com integridade não é algo que devamos fazer apenas em público, para impressionar os outros; trata-se de um compromisso íntimo com aquilo a que chamamos Deus, seja usando a terminologia religiosa ou a linguagem mais objetiva dos interesses humanitários. Quando o compromisso é sincero, e quando nos mantemos fiéis aos ditames do coração, renovamos nosso poder interior e nossa autenticidade. Quando somos hipócritas, prometendo muitas coisas apenas para conseguir votos, podemos enganar algumas pessoas, mas não podemos enganar a nós mesmos, e acabamos ficando frustrados, infelizes e atormentados por nossa consciência.

O Exército do Rei Artur em Tempos de Paz

O que acontece depois que a meta é atingida?

Esta pequena narrativa das lendas arturianas — embora contenha basicamente um diálogo entre o rei Artur e sua rainha, tendo pouca ação — é um comentário profundo sobre a natureza humana. Em particular, revela, em termos muito sucintos, o que inúmeras vezes acontece quando finalmente chegamos onde queremos estar, e descobrimos que é a luta, e não a saciação, que afia e aguça nosso caráter e nosso coração.

Após longos e turbulentos anos, o rei Artur havia conquistado a paz. Através da nobreza, da sorte e da força das armas, tinha destruído todos os seus inimigos, ou feito as pazes com eles — tanto em seu reino quanto fora —, e por toda a Grã-Bretanha havia estabelecido seu direito de governar. Para atingir esse objetivo, Artur reunira a seu redor os melhores cavaleiros e os guerreiros mais valentes do mundo. Todos tinham ficado à altura de sua esplêndida reputação e lutado com bravura e brilhantismo por seu rei.

Tendo conseguido chegar à paz através da guerra, o rei Artur viu-se então diante do dilema do que fazer com seus soldados em tempos de paz. Não podia desmantelar seu exército por completo, num mundo em que a violência podia estar aplacada momentaneamente, mas ainda dormia irrequieta, pronta a ser despertada. Por outro lado, no entanto, achava difícil, se não impossível, manter a força e a têmpera de seus homens afiadas sem que houvesse combates, pois nada enferruja tão depressa quanto uma espada não usada ou um soldado ocioso.

Artur estava tendo que aprender, como têm de fazer todos os líderes, que a paz, e não a guerra, é que destrói os homens; que a segurança, e não o perigo, é a mãe da covardia; e que é a abundância, e não a escassez, que traz medo e inquietação. E aprendeu com pesar que a paz por que toda a Grã-Bretanha havia ansiado — a paz pela qual se combatera tão dolorosamente — estava criando mais amargura do que jamais fora gerada pela luta sangrenta para consegui-la. Com crescente apreensão e insatisfação, o rei Artur observava seus cavaleiros jovens e valentes, que noutras circunstâncias preencheriam fileiras de guerreiros para combater um inimigo digno, e os via entediados, ociosos e agressivos, e desperdiçando sua força num lodaçal de reclamações e brigas mesquinhas.

Até Lancelote, o maior de seus cavaleiros, estava ficando desanimado, pois não encontrava uma espada adversária que pudesse manter a sua afiada. Era como um tigre sem presa, e até esse guerreiro nobre e corajoso tornou-se irrequieto e irritadiço e, depois, enraivecido. Sentia dores no corpo e exibia falhas de caráter até então inexistentes.

A rainha Guinevere, que amava Lancelote e compreendia os homens, entristeceu-se ao vê-lo destruir-se aos poucos. Conversou com Artur a esse respeito, e soube da preocupação dele com os jovens cavaleiros.

— Eu queria entender!, disse Artur. Eles comem bem, dormem com conforto e fazem amor quando e com quem desejam. Alimentam apetites já parcialmente saciados, e não têm mais que suportar toda a dor e a fome, o cansaço e a disciplina do passado. No entanto, mesmo assim, não estão contentes. Queixam-se de que os tempos estão contra eles.

— E de fato estão, respondeu a rainha.

— Que queres dizer?, perguntou Artur.

— Eles estão ociosos, meu senhor. Realizaram um sonho há muito acalentado e agora não têm mais nada a que dedicar seu coração. Há sempre um vazio depois que um sonho se realiza. Esta é uma época que não lhes faz nenhuma exigência. O mais feroz dos cães, o mais veloz dos cavalos, a mais digna das mulheres, o mais valente cavaleiro: nenhum deles é capaz de resistir ao ácido corrosivo do ócio. Até

Sir Lancelote vem resmungando como uma criança mimada, numa insatisfação sedentária.

— O que eu posso fazer?, exclamou o rei. Temo que a mais nobre irmandade do mundo esteja desmoronando. Nos dias de guerra, eu rezava, trabalhava e lutava pela paz. Tenho-a agora, mas não temos paz interior. Às vezes, me pego desejando uma guerra para resolver minhas dificuldades.

— Não és o primeiro governante a pensar assim, nem serás o último, disse a rainha Guinevere. Temos uma paz geral, é verdade, mas, assim como o homem sadio tem pequenas dores a atormentá-lo de leve, a paz é uma tapeçaria feita de pequenas guerras. Há guerras minúsculas ocorrendo por toda parte: um homem acerta a cabeça de um vizinho por causa de uma vaca perdida, e uma mulher envenena a vizinha por ela ter o rosto mais belo. Começa então uma rixa entre as famílias, que continua por gerações. Essas guerras minúsculas estão por toda parte, sempre pequenas demais para um exército, mas sempre grandes demais para que qualquer pessoa isolada as resolva. O que os cavaleiros precisam é de uma causa.

— Mas os cavaleiros jovens riem das causas antiquadas, e os experientes já viram a guerra de verdade.

— Uma coisa é lutar pela grandeza, mas outra bem diferente é tentar não ser pequeno. Creio que todo o mundo quer ser maior do que é, mas só se consegue fazê-lo quando se é parte de algo infinitamente maior do que nós mesmos. O melhor cavaleiro do mundo, se não for desafiado, atrofia. Devemos buscar um modo de declarar uma grande guerra contra as coisas pequenas. Devemos descobrir sob que bandeiras se escondem os pequenos males para alimentar uma grande injustiça invisível — os pequenos males que eclodem em toda comunidade. Contra isso poderíamos erguer um exército de combate, ainda que as batalhas fossem pequenas e sutis e mal chegassem a ser percebidas. Poderíamos chamá-lo de Justiça do Rei; e cada cavaleiro seria um agente e guardião pessoal dessa justiça. Cada homem seria responsável por ela. Assim, todo cavaleiro seria instrumento de algo maior do que ele.

— Eu me pergunto como poderia declarar essa guerra, meditou o rei Artur.

— Começa pelo melhor cavaleiro do mundo: Sir Lancelote. E faz com que ele tenha como companheiro o pior dos cavaleiros. O sobrinho dele, Sir Lyonel, é um candidato plausível, já que é o mais preguiçoso e o mais indigno de todos. Com isso, o pior terá que aspirar ao melhor.

— O pior e o melhor, sorriu Artur. É uma combinação poderosa. Uma aliança assim seria imbatível.

— É somente através de alianças como essa que as guerras podem ser travadas, meu senhor, retrucou a rainha.

E assim foi feito. Os cavaleiros passaram a ter uma nova meta a que aspirar e uma nova visão a inspirá-los. Mas essa nova guerra era interminável, porque não havia um inimigo isolado a combater, apenas a intolerante mesquinhez do coração humano que ainda não evoluiu.

COMENTÁRIO: Muitas vezes, o resultado de uma grande realização é uma depressão profunda; e corremos o risco mais extremo de nos corrompermos internamente quando ficamos ociosos, e não quando estamos lutando. Essa é a verdade profunda mas indesejável que Artur descobre e que Guinevere, já tarimbada por seu amor proibido por Lancelote, tem o discernimento de antever. Quando passamos muitos anos lutando por um objetivo e finalmente o conseguimos, após muitas batalhas e dificuldades, esperamos sentir-nos satisfeitos, realizados e em paz. No entanto, freqüentemente o que se verifica é o inverso, e não conseguimos compreender por que, tendo chegado ao topo da montanha, o panorama nos parece apenas cinzento, desolado e sem esperança. Quer se trate de uma posição de responsabilidade ou da aquisição de objetos materiais, muitos de nós somos — ou acreditamos ser — movidos pela necessidade de ter algo, conquistar algo, ganhar algo. Mas essa lenda revela um segredo sobre o coração humano: não é a recompensa, e sim a luta, que faz com que nos sintamos mais vivos, e é a esta que oferecemos nosso maior amor e compromisso. E, embora relutemos em admiti-lo, é a luta que traz à tona o que há de melhor em nós.

Esse padrão pode ser visto em muitas pessoas extremamente bem sucedidas, que lutaram por muitos anos para conquistar o reconhecimento ou a riqueza e que, depois de alcançá-los, começam a resvalar para o sofrimento afetivo, a doença física e aquilo cuja melhor descrição seriam as trevas da alma. Os cavaleiros guerreiros de Artur, em certo sentido, simbolizam o lado motivado do próprio Artur, cheio de coragem e de aspirações, disposto a suportar toda sorte de dificuldades para vencer a grande luta. E o que fazer com esse espírito poderoso, impetuoso e nobre quando não há nada por que lutar? Em termos mundanos, um exército em tempos de paz pode ser um problema grave, pois a agressividade e o espírito combativo que transformam homens e mulheres em bons soldados se aborrecem, quando não há nada com que lutar. E não é preciso sermos soldados para experimentar esse problema. Toda pessoa altamente motivada corre o risco de uma derrota interna depois que o prêmio é conquistado e deixa de haver um objetivo na vida.

Guinevere sabe que só existe uma resposta possível. Para renovarmos nosso compromisso com a vida e redescobrirmos o sentimento de um futuro repleto de potenciais, temos de encontrar um novo objetivo; mas esse novo objetivo deve ser maior que nossas aspirações pessoais, para se revelar uma motivação tão eficaz quanto a meta que acabamos de conquistar. O que se retrata aqui é a necessidade, em todo ser humano, de realizar primeiro as ambições individuais, e depois se reconhecer como pertencente a uma comunidade maior, e com a necessidade de fazer uma contribuição para esse todo maior, a fim de deixar que a vida volte a fluir internamente. A paz de Artur chega quando o rei atinge a meia-idade, e talvez esse envolvimento com a vida do mundo em geral seja uma tarefa que abordamos melhor quando nós mesmos já conseguimos vencer pelo menos algumas de nossas batalhas pessoais, e, através da realização individual, já descobrimos nossa natureza, nossos recursos e nossas limitações. Com o poder vem a responsabilidade, e com a realização vem a necessidade de nos voltarmos para dentro, para descobrir para que foi realmente essa realização, e a quem e a que ela de fato serve.

O Julgamento de Salomão

A responsabilidade requer sabedoria

A história bíblica do julgamento do rei Salomão é um exemplo claro da importância da humildade e da sabedoria quando temos a sorte de receber as rédeas do poder. Salomão governa não apenas com a mente, mas também com o coração, e sua sabedoria é uma dádiva de Deus, pois ele é desprovido de arrogância e cobiça. Sob esse aspecto, ele é uma figura rara entre os governantes, tanto antigos quanto modernos.

Quando seu pai, o rei Davi, morreu, Salomão tornou-se rei de toda Israel. E o Senhor lhe apareceu em sonho e disse: — Pede-me o que queres que eu te dê.

E o rei Salomão respondeu: — Demonstraste grande misericórdia para com meu pai, teu servo Davi. E agora me fizeste rei, mas sou apenas uma criança, e não sei por onde sair nem por onde entrar. Dá-me, portanto, um coração compreensivo para julgar o meu povo, para que eu saiba discernir entre o bem e o mal.

E esse discurso agradou ao Senhor, que disse: — Pois que foi este o teu pedido, e não me pediste vida longa nem riqueza, nem a vida de teus inimigos, fiz o que rogaste com tuas palavras. Dei-te um coração sábio e compreensivo.

E Salomão despertou de seu sonho.

Então se acercaram duas mulheres, prostitutas, e que se postaram diante dele. E a primeira delas disse: — Ó Senhor, eu e esta mulher vivemos numa mesma casa, e ali dei à luz uma criança. Três dias depois de eu ter parido, esta mulher também pariu. Estávamos juntas e não havia conosco nenhum estranho na casa. E durante a noite morreu o filho desta mulher. E levantando-se no meio da noite, ela tirou meu filho do meu lado, enquanto eu dormia, e pôs junto a mim seu filho que estava morto. E levantando-me eu pela manhã, para amamentar meu filho, eis que ele me pareceu morto; mas quando o examinei, percebi que não era meu filho.

E disse a segunda mulher: — Não, o menino que vive é meu filho, e o morto é o teu.

E a primeira retrucou: — Não, o que está morto é teu filho, e o que vive é o meu.

E assim se puseram a discutir diante do rei.

Disse, pois, Salomão: — Uma de vós diz-se "É meu filho que está vivo", e a outra diz "não, é meu filho que está vivo". Trazei-me uma espada! E levaram uma espada ao rei, e Salomão ordenou: — Dividi em duas partes o menino que está vivo, e dai metade a uma e metade à outra.

A primeira mulher disse então: — Senhor, dá a ela o menino vivo e não o mates! Prefiro que ele viva sem ser meu a que seja ferido.

Já a segunda mulher disse: — Não, que ele não seja meu nem teu, mas seja dividido!

Então o rei disse: — Dai a esta primeira mulher o menino vivo e não o mateis, pois é ela a mãe.

E todo Israel soube do julgamento feito pelo rei e o temeu, pois percebeu que a sabedoria divina estava com ele.

COMENTÁRIO: O poder — seja ele político, financeiro, social ou afetivo — acarreta uma grande responsabilidade, como nos diz a história bíblica de Salomão. Esse rei atenta, antes de mais nada, para o fato de que um rei não é coisa alguma sem aqueles a quem governa; o que importa é seu povo, e não sua glória. Assim, quando Deus lhe pergunta que dádiva deseja, ele pede discernimento, para que possa governar seu povo com sabedoria e justiça. Infelizmente, a humildade demonstrada por Salomão ao herdar o trono falta a inúmeros indivíduos em posição de poder, tanto na mitologia quanto na vida real. Bem poderíamos nos perguntar que mundo estaríamos vivendo se aqueles a quem obedecemos tivessem uma pequena dose que fosse da sabedoria de Salomão.

O célebre julgamento de Salomão não diz respeito a declarar ou não guerra, elevar ou reduzir as taxas de juros, aumentar ou não os impostos. Ele gira em torno da infelicidade de duas mulheres comuns, uma das quais perdeu um filho. É essa a verdadeira função de um governante, pois, quando as preocupações afetivas de nossos semelhantes não nos afetam, talvez não tenhamos o direito de reivindicar uma posição de poder. Com freqüência, quando ocupamos posições elevadas, somos gradativamente desvinculados da vida que flui ao nosso redor, e não conseguimos mais compreender o que faz os outros homens chorarem ou rirem. Muitas pessoas que atingiram metas terrenas importantes se esquecem, em algum ponto do caminho, do que significa preocupar-se com um filho, entristecer-se pela perda de um animal de estimação ou sorrir diante de um belo pôr-do-sol. A famosa sabedoria de Salomão não se baseia no poderio militar nem na argúcia capitalista, mas em sua compreensão do amor, pois ele percebe claramente que a mãe da criança viva é aquela que prefere renunciar a ela a vê-la sofrer.

O mundo não é um lugar perfeito, nem os homens são perfeitos. A sabedoria de Salomão não é algo que possamos esperar alcançar, a não ser, talvez, em vislumbres momentâneos, ao tomarmos uma decisão. Devemos tentar lembrar a que e a quem realmente servimos quando temos um título de gerente, diretor, parlamentar, presidente de uma assembléia ou da república, ou primeiro-ministro. Pelas implicações mais profundas do julgamento de Salomão, ele conquista o respeito de todo o seu povo e pode governar sem rebeliões ou revoluções. Trata-se de uma mensagem clara para aqueles que exercem posições de poder e, depois, sentem-se ameaçados pelo medo de perder o que já conquistaram: o poder não pode durar muito, a menos que seja temperado — e talvez até motivado — pelo espírito de humildade e por um desejo autêntico de servir.

PARTE V

RITOS DE PASSAGEM

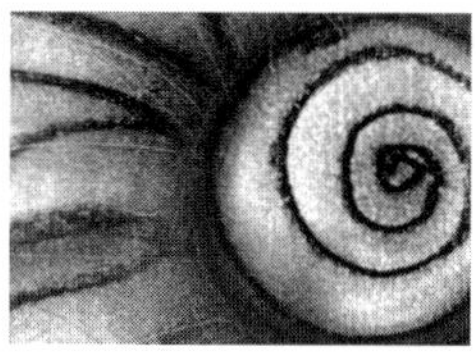

Os grandes segredos da vida — o mistério do sofrimento humano, a busca do sentido de uma realidade mais profunda ou superior, o enigma da morte — têm ocupado o pensamento filosófico, teológico e psicológico por muitos séculos. A mitologia nos oferece uma rica compreensão desses ritos de passagem e pode nos dar uma orientação sutil, mas profunda, nas esferas da vida em que somos confrontados com o que não tem resposta. Os seres humanos podem crescer e se enriquecer através dessas conjunturas cruciais da vida, mas nem sempre é fácil descobrir o vislumbre fugidio de sentido capaz de permitir que transformemos as experiências frustrantes ou dolorosas em alguma coisa construtiva. Ao contrário, podemos ficar desiludidos e até amargos, por não compreendermos os planos mais profundos e o potencial inerente a essas difíceis encruzilhadas da vida. Como os mistérios da vida são paradoxais, as narrativas mitológicas sobre o encontro com forças maiores do que nós mesmos podem nos dar uma visão mais ampla e abrangente do que as respostas mais didáticas da ciência, ou mesmo os ensinamentos religiosos convencionais. Podemos encontrar uma grande força na alma humana, porém muitas vezes ela só passa a existir com o reconhecimento de que há um sentido, senão uma resposta, embutido no que julgamos mais intrigante na vida .

Capítulo 1

Separação, Perda e Sofrimento

A separação e a perda são experiências humanas arquetípicas, e é improvável que alguém passe pela vida sem esse tipo de sofrimento. As doutrinas religiosas estabelecidas sempre procuraram fornecer respostas para o mistério do sofrimento, especialmente quando esse sofrimento parece injusto ou imerecido; e essas respostas, apesar de freqüentemente serem insatisfatórias para a mente inquisitiva, têm fornecido algum consolo, ao longo dos séculos, aos que buscam alívio para sua dor. A mitologia, entretanto, ao contrário do dogma religioso, nunca ofereceu respostas para por que sofremos ou sobre a maneira de evitarmos o sofrimento, ou sobre o que Deus nos dará como recompensa. Por outro lado, o efeito transformador do sofrimento pode ser vislumbrado em muitos mitos, sugerindo que há um propósito ou uma função mais profundos nas experiências que mais dor nos causam. Há uma curiosa qualidade terapêutica nos mitos que contam histórias de separação e perda, pois neles podemos descobrir um espelho de nossas próprias situações, e perceber que não estamos sozinhos. É possível, se considerarmos com suficiente profundidade a perspectiva oferecida pela mitologia, que a única cura verdadeira para o sofrimento humano provenha do compartilhamento e da compaixão humanos, e não das respostas enganosas e simplistas que dizem explicar um dos maiores enigmas da vida.

As Provações de Jó

O enigma do sofrimento

A história bíblica de Jó apresenta-nos uma imagem clara de como a vida pode ser injusta, e de como nossa crença infantil em que a bondade é sempre recompensada e a maldade é sempre punida podem nos levar à decepção e à amargura. Jó, entretanto, nunca perde a fé em Deus, seja qual for o sofrimento que tem de suportar. E embora persista o mistério de por que ele tem de passar pelas provações que sofre, sua confiança na sabedoria do divino — ou, dito de outra maneira, sua confiança na vida — nunca o abandona.

Havia na terra de Uz um homem cujo nome era Jó, e ele era íntegro e reto e temente a Deus, e fugia do mal. Tinha sete filhos varões e três filhas, e era um homem rico, dono de muitos animais e de uma enorme família; a rigor, era o maior de todos os homens do Oriente.

Mas a prosperidade e o conforto de Jó estavam fadados a terminar. Um dia, uma delegação de anjos se apresentou diante do trono de Deus; entre eles estava Satanás. Quando o Senhor lhe perguntou de onde ele viera, Satanás respondeu: — Tenho perambulado pela face da Terra, observando o que lá acontece.

E disse o Senhor a Satanás: — Viste meu servo Jó no decorrer de tuas viagens? Não há ninguém como ele em toda a Terra: um homem íntegro e reto, que teme a Deus e se desvia do mal.

Então Satanás disse: — Jó é temente a Deus por nada? Tu o tens protegido e abençoado; mas estende agora Tua mão e tira-lhe tudo o que possui, e ele blasfemará contra Ti em Tua face.

O Senhor ficou enraivecido com essa resposta, e disse a Satanás: — Pois bem, submete-o então à prova; e tudo o que ele tem está em teu poder. Apenas sobre seu corpo não estendas tua mão.

E, com grande satisfação, Satanás retirou-se da presença de Deus.

E então a desgraça começou a atingir Jó. Seus bois, jumentos e camelos foram roubados; seus servos foram mortos; e um fogo caiu do céu e consumiu todas as suas ovelhas. Em seguida, seus filhos e filhas foram todos mortos, quando um grande vendaval atingiu a casa em que comiam e bebiam.

Nesse momento, Jó rasgou seu manto, raspou a cabeça e se prostrou no chão. E disse: — Nu eu vim do ventre de minha mãe, e nu voltarei para lá; o Senhor deu e o Senhor tomou; louvado seja o nome do Senhor.

E ficou provado que Satanás estava errado, pois, durante todas essas desgraças, Jó nunca blasfemou contra Deus.

Satanás voltou então à presença do Senhor, e este lhe disse: — Não se confirmou que eu estava certo sobre meu servo Jó? Não há na Terra ninguém igual a ele. Ele conserva sua integridade, embora tu tenhas te voltado contra ele e destruído tudo o que tinha, sem nenhuma causa.

E Satanás respondeu: — Sim, mas um homem dará tudo o que tem por sua vida. Estende porém a tua mão, toca-lhe os ossos e a carne, e ele blasfemará contra Ti em Tua face.

E respondeu o Senhor: — Pois muito bem, seus ossos e sua carne estão em teu poder, mas poupa-lhe a vida.

E Satanás retirou-se da presença do Senhor, e amaldiçoou Jó com feridas que iam das solas dos pés até o alto da cabeça.

Jó se sentou entre as cinzas e fez uma prece ao Senhor. Então sua mulher lhe disse: — Ainda conservas tua integridade? Amaldiçoa a Deus e morre.

Mas Jó retrucou: — Estás dizendo tolices. Havemos nós de receber o bem das mãos de Deus e não receber também o sofrimento?

Apesar de sua enorme dor, Jó se recusava a blasfemar contra o Senhor.

Então, os amigos de Jó foram chorar com ele e consolá-lo. Mas só puderam lhe oferecer um consolo ilusório. Alegavam ter a sabedoria para compreender os atos de Deus, mas, na verdade, nada sabiam. Sugeriram que Jó teria pecado sem perceber e atraído sobre si o castigo, ou que Deus o estaria testando e um dia o recompensaria. Suas palavras não levaram consolo algum a Jó, apenas tristeza.

O Senhor, no entanto, ficou irado com as palavras enganosas desses homens, e, de um redemoinho, dirigiu a palavra a Jó dizendo: — Quem são esses que dão conselhos sem conhecimento? Que sabem eles ou tu sobre o poder de Deus? Onde estavas quando assentei as fundações da Terra? Acaso conheces as ordenanças dos céus? E formulou a Jó muitas outras perguntas como essas.

Então Jó disse: — Que hei de responder? Porei a mão sobre minha boca e nada mais direi.

E então o Senhor devolveu a Jó tanto quanto ele tinha antes de Satanás destruir tudo. E, com o tempo, ele teve mais sete filhos varões e três filhas, e viveu cento e quarenta anos, e viu seus filhos e os filhos de seus filhos, até a quarta geração. E só então morreu.

COMENTÁRIO: Fora do mundo de Walt Disney, é freqüente os maus não serem castigados e os bons serem injustamente maltratados. Ótimas pessoas, jovens e talentosas, morrem de doenças terríveis, enquanto ditadores implacáveis, responsáveis por milhares de assassinatos, vivem anos a fio e morrem comodamente em suas camas. Essa dimensão de crueza da vida tem alimentado milênios de controvérsia religiosa; e, embora a definição exata da bondade continue a escapar até aos mais virtuosos dentre os mestres da religião, nós, humanos, insistimos na esperança de que, se descobríssemos a fórmula, escaparíamos das vicissitudes da vida.

A história de Jó nos ensina que as raízes do sofrimento e da desigualdade entre os homens não estão em algo tão simples quanto ter pecado e, portanto, merecer o castigo. Jó não pecou, mas sofre. O estranho e perturbador diálogo entre Deus e Satanás revela um cosmo sem o tipo de moral que tentamos seguir na esperança da recompensa dos céus. Não há lógica, razão nem compaixão na maneira como Deus se dispõe a entregar o destino de Jó a Satanás; o único motivo foi o fato de Satanás tê-lo provocado sugerindo que Jó perderia a fé se Deus não fosse tão generoso com ele. Todavia, apesar dessa dimensão pouco atraente de Deus, Jó não questiona sua natureza ou majestade. Deus é Deus, e não se pode encontrar nenhuma solução para o enigma do sofrimento tentando descobrir onde está o pecado secreto que se cometeu. Isso equivale a dizer que não existe razão para o sofrimento: ele simplesmente existe, porque faz parte da vida. O que é difícil de engolir, para quem foi criado acreditando num Deus parecido com Papai Noel, e exige uma humildade diante dos mistérios da vida, que talvez só seja encontrada através da dor, da perda, do questionamento profundo e da aceitação da realidade como ela é.

Os amigos de Jó são bem intencionados, como a maioria de nós, mas só conseguem oferecer interpretações rasteiras, que não calam fundo em quem está sofrendo. Nesses momentos, as palavras bem intencionadas dos amigos e conselheiros pouco têm a nos oferecer, quando são proferidas numa tentativa dessas almas solícitas de afastarem seu próprio medo da dor, procurando silenciar o nosso sofrimento. O luto tem suas leis e seu tempo, e o único consolo verdadeiro talvez esteja no silêncio e na capacidade de simplesmente estarmos ao lado dos que sofrem. Insultamos os outros com nossos esforços de produzir soluções simples ou promessas de recompensa futura para o sofrimento presente; e essa história nos ensina que também insultamos o divino quando tentamos dar respostas humanas a mistérios cósmicos.

No final da narrativa, a riqueza de Jó é devolvida e ele cria uma nova família. Mas seus filhos não renascem dos mortos, e fica claro que nem mesmo Deus é capaz de desfazer o que foi feito. Não podemos apagar o passado, ou curar magicamente nossas feridas, ou fazer com que nosso sofrimento não seja lembrado. As provações por que Jó passa transformam-no de fato num homem, e o que realmente vemos nessa antiga história é o processo de amadurecimento pelo qual todos temos que passar, mais cedo ou mais tarde. Talvez não tenhamos que encarar as tragédias extremas que afligem Jó. Cedo ou tarde, porém, a injustiça da vida nos atinge, e sentimos uma dor imerecida e sofremos perdas imerecidas. Quer nossa confiança na vida se enraíze na crença em Deus, quer provenha simplesmente da fé no potencial humano, a história de Jó nos ensina que, de algum modo, precisamos encontrar essa confiança, sem explicações racionais ou promessas de uma eventual recompensa. Só então teremos sido restituídos a nós mesmos e poderemos encontrar forças para renovar nossa vida, depois do sofrimento e da perda.

Orfeu e Eurídice

Lidando com o luto

O triste mito grego de Orfeu e Eurídice nos fala da dor agridoce do desgosto e da perda, e sobre a inevitabilidade do fim, por mais que tentemos nos agarrar ao que se vai de nossa vida. Esse mito não oferece nenhuma solução simplista para lidarmos com a perda, mas há sugestões delicadas, que talvez nos ajudem a compreender a maneira misteriosa como as coisas das quais conseguimos abrir mão continuam a viver, enquanto aquelas a que insistimos em nos agarrar poder morrer dentro de nós.

Orfeu, da Trácia, era célebre por tocar a música mais suave do mundo. Era filho da musa Calíope e do rei traciano Ôiagro, embora corressem boatos de que, na verdade, seria filho de Apolo, o deus sol. Era tão hábil na lira de ouro que Apolo lhe dera que até as correntezas dos rios paravam para escutar, e as pedras e árvores se soltavam do chão para seguir sua música melodiosa.

Esse cantor, capaz de instilar um sopro de vida numa pedra, não teve dificuldade para conquistar o amor da bela Eurídice e, a princípio, seu casamento foi abençoado. Porém, infelizmente, sua alegria durou pouco, pois Eurídice foi picada por uma cobra e não houve remédio capaz de mantê-la no mundo dos vivos. Arrasado, Orfeu acompanhou-a a sua sepultura tocando árias pungentes, que comoveram profundamente todos que assistiram ao cortejo fúnebre. Depois, como a vida sem Eurídice parecia não ter razão para ele, Orfeu se dirigiu aos próprios portões de Hades, indo buscar seu amor perdido onde nenhum ser humano tem permissão de entrar até o dia de sua morte.

A música tocada por Orfeu foi tão pungente que o severo barqueiro Caronte, que transporta as almas dos mortos na travessia do rio Estige, esqueceu-se de verificar se Orfeu trazia na língua a moeda necessária. Encantado com as notas mágicas, o velho barqueiro transportou o poeta pelo tenebroso rio que separa o mundo ensolarado das frias regiões do inferno, sem questionamento. Tão comoventes foram as notas da lira dourada de Orfeu que as barras de ferro dos portões da morte se abriram sozinhas, e Cérbero, o cão de três cabeças que guarda os sombrios portais da morte, encolheu-se sem sequer mostrar os dentes, amansado pela melodia tranqüilizadora. E foi assim que Orfeu conseguiu penetrar no mundo das sombras sem ser detido. Por alguns abençoados momentos, os condenados do Tártaro foram aliviados de seus tormentos infindáveis, e até o coração frio de Hades, senhor do mundo subterrâneo, abrandou-se momentaneamente. Com humildade, Orfeu ajoelhou-se diante do trono do rei e da rainha dos mortos, rezando e implorando, com suas mais místicas melodias, que Eurídice pudesse retornar com ele para a terra dos vivos. Perséfone, a rainha do mundo subterrâneo, sussurrou algumas palavras no ouvido do marido, e a lira de Orfeu foi interrompida por uma voz surda e profunda. Todas as regiões daquele mundo silenciaram para ouvir o decreto de Hades.

— Pois que seja, Orfeu! Retorna ao mundo superior, e Eurídice te acompa-

nhará como tua sombra! Mas não pares, não fales e, acima de tudo, não olhes para trás, até chegares à camada superior do ar. Pois se o fizeres, nunca mais voltarás a ver seu rosto. Vai sem demora, e confia em que não estarás sozinho em tua trilha silenciosa.

Orfeu, assombrado e grato, voltou as costas para o trono da morte e caminhou pelos ermos sombrios e gélidos, em direção ao tênue lampejo de luz que marcava a trilha para o mundo da luz solar. Atravessou os salões silenciosos, onde seus passos produziam um eco assustador de seu caminhar apressado para a luz, que brilhava cada vez mais clara, à medida que ele se aproximava de seu destino. Então, no exato momento em que ia penetrar na luz, ele foi atormentado por uma dúvida angustiante. E se Hades o tivesse enganado? E se Eurídice não estivesse realmente atrás dele? Orfeu não conseguiu evitar: virou-se para trás e, ao fazê-lo, viu Eurídice desaparecendo na distância, com seus braços suplicantes estendidos, morrendo pela segunda vez. Dessa vez, os portões do mundo subterrâneo fecharam-se para ele, e Orfeu voltou só e inconsolável para o ensolarado mundo superior, onde, por muitos anos, nenhum sol brilharia.

Com o tempo, Orfeu foi ordenado sacerdote, ensinando os mistérios da vida e da morte e pregando aos homens da Trácia sobre os males do assassinato sacrificial. Levou alegria a muita gente, com sua música, e curou e consolou muitos mais, mas não pôde se curar de seu próprio desespero, pois perdera sua única oportunidade de enganar a morte. Sua morte foi violenta, pois o deus Dioniso ressentiu-se de que um mortal fosse cultuado e adorado como só cabia aos deuses. As adoradoras que seguiam Dioniso despedaçaram Orfeu, membro a membro, e as Musas sepultaram seu corpo destroçado aos pés do Monte Olimpo, onde dizem que o canto dos rouxinóis é mais melodioso do que em qualquer outro lugar do mundo.

COMENTÁRIO: O mito de Orfeu toca-nos profundamente. Ele estimula nossa esperança de talvez conseguirmos enganar a morte e contornar a perda inevitável e, em seguida, destrói essa esperança. Orfeu é muito talentoso e especial — ao menos ele, certamente, deveria ser uma exceção à regra de que todos os seres humanos têm que morrer um dia. É comum acreditarmos que, se conseguíssemos nos tornar suficientemente talentosos ou especiais — talvez aperfeiçoando uma obra de arte, ou vindo a ser muito ricos e poderosos, ou dotados de grande beleza, ou sendo bondosos e íntegros o suficiente —, de algum modo poderíamos ficar isentos da tristeza e da perda. A música de Orfeu repercute em nós porque, como ele, sentimos — secreta, se não conscientemente — que somos exceções. "Sei que todos temos que morrer", dizemos, "mas, nesse caso, decerto eu e aqueles a quem amo poderíamos ser poupados. Não posso acreditar que isso vá acontecer comigo e com meus entes queridos." Não queremos acreditar que esses terríveis sentimentos de pesar ou tristeza sejam inevitáveis e que as experiências de separação e perda não fazem diferença entre os homens por seu mérito.

No entanto, a história de Orfeu e sua Eurídice nos ensina que, por sermos humanos, estamos condenados a enfrentar a perda e a morte. É a condição humana de Orfeu e Eurídice que torna inevitável que eles sofram, percam e morram. A natureza da morte de Eurídice sublinha a injustiça e a imprevisibilidade da vida, da qual a morte é uma parte inevitável. A princípio, as possibilidades de Orfeu parecem muito animadoras, pois sua música consegue abrandar até o severo Hades. Mesmo assim, no último instante ele perde a confiança e olha para trás — e vai por água abaixo. "Ah, se ele não tivesse olhado para trás...", pensamos. No fundo, porém, sabemos que isso era inevitável, porque Orfeu é humano, e nenhum homem é capaz dessa confiança absoluta no invisível. Até a história da crucificação de Jesus nos diz que a dúvida é inevitável, e que chegará um momento, nascido da extrema exacerbação da dor, em que a fé se dissolverá e as trevas cairão.

Há nessa história um paradoxo perturbador. Não devemos olhar para trás, pois assim sofremos novamente nosso desgosto e nossa perda; contudo, se não olharmos para trás, poderemos realmente enganar a morte? E por acaso algum ser humano é realmente capaz de se abster de olhar para trás? Se compreendermos a prometida ressurreição de Eurídice em termos psicológicos, talvez possamos perceber a sabedoria que se esconde nesse mito. Ao voltarmos os olhos para trás e desejarmos a retificação do passado — o perene "se" que sempre nos aflige, num ou noutro momento —, condenamo-nos a uma repetição de nossa tristeza e a uma renovação do sentimento de impotência diante do inevitável. Se aceitarmos o que perdemos e mantivermos o rosto voltado para o futuro, as pessoas que perdemos ficarão conosco para sempre, pois nos lembraremos da alegria e do amor. Essas lembranças são indestrutíveis, e carregamos dentro de nós todos aqueles a quem amamos e cujo amor nos modificou de algum modo. Talvez esse seja o significado mais profundo do retorno de Eurídice ao mundo da luz — não como um ser que ressuscitou por completo, mas como uma parte viva do coração e da alma de Orfeu. Nesse sentido, remoer nossas perdas nos condena a viver com nosso sofrimento, sem ajuda ou libertação, e nossa perda é maior do que se pudéssemos suportá-la, confiando em que a vida continua a ter um propósito.

Talvez seja inevitável que, ao sofrermos uma perda, tenhamos que viver nas trevas por algum tempo e elaborar as etapas do luto, que têm seu tempo e ciclo próprios. O luto é um processo complexo e pode envolver raiva, desespero, idealização, negação, culpa, auto-acusações, responsabilização de terceiros e um período de depressão e entorpecimento, até que a vida volte a pulsar em nós. Ele não é um processo coerente, pois nossa dor pode surgir e nos inundar em momentos inesperados, e temos de estar dispostos a permitir que isso aconteça. Essa talvez seja também uma forma de compreender a ordem de Hades, "não olhes para trás!" É que, na verdade, ao olharmos para trás, tentamos cristalizar o momento e abreviar o processo de luto, que só traz em si o potencial de cura quando deixamos que ele siga seu próprio curso. Ficamos incomodados quando outras pessoas prolongam o luto por mais tempo do que nos parece cabível. Temos alguma idéia do prazo que é razoável para o luto e do que devemos sentir a respeito dos que perdemos. Entretanto, cada pessoa é diferente das outras, e esse processo se dá de maneira diversa em cada um de nós. Parar de olhar para trás exige que renunciemos à crença cega em que a vida abrirá uma exceção para nós; e devemos confiar no processo natural do luto, seja qual for sua duração, e por mais inaceitáveis que sejam as emoções que ele desperta em nós. Dessa maneira, descobrimos de fato uma vida eterna, no amor compartilhado com aqueles que perdemos. E por fim chegamos ao outro lado do luto, descobrindo que a aceitação serena, e não a resignação amarga, permitiu que a vida tornasse a fluir dentro de nós.

Quíron, o Centauro

Enfrentando a injustiça da vida

É difícil nos resignarmos à injustiça da vida. Estamos sempre tentando racionalizá-la através de doutrinas e filosofias capazes de restabelecer nossa confiança na eqüidade do universo — em geral convencendo-nos de que os bons acabam sendo recompensados, se não nesta vida, pelo menos na próxima, e que os maus serão punidos. O mito grego de Quíron, como a história bíblica de Jó, é uma narrativa de dor e sofrimento injustos. Longe de estimular nossa ingenuidade, ele nos ensina que o sofrimento injusto pode não ter razão alguma, mas que, entretanto, talvez haja nele um sentido, dependendo de permitirmos ou não que nossa dor nos transforme internamente.

Numa gruta nos picos nevados do Monte Pelíon vivia Quíron, o mais velho e mais sábio dos centauros — uma raça misteriosa, cujo corpo era metade cavalo e metade homem. Esses centauros eram filhos de Cronus, que violentara uma ninfa metamorfoseado num cavalo, e por isso os descendentes dessa união eram metade animais e metade divinos.

Enquanto quase todos os outros centauros eram ariscos e selvagens, Quíron era de uma sabedoria e gentileza incomuns, e era amigo dos homens. Possuía um raro talento para tocar harpa e, muitas vezes, oferecia conselhos sábios na linguagem dos homens, acompanhado pela música melodiosa de seu instrumento. Conhecia todos os segredos das ervas e era capaz de curar muitas doenças que os remédios humanos não conseguiam aliviar; e compreendia a sabedoria das estrelas, ensinando a arte da astrologia. Tão grande era sua fama, que os filhos de muitos reis foram confiados a seus cuidados. Com Quíron, esses jovens pupilos aprendiam a temer os deuses, respeitar os idosos e apoiar uns aos outros na dor e nas dificuldades. O velho e sábio centauro lhes ensinava a compor, a ter uma postura graciosa na dança, a lutar com o corpo e os punhos, e a correr, escalar os altos rochedos e caçar animais selvagens. Eles aprendiam a interpretar os augúrios celestes e a encontrar as plantas capazes de servir de antídoto para a infecção e a dor. Os jovens educados por Quíron aprendiam a rir do perigo, a desdenhar da preguiça e da ganância, e a enfrentar com coragem e ânimo tudo o que lhes acontecia. Cresciam hábeis e fortes, modestos e valentes, e estavam aptos a governar, por terem aprendido a obedecer.

Entre os maiores amigos de Quíron estava o poderoso herói Hércules. Esse homem gigantesco havia travado um combate com um monstro assustador, a Hidra, e, depois de finalmente matá-la, tinha molhado a ponta de algumas de suas flechas no sangue venenoso do monstro, para torná-las mais mortais. Quando estava indo visitar seu amigo Quíron, o herói foi atacado por uma tribo de centauros selvagens e violentos; seguiu-se uma grande batalha, na qual Hércules se viu sozinho contra a horda de agressores. Ao ouvir os ruídos da batalha, Quíron saiu de sua gruta e, erguendo as mãos num gesto de paz, interpôs-se entre Hércules e um centauro contra o qual o herói havia lançado uma flecha. A flecha já estava zunindo em seu curso, e atingiu em cheio a coxa de Quíron.

Se fosse inteiramente animal ou inteiramente humano, Quíron teria morrido instantaneamente. Mas era semidivino, e o dom da vida eterna revelou-se então um fardo terrível para ele. O ferimento era realmente uma agonia e, aos gritos, o centauro se recolheu a sua gruta. Esse sábio curandeiro não pôde encontrar um antídoto para o veneno da Hidra, e não havia cura para sua dor lancinante. Ele não teve alternativa senão conviver com ela, pois não podia morrer como as outras criaturas mortais. Quíron experimentou muitos remédios novos, alguns dos quais foram de grande valor para outros sofredores, mas nenhum foi capaz de aliviar seu próprio sofrimento.

Em desespero, Quíron implorou a Zeus, o rei dos deuses, que lhe concedesse a morte. Compadecendo-se dele, Zeus permitiu que ele adentrasse o mundo subterrâneo, como os mortais comuns, e assim, através da morte, Quíron foi enfim libertado do sofrimento.

COMENTÁRIO: Esse mito sombrio não é fácil de aceitar. Parece terrivelmente injusto que uma criatura bondosa como Quíron, sábia e civilizada, seja levada a sofrer, apenas por estar no lugar errado no momento errado. Ao nos depararmos com acontecimentos como esse, a sensação é de uma raiva e uma perplexidade impotentes. "Por que tinha de acontecer uma coisa tão terrível com alguém tão jovem... tão gentil... tão bondoso? Por que não aconteceu com uma pessoa má ou indigna?" Queremos acreditar na justiça da vida, porque essa crença faz com que a vida pareça controlável. Se somos recompensados por sermos bons, tudo o que precisamos fazer para receber a recompensa é sermos bons. Isso é simples e controlável. A idéia de sermos bons e sermos atingidos por um acidente que nos destrói a vida é praticamente insuportável. As catástrofes coletivas, quer arquitetadas pela invenção humana, como a guerra, quer precipitadas pela própria natureza, como os terremotos, as secas e as inundações, colocam-nos diante da profunda injustiça da vida no nível global. Por mais que desejemos acreditar num cosmo justo, cedo ou tarde deparamos com o enigma do sofrimento imerecido.

Quando uma coisa injusta acontece, não temos alternativa senão suportá-la, quer a "mereçamos" ou não. A princípio, podemos procurar responsabilizar alguém ou alguma coisa, e tentar aliviar nossa aflição encontrando um bode expiatório a quem possamos atribuir a culpa. Culpamos os pais, a sociedade, o governo ou algum grupo minoritário, ou qualquer outra coisa que esteja à mão, porque simplesmente não conseguimos tolerar situações em que não há culpa ou culpados. No final das contas, a única resposta possível está na compreensão e na compaixão. A palavra "compaixão" vem de uma raiz latina que significa "sofrer junto". O sofrimento injusto é compartilhado por todos nós e pode dar margem a um profundo sentimento de ligação com outros seres vivos. Embora possamos não descobrir nenhuma justificativa para essa dor imerecida, podemos perceber seu poder curativo na maneira como ela é capaz de purificar e transformar o coração humano.

Há nessa história a sugestão de que existe um preço a ser pago pela tentativa de civilizar o aspecto selvagem da natureza humana. Embora esse preço seja incontestavelmente injusto, há uma inevitabilidade no sacrifício, porque essa é a natureza da vida. A luta entre o ego consciente — simbolizado por Hércules — e as forças instintivas destrutivas que há nos seres humanos — simbolizadas pelos centauros selvagens — é necessária para que possamos criar um mundo melhor para nós. E, às vezes, a dor e a perda injustas são o resultado dessa luta. Somente ao considerarmos essa história por uma perspectiva mais ampla é que podemos vislumbrar um propósito mais profundo, mesmo que não encontremos justiça.

A morte voluntária de Quíron pode ser vista como um símbolo profundo; ele troca sua imortalidade pelo destino de todas as criaturas mortais. Essa morte pode ser entendida como uma transformação psicológica, uma aceitação íntima das limitações humanas. Somente ao nos julgarmos tão especiais a ponto de sermos isentos das vicissitudes da vida é que sofremos o verdadeiro veneno do ferimento de Quíron. Esse veneno pode ser entendido como a amargura do ressentimento corrosivo e permanente. Quando esperamos ser protegidos da vida, ficamos amargos e cheios de veneno ao descobrir que, afinal, não somos especiais. Quando o sofrimento injusto entra em nossa vida, a reação humana inevitável — "Por que eu?" — deve ser substituída por uma pergunta mais sábia: "Por que não eu?" Os dotes e a natureza imortal de Quíron não o protegem da vida, como tampouco o podem fazer nossos próprios dons ou uma espiritualidade "superior". Também nós precisamos aceitar nossas limitações mortais e passar pela morte e transformação internas que nos permitem fazer as pazes com a vida humana corriqueira.

Embora o centauro seja uma criatura fantástica, o mito de Quíron é, na verdade, um mito da humanidade. Somos uma mescla de opostos e contradições, metade bestiais e metade divinos, com capacidades idênticas de grande sabedoria e bondade e de selvageria e brutalidade. Os centauros selvagens com quem Hércules se bate estão dentro de nós tanto quanto a nobreza de Quíron. Esses opostos estão inextricavelmente ligados nos seres humanos, e nunca podem ser inteiramente separados. Por mais sábios que sejamos, temos a capacidade de ser selvagens uns com os outros, e partilhamos dessa dualidade coletiva mesmo que, como indivíduos, optemos por nos alinhar com a luz. Assim, todos podemos sofrer dores injustas, físicas ou emocionais, e, uma vez feridos dessa maneira, nunca podemos nos curar realmente, porque nossa inocência jamais será recuperada. Cabe a nós escolhermos o caminho cicatrizante da compaixão e da aceitação das limitações mortais, em vez da corrupção persistente do ressentimento íntimo contra a vida.

Capítulo 2
A Busca Espiritual

Ao longo dos milênios, a busca espiritual tem sido um dos grandes temas da literatura e da arte, pois há na alma humana algo de irreprimível que nunca deixa de aspirar a alguma coisa maior do que ela mesma, e que nunca abre mão de sua crença em que algo de eterno sobrevive para além da morte do corpo mortal. Talvez seja esta a maior diferença entre nós e os outros animais com quem dividimos este planeta. Mas essa busca não é um simples desejo de servir a Deus. Pode implicar também a busca do conhecimento — não apenas o conhecimento do divino, formulado em termos religiosos convencionais, mas também o tipo de conhecimento das leis subjacentes à realidade, que é buscado pelos maiores cientistas e psicólogos do mundo. E a busca do saber pode nos levar por caminhos tenebrosos e por veredas ensolaradas, revelando-nos tanto o mal quanto o bem que habitam em nós. Todos os mitos que se seguem versam sobre a busca espiritual, e os três envolvem um confronto do sujeito consigo mesmo, que põe em nítido relevo o profundo paradoxo da escuridão e da luz que está no cerne da alma humana.

As Venturas e Desventuras do Dr. Fausto

O bem é incompreensível sem o mal

Em nenhum lugar da mitologia a misteriosa batalha entre o bem e o mal na alma humana é mais bem retratada do que na história do Dr. Fausto. *O Dr. Fausto*, a grande tragédia de Marlowe, e *Fausto*, o sublime poema épico de Goethe, foram ambos extraídos dessa lenda medieval sobre um homem cuja busca espiritual acabou por levá-lo a vender a alma ao diabo. Seu reconhecimento final da aridez dos prazeres e sua redenção através do remorso e da compaixão continuam a ser uma imagem poderosa da necessidade de compreender a luz e a sombra para encontrar a paz interior.

Dr. Fausto era um brilhante filósofo e estudioso de teologia. Mas os ensinamentos que os filósofos e teólogos ofereciam sobre a natureza de Deus e o sentido da vida não conseguiam satisfazer seu intelecto questionador. Além disso, seu orgulho era tão grande quanto seu conhecimento, e ele desejava descobrir as respostas dos grandes mistérios da vida por esforço próprio, em vez de recebê-las daqueles a quem secretamente desprezava, pois, desse modo, poderia reivindicar todo o mérito para si.

Com o tempo, portanto, o Dr. Fausto abandonou sua teologia e passou a estudar a magia hermética, pois tinha esperança de descobrir o segredo da vida nos experimentos alquímicos e desvendar o saber proibido da magia e da feitiçaria, transmitido desde os antigos egípcios. Entretanto, nem mesmo essas investigações proibidas conseguiram ensinar-lhe tudo o que ele queria saber, e Fausto caiu numa melancolia profunda, apelando, em seu desespero, para os espíritos infernais. Em resposta a seu chamado, surgiu misteriosamente em seu gabinete um cão negro, que se metamorfoseou numa estranha figura, anunciando-se como Mefistófeles, o espírito do mal e da negação. Mefistófeles estava sempre à espreita de almas humanas que pudesse atrair para as trevas, com isso enganando Deus, e Fausto ambicionava o conhecimento que Mefistófeles tinha dos segredos da vida e da natureza do divino. Assim, firmaram um pacto, assinado com sangue, e Mefistófeles concordou em servir a Fausto neste mundo, enquanto Fausto concordou em servir a Mefistófeles no além. Mefistófeles sabia perfeitamente o preço que Fausto teria que pagar, mas o filósofo ainda não havia compreendido que era sua alma imortal que ele estava comprometendo por toda a eternidade.

Durante algum tempo, Fausto ficou alvoroçado com a magia e os mistérios que Mefistófeles lhe mostrava, e acreditou estar mais próximo de enfim conhecer os segredos de Deus. Aos poucos, entretanto, o espírito tenebroso da negação foi corroendo a vontade do sábio e atraindo-o para uma lascívia e um orgulho cada vez mais profundos, até que se perdeu todo o sentido de uma busca espiritual. Fausto desejou uma jovem chamada Gretchen, e Mefistófeles deu um jeito de levar para as mãos dos sábio. A moça engravidou de Fausto e, ao ser abandonada por ele, enlouqueceu, no desespero, matou o bebê, sendo então executada por seu crime. Ao perceber a terrível destruição que havia causado a uma vida humana inocente, Fausto sentiu um remorso amargo e profundo, pois, embora estivesse nas mãos de Mefistófeles, tinha começado a amar realmente a moça e, por causa disso, algo em sua alma ficara livre da corrupção. Era algo que Mefistófeles não tinha previsto, pois o espírito da negação não conhecia o poder redentor do amor.

Mas tamanho era o poder que Mefistófeles exercia sobre Fausto que durante muitos anos o filósofo se entregou a todos os prazeres da carne e desvendou todos os mistérios secretos. Aprendeu tudo o que queria saber e compreendeu os píncaros gloriosos do céu e as entranhas funestas do inferno. Entretanto, o remorso que sentia pela morte de Gretchen crescia nele como um câncer e, apesar de sua corrupção, alguma coisa dentro dele continuou desejar a luz. Quando o filósofo foi envelhecendo, Mefistófeles pôs-se a esperar com paciência e satisfação, pois logo chegaria o momento em que ele enfrentaria a morte, e então sua alma pertenceria às trevas. Contudo, no último instante, ao enfim se confrontar com as verdadeiras conseqüências do pacto que tinha feito, Fausto estava tão cheio de remorso, amor e sofrimento, que sua alma escapou ao controle de Mefistófeles e foi transportada para as esferas celestiais.

COMENTÁRIO: A história do Dr. Fausto é uma metáfora mítica da luta de todo ser humano para encontrar a luz na escuridão. Fausto é um modelo do mundo interno de todos nós, cheio de conflitos entre nossos desejos egocêntricos e nossa ânsia de servir a algo superior e maior do que nós. Embora o mito original se enraíze no cristianismo medieval e, portanto, apresente o bem e o mal de maneira um tanto simplista, a mensagem, ainda assim, transcende qualquer doutrina religiosa específica, particularmente se entendida em termos psicológicos. Fausto é um símbolo do espírito de busca em cada ser humano, corajoso e individualista o suficiente para rejeitar o dogma oferecido pelas autoridades religiosas convencionais, mas perigosamente arrogante por se presumir capaz de desafiar a moral humana fundamental em nome do saber. Podemos condenar Fausto por sua cobiça e sua arrogância, mas temos de admirá-lo por sua coragem e sua disposição de arriscar a alma para desvendar o cerne dos mistérios da vida. Vemo-nos aí diante do paradoxo profundo do bem e do mal, pois, para compreender verdadeiramente o primeiro, devemos também reconhecer o segundo; e para fazer esse reconhecimento, temos primeiro de encontrá-lo nas trevas secretas de nosso próprio coração.

A desilusão de Fausto com o que lhe é oferecido pelo saber filosófico e teológico convencional reflete o dilema do intelecto requintado, que não consegue simplesmente "acreditar" quando lhe mandam acreditar. A busca espiritual, quando é realmente sincera, não provém da aceitação infantil das crenças, mas da desilusão e do desejo profundo de compreender os paradoxos da vida. Muitas pessoas nunca vão além da crença infantil, pois é mais cômodo receber respostas simples para os dilemas morais e espirituais; e, embora essas pessoas possam não correr riscos internos, elas nunca chegam realmente a saber o que é a vida, nem encontram paz ao se confrontarem com as perguntas sem resposta que são provocadas pelo sofrimento injusto. Muitas das grandes religiões do mundo condenam esse questionamento, como fez a Igreja medieval da época de Fausto. O questionamento envolve riscos, mas descortina também o potencial de uma experiência verdadeira da alma e do mundo interno.

O poder corrompe — tanto no plano espiritual quanto no material. O novo poder de Fausto o leva a ultrapassar a barreira moral, e ele é insensível à destruição que inflige a Gretchen. Mas ele a ama e não consegue ignorar por completo o que fez; e essa

pequena semente de remorso, nascida da compaixão, acaba sendo o que lhe permite enganar o Diabo e encontrar o perdão e a redenção. Portanto, o que o salva não são "boas ações", mas o fato de que, apesar de impregnado de orgulho e lascívia, ele ainda consegue amar e sentir remorso. Ensinam-nos que devemos ser "bons" em nossos atos, para nos tornarmos aceitáveis aos olhos de Deus. Mas a história de Fausto nos ensina que a bondade depende das definições de moral adotadas por qualquer sociedade em qualquer época da história. Já o amor e o remorso não se restringem às doutrinas de nenhuma cultura ou religião específicas. Eles nos permitem experimentar a luz e a escuridão e, de algum modo, preservar a integridade da alma. É possível que qualquer busca espiritual sincera nos conduza a nosso próprio potencial de trevas e destruição, e que somente ao enfrentarmos essas coisas, e talvez até ao sentirmos por algum tempo que somos irredimíveis — nosso próprio "pacto com o diabo" —, podemos experimentar o que se poderia chamar de graça. A graça, embora seja um termo cristão, é algo que não se restringe ao cristianismo; é uma misteriosa libertação interna, que provém de dentro de nós e dá sentido não apenas a nossa bondade, mas também a nossa maldade.

Assim, o mito do Dr. Fausto não é uma simples lenda moral, como parece à primeira vista. É uma viagem interna e, como acontece com todos os mitos ao serem vistos no plano psicológico, todos os personagens se encontram dentro de cada um de nós. Fausto e Mefistófeles são dois lados de uma mesma moeda e refletem duas dimensões do ser humano. O espírito de negação — que podemos experimentar ao considerarmos que a vida é indigna e os outros são insignificantes — pode ser encontrado em cada um de nós. Podemos invocar Mefistófeles dentro de nós toda vez que nos decepcionamos com a vida. Mas ele não é simplesmente o Diabo. No grande drama de Goethe, Mefistófeles diz a Fausto: "Sou o espírito que deseja eternamente o mal, mas faz eternamente o bem." É por obra de nossas trevas interiores que podemos vir a encontrar o caminho para a luz.

A Iluminação de Buda

A roda do renascimento

Na Parte II encontramos o jovem Buda, então chamado Siddharta, no momento em que ele deixou a casa e a família para seguir seu destino. Agora veremos o Buda atingir, finalmente, aquilo que buscou através da luta e do sofrimento: a compreensão do sentido do sofrimento e da finalidade última da vida. A iluminação de Buda pode ser entendida como um fato real, uma parábola religiosa ou um mito, no sentido psicológico mais profundo, ou podemos encontrar verdade nessas três interpretações. Como mito, essa história nos apresenta um paradigma da viagem de toda alma humana das trevas da ignorância à compreensão transformadora do ciclo de vida e morte.

Depois que o príncipe Siddharta deixou a família para buscar a compreensão do mistério do sofrimento humano, ele se tornou um monge e procurou a sabedoria seguindo várias doutrinas e diversos mestres. Mas estes não lhe ensinaram o que ele buscava. Siddharta prosseguiu em sua perambulação e passou seis anos à margem de um rio, onde se dedicou a práticas severas de austeridade, que reduziram seu corpo a quase nada. É que acreditava, como muitos religiosos, que, se negarmos ao corpo todos os desejos, acabaremos fortalecendo a vida espiritual.

Com o tempo, entretanto, ele percebeu que essa autopunição exagerada só fazia destruir suas forças e, em vez de libertar-lhe a mente, tornava-a impotente. Siddharta sabia que tinha que ir além do ascetismo, assim como havia deixado para trás a vida mundana. Exausto e magro como um esqueleto, aceitou uma vasilha de arroz oferecida por uma menina do vilarejo que se compadeceu de sua fraqueza. Em seguida, banhou-se no rio. Cinco discípulos que o acompanhavam em suas práticas de austeridade o abandonaram, sentindo-se traídos pelo que entenderam como seu amor à boa vida. No fim, talvez ele não fosse tão iluminado, comentaram entre si.

Siddharta partiu então para um lugar chamado Bodhi-Gaya, onde poderia encontrar a Árvore da Sabedoria. Ao passar pela floresta, tamanha era a luz que emanava de seu corpo, que os pássaros se sentiam atraídos e voavam em círculos a seu redor, enquanto os animais o escoltavam. E assim Siddharta chegou à figueira sagrada. Pôs no chão um feixe de feno recém-cortado e sentou-se nele, proferindo este juramento: — Que aqui, neste assento, meu corpo se resseque, minha pele e minha carne apodreçam, se eu me erguer daqui sem que haja alcançado o conhecimento que busco! E a terra estremeceu seis vezes enquanto ele proferia seu juramento.

Um demônio chamado Mara, sabendo que a iluminação de Siddharta significaria sua destruição, resolveu intervir: mandou suas três belas filhas seduzirem o monge. As moças cantaram e dançaram diante dele, mas Siddharta continuou com o coração e o rosto impassíveis, sereno como um lótus nas águas mansas de um lago. Derrotadas, as filhas do demônio se retiraram. Em seguida, o demônio enviou um exército de diabos terríveis, que cercaram a figueira sagrada e ameaçaram Siddharta. Mas tão profunda era a serenidade do monge que eles se viram paralisados, com os braços atados ao corpo. Por fim, o demônio Mara desceu das nuvens e atirou sua arma terrível — um disco imenso, capaz de cortar em duas uma montanha. Mas a arma foi impotente contra Siddharta: transformou-se numa guirlanda de flores e ficou suspensa acima da cabeça do monge.

O demônio foi finalmente vencido. Imóvel, Siddharta continuou a meditar sob a figueira sagrada. Veio a noite e, com ela, o esclarecimento que ele buscava brotou lentamente em seu coração. Primeiro, ele compreendeu as condições de todos os seres humanos, e depois, as causas de seu renascimento no mundo da forma. Em todo o mundo e em todas as eras, ele viu seres que sentem viver, morrer e reencarnar. Lembrou-se de suas próprias vidas anteriores e apreendeu os vínculos inevitáveis entre as causas e os efeitos. Enquanto meditava sobre o sofrimento humano, seu espírito foi iluminado sobre como o sofrimento surgia e sobre o que pode pará-lo.

Quando a alvorada chegou, Siddharta havia alcançado a iluminação perfeita e se transformara no Buda. Durante sete dias, permaneceu em meditação, e depois passou mais quatro semanas perto da árvore sagrada. Sabia que podia escolher entre dois caminhos: entrar imediatamente no nirvana, o estado de bem-aventurança máxima, ou renunciar por algum tempo a sua própria libertação e permanecer na Terra para ensinar aos outros o que havia aprendido. O demônio Mara insistiu que ele abandonasse o mundo, mas os deuses se uniram para lhe implorar que ficasse, e Buda finalmente cedeu a seu destino supremo de mestre. Pelo resto da vida, ele se dedicou a ensinar a homens e mulheres o mistério do sofrimento e do renascimento. Por fim, aos oitenta anos, sentiu que havia envelhecido e se preparou para o fim. Deitou-se junto de um rio, e as árvores a seu redor cobriram-se imediatamente de flores. Buda entrou em meditação, depois em êxtase e, finalmente, passou para o nirvana. Seu corpo foi queimado numa pira fúnebre que se acendeu sozinha e foi apagada, no momento exato, por uma chuva milagrosa. Assim, um ser humano percorreu o caminho espinhoso da busca do esclarecimento e depois voltou, sacrificando sua própria recompensa por algum tempo, para levar luz às trevas em que viviam os outros seres humanos.

COMENTÁRIO: A história da iluminação de Buda tem oferecido sabedoria e serenidade a milhões de fiéis, mas não é preciso ser budista praticante para descobrir nela importantes verdades psicológicas. A princípio, Siddharta tenta encontrar as respostas para suas perguntas adotando doutrinas convencionalmente aceitas — como começam muitas buscas espirituais. Mas também nós — se tivermos o mesmo compromisso que Siddharta com a verdade e não estivermos meramente buscando consolo para nosso sofrimento — podemos constatar que essas ofertas não nos satisfazem. Começamos então a procurar respostas fora dos ensinamentos das estruturas religiosas estabelecidas.

Em seguida, Siddharta tenta conseguir a iluminação espiritual negando suas necessidades e desejos físicos. Com freqüência, essa também é uma etapa no caminho de muitas pessoas, pois nós, ocidentais, herdamos uma tradição secular que enxerga o corpo físico como a raiz de todos os males, e o prazer físico como uma interferência na vida espiritual. Mas Siddharta reconhece que tem de repudiar o ascetismo, assim como repudiou as doutrinas religiosas convencionais, porque a vida do corpo também é divina e é uma tolice, na melhor das hipóteses, e uma arrogância, na pior delas, imaginar que possamos encontrar Deus mediante o repúdio ou a destruição da criação divina. Em termos psicológicos, a inteireza, e não o desequilíbrio extremo, é o ideal a que aspira o indivíduo sensato, pois o espírito não pode viver quando o corpo está profundamente infeliz e enfermo. Às vezes, no entanto, temos de fazer essa descoberta através de experiências árduas, como aconteceu com Siddharta. Quando ele enfim se permite aceitar a tigela de arroz e toma banho no rio, seus discípulos de mentalidade mais rígida o abandonam. Do mesmo modo, podemos nos sentir banidos das vias religiosas tradicionais quando nos atrevemos a contradizer o dogma e reconhecemos necessidades e desejos que foram rotulados como "maus" ou "pecaminosos".

O grande símbolo da "Árvore da Sabedoria" sob a qual Siddharta alcança a iluminação remete a imagens de muitos outros mitos. A Árvore do Conhecimento é encontrada na história de Adão e Eva (*ver p.52-6*); a Árvore da Imortalidade está no fundo do mar, acenando para Gilgamesh (*ver p.72-6*); Yggdrasil, a Árvore do Mundo, sustenta o cosmo na mitologia norueguesa e teutônica. Durante milênios, a imaginação humana visualizou a origem da vida e da sabedoria como uma árvore, talvez porque a árvore retrata uma dualidade fundamental que também se encontra no cerne da alma humana. Suas raízes afundam-se na terra, mas seus ramos aspiram ao céu. E ela é uma coisa viva, não uma construção intelectual, e as verdades espirituais buscadas por Siddharta só podem ser encontradas através desse contato com a vida orgânica.

Visto em termos psicológicos, o demônio Mara é uma dimensão do próprio Siddharta. Como Mefistófeles na história de Fausto, ele é a personificação da escuridão interior, e tenta corromper Siddharta do mesmo modo que Mefistófeles corrompe Fausto. Ao contrário de Fausto, porém, Siddharta tem sua atenção voltada para dentro, o que o torna imune às ameaças do demônio. O que isso pode significar para o sujeito comum que busca respostas individuais? A serenidade absoluta de Siddharta reflete seu compromisso absoluto com sua busca. É uma questão de concentração, de prioridades e de dar importância central aos mistérios que ele contempla. Não encontramos serenidade interna quando somos constantemente distraídos por nossos próprios demônios interiores, sejam eles tentações físicas ou temores e angústias. A concentração interna não é igual ao ascetismo rígido; é uma atitude, um estado de espírito, e não um conjunto prescrito de disciplinas. E talvez seja por isso que somente Buda podia fazer o que fez, pois essa concentração total na importância do mundo interno nos é difícil, especialmente quando somos jovens. Na verdade, talvez esse tipo de intenso esforço interno só seja possível na segunda metade da vida, quando estamos cansados da saciação e quando o sofrimento dos outros começa a significar mais para nós do que nossos pequenos prazeres e dores mundanos. As etapas pelas quais Siddharta passa são etapas de experiência de vida, todas necessárias para que ele avance para o estágio seguinte. Ele precisa experimentar tudo, a fim de se dispor a renunciar a tudo em nome daquilo que está buscando.

Talvez não consigamos atingir o tipo de iluminação descrita na história de Buda; talvez seja até arrogante tentá-lo. Quer seja percebido como uma imagem mítica, quer como um grande avatar religioso, Buda é mais um modelo do que um mortal comum. Todavia, compreender nossa vida a partir de uma visão mais ampla, com consciência da cadeia de causas e efeitos que está por trás de tantos sofrimentos humanos, talvez seja possível para todos nós — se nos dispusermos, serena e discretamente, colocar essa busca de compreensão no centro de nossa vida.

PARSIFAL

A descoberta do Graal

Na Parte II, encontramos o jovem Parsifal no momento em que ele partia para muitas aventuras. Depois, Parsifal topou com o Castelo do Graal e teve uma visão de um rei ferido e um Graal, aos quais não soube reagir com as perguntas certas. Muitas vezes, a visão da realidade espiritual surge espontaneamente na juventude, mas nos falta maturidade para compreender ou indagar o que ela significa para nós. Agora encontraremos Parsifal numa etapa posterior de sua vida, amadurecimento por suas lutas e sofrimentos, e finalmente capaz de perguntar o que realmente significa o Graal.

O jovem Parsifal se afastou do Castelo do Graal sem compreender o que nele tinha visto. Na floresta, encontrou uma bela moça que, ao saber que ele tinha visitado o Castelo do Graal mas não havia aprendido coisa alguma, ficou horrorizada com sua tolice. — Ah, homem infeliz!, exclamou ela. Tantas coisas poderiam ter sido resolvidas se houvesses feito as perguntas! O rei enfermo ficaria curado e tudo correria bem. Agora, porém, virão dificuldades maiores. Tu foste incompetente.

Envergonhado, Parsifal seguiu seu caminho. Passado algum tempo, encontrou outra mulher, mas essa era de aparência medonha, como se tivesse nascido do inferno. Carregava nas mãos um chicote. Também ela repreendeu Parsifal por não ter indagado sobre o Graal, prevenindo-o de que muitas pessoas sofreriam por seu egoísmo e sua estupidez.

Durante cinco anos Parsifal vagou pela Terra e, nesse tempo, não pensou em Deus. Buscava apenas atos violentos e aventuras curiosas. Um dia, encontrou três cavaleiros e suas damas, todos a pé e usando trajes de penitência. O grupo ficou surpreso com o fato de Parsifal andar armado no dia santo da Sexta-Feira da Paixão. Porventura não sabia que nesse dia não se deviam portar armas? Eles estavam voltando de uma visita a um santo eremita, com quem tinham se confessado e de quem tinham recebido a absolvição. Ao ouvir isso, Parsifal chorou e quis visitar o eremita. Encontrou o ancião e confessou que, durante cinco anos, tinha se esquecido completamente de Deus e não fizera nada além do mal. Quando o ermitão lhe perguntou por quê, Parsifal lhe disse que certa vez visitara o Rei Fisher e vira o Graal, mas não fizera perguntas sobre eles. Essa omissão lhe havia pesado tanto na consciência que ele tinha abandonado a fé em Deus.

O eremita, conhecendo a história de Parsifal, concedeu-lhe a absolvição, e o rapaz tornou a partir. Ainda não estava em condições de fazer a pergunta decisiva, mas recuperara mais uma vez a esperança.

Depois disso, Parsifal tomou a firme decisão de encontrar novamente o Castelo do Graal, para poder redimir sua falha anterior. Enfrentou muitas outras aventuras, mas o Graal sempre dominava seu pensamento. E então, um dia, encontrou uma donzela sentada sob um carvalho. Como a tratou com gentileza, a moça lhe deu um anel com uma pedra mágica, que lhe permitiria atravessar uma estranha ponte de vidro e uma segunda ponte perigosa, que girava em torno de seu próprio eixo. Na manhã seguinte, perdido numa floresta misteriosa, Parsifal ergueu a Deus uma prece, pedindo que Ele o conduzisse ao Castelo do Graal. Continuou cavalgando e, ao anoitecer, avistou à distância uma árvore mágica, na qual havia muitas luzes acesas. Lá encontrou um caçador, que lhe disse que finalmente ele estava perto do Castelo do Graal. Por fim, chegou ao castelo. Os criados o conduziram ao Rei do Graal, que estava sentado num sofá púrpura. Dessa vez, Parsifal olhou para o rei enfermo com compaixão, condoendo-se do sofrimento dele e entristecendo-se com a longa tristeza do rei. Ao ser perguntado, fez ao rei um humilde relato de suas longas aventuras e falou com franqueza de seus fracassos. Em seguida, finalmente perguntou de que sofria o rei e, mais importante, o que era o Graal e a quem ele servia. Diante dessas palavras, o rei doente ergueu-se do leito, curado, e abraçou Parsifal. Revelou-lhe então que era seu avô e que só permaneceria vivo por mais três dias, depois do que Parsifal passaria a usar a coroa e governaria o reino.

E assim, Parsifal, que iniciara sua jornada jovem e tolo, finalmente compreendeu que o Graal era uma visão de seu próprio espírito imortal, reconhecido unicamente pelo sofrimento e pela compreensão, e que ele servia à totalidade da vida; e compreendeu que, ao finalmente indagar sobre o sentido dessa visão, havia redimido suas próprias trevas e conquistado o direito de ser um veículo adequado para a luz.

COMENTÁRIO: Nessa história, o longo e espinhoso caminho para o reencontro do Castelo do Graal não é trilhado pela realização de feitos heróicos. Passo a passo, ele é percorrido através dos encontros de Parsifal com mulheres. Isso nos diz algo de profunda importância sobre a busca espiritual: ela não é configurada e facilitada pelo ascetismo ou pela negação da vida terrena, mas pelos relacionamentos. Seja qual for o sexo do sujeito, é pelo envolvimento afetivo com os outros que ele começa a descobrir suas prioridades e, à medida que a avança da juventude para a meia-idade, o remorso pela própria insensibilidade e pelos atos de indiferença mexe com alguma coisa que está profundamente arraigada na alma.

O mito do Graal tem sido interpretado em muitos planos diferentes ao longo dos séculos, e todos eles contêm uma dose de verdade. Do ponto de vista psicológico, trata-se de uma viagem interior e, embora a imagem da história original seja cristã, essa viagem interior é compatível com qualquer credo religioso profundo, seja ele ortodoxo ou não. Trata-se, na verdade, de uma viagem de descobrimento da compaixão, que só pode ocorrer quando nos permitimos sentir o que os outros sentem e sofrer as conseqüências de nossos atos. É a compaixão que permite a Parsifal responder corretamente ao rei enfermo, e é a compaixão que nos permite enxergar além de nossas próprias preocupações e vermos o deserto que nos cerca e a necessidade de todos os seres humanos encontrarem um pequeno raio de luz que ilumine sua jornada mortal. O rei enfermo e o Graal são imagens internas do próprio Parsifal, assim como estão dentro de cada um de nós. O rei representa a doença espiritual da falta de sentido, e o Graal é a taça transbordante da união com o resto da vida, que é o único antídoto contra a falta de sentido. Dispomos de muitos termos religiosos para descrever a experiência fundamental da compaixão, mas talvez a terminologia religiosa não seja necessária, pois todas as nossas experiências mais transformadoras vêm do misterioso sentimento de união que pode ocorrer quando compartilhamos a dor e a alegria de outrem. O sentido e a compaixão, portanto, acham-se inextricavelmente ligados nesse mito.

O rei doente cura-se no final da história, mas aceita de bom grado a morte, para que a coroa possa ser transmitida a seu neto. Temos aí, como na história de Quíron que vimos há pouco (*ver p.174-7*), uma outra representação da morte como símbolo de transformação. O que foi ferido pode agora curar-se e desaparecer, e o que foi renovado e está cheio de esperança pode agora reger as motivações pelas quais vivemos. Com isso, o sofrimento que experimentamos na vida, e que parece tão irreversivelmente profundo, pode ser abandonado, para que a vida recomece com espírito de esperança e generosidade. É correto e apropriado que o jovem Parsifal se comporte como um jovem, e seus erros e tolices são apropriados a essa fase de sua vida. Também é certo e apropriado que, pouco a pouco, ao envelhecer e experimentar um cansaço e um ceticismo crescentes, a busca espiritual comece a substituir nele a determinação anterior de ser um grande cavaleiro e conquistar reconhecimento no mundo externo. E é assim que também nós podemos indagar, num certo momento em que nos cansamos de acumular bens ou de lutar pelo sucesso mundano, a que propósito serve realmente nossa vida.

Capítulo 3

A Última Jornada

Sejam quais forem nossas aptidões, esforços, aspirações e atos na vida, a morte vem ao encontro de todos nós. Fortes ou fracos, sábios ou ignorantes, ricos ou pobres, bons ou maus, todos acabamos tendo que nos curvar à morte. Ela é a única certeza absoluta na vida, mas persiste como seu maior enigma — pois, por mais sofisticados que nos tornemos em termos científicos, não conseguimos resolver o mistério do que nos acontece quando o corpo morre. A crença dos seres humanos em que algo sobrevive além da concha física vem de longa data, e os mitos sempre expressaram, sob formas imaginativas, os nossos temores, fantasias e expectativas humanos da morte. As religiões sempre tentaram oferecer certezas sobre a vida após a morte, ensinando-nos que nossa adesão a determinados dogmas durante a vida nos garantirá condições favoráveis depois da morte. A mitologia nos apresenta uma alternativa: metáforas e imagens que não garantem nada, mas que, de algum modo, transmitem à morte um sentido e um valor que a tornam parte da vida e fazem dela um capítulo necessário num grande ciclo cósmico. Todos os três mitos que se seguem dizem respeito à questão da morte. Embora nenhum deles forneça respostas, todos nos lembram do paradoxo profundo da morte, que combina a natureza transitória da vida mortal com a natureza eterna e indestrutível da vida maior de que fazemos parte.

Mauí e a Deusa da Morte

A inevitabilidade da morte

Essa lenda maori, proveniente da Nova Zelândia, diz-nos que, por mais sábios ou corajosos que sejamos, nenhum de nós, humanos, é capaz de escapar à inevitabilidade da morte. Na verdade, a história de Mauí sugere que, quanto mais tentamos fugir de nossa mortalidade ou negá-la, mais nos aproximamos de criar nosso fim inevitável. Mauí, como inúmeros heróis míticos, é arrogante e se recusa a aceitar suas limitações mortais. Mas, como sempre, é a natureza que ri por último.

Certa noite, o grande herói Mauí parecia atipicamente taciturno e irritadiço. Surpreso por vê-lo tão deprimido, seu pai lhe perguntou o que estava acontecendo.

— Ora, meu pai, respondeu Mauí, enquanto estamos sentados aqui conversando, há homens trilhando o sombrio caminho que leva à morte.

— Infelizmente, filho, todos os homens e mulheres estão fadados a morrer, disse o pai. Mais cedo ou mais tarde, eles caem como o fruto maduro da árvore, e são colhidos pela Grande Mãe da Noite, a deusa Hinenuitepo.

Mauí levantou-se, impaciente, e começou a andar de um lado para outro. — Mas tem sempre que ser assim?, perguntou. Se a Morte morresse, nós, os humanos, não viveríamos para sempre?

O semblante de seu pai anuviou-se. — Aceita meu conselho, filho. Essas idéias são perigosas. Nenhum homem é capaz de vencer a Morte.

— Mas estás falando de homens comuns, meu pai. E se esse homem fosse eu?

O pai deu um suspiro profundo, carregado de tristeza. — Meu querido Mauí, como qualquer homem comum, também terás de morrer.

— Não sou um homem comum. Minha mãe profetizou que eu viveria para sempre. E além disso, nenhum homem comum poderia realizar as proezas que realizei. Não dominei o fogo, subjuguei o sol e até retirei terra do oceano? Que é a Morte para mim, senão outro adversário a ser vencido?

O tom de seu pai tornou-se áspero. — Não estás no mundo superior agora, mas no mundo inferior, onde tua esperteza não poderá te ajudar. Tua mãe de fato profetizou que viverias para sempre. Mas, quando te batizei, tive um lapso de memória e esqueci um trecho do encantamento. Com essa omissão, Mauí, anulei a profecia. E é por isso que sei que deverás morrer como os outros homens nas mãos da deusa Hinenuitepo. Ela é inimaginavelmente terrível, com olhos lampejantes, cabelos de algas marinhas, dentes afiados como a obsidiana e o sorriso cruel de uma barracuda. É monstruosa sob todos os aspectos, exceto no corpo, que se assemelha ao de uma velha.

Um plano já começava a se formar na cabeça de Mauí, e o pai sabia que ele estava arquitetando um de seus truques. Sabia também que os conselhos eram inúteis, e em seu coração já chorava por Mauí. — Adeus, meu filho caçula e força de minha velhice, disse, pois, na verdade, nasceste para morrer.

Mauí não prestou atenção. Partiu para a floresta, para compartilhar seu projeto com seus amigos — as muitas centenas de pombas que viviam entre as árvores. Contou seu plano aos pássaros e falou-lhes do papel que eles deviam desempenhar; muito confiantes, Mauí e as aves partiram pela floresta. Ao se aproximarem da deusa da morte, adormecida, o chilrear agitado dos pássaros emudeceu, até mal se fazer ouvir um farfalhar de asas. O ar ficou frio e pesado quando Mauí passou pelas árvores recurvadas e carregadas de líquen que cercavam a clareira onde estava a deusa. Mauí estremeceu ao vê-la adormecida à porta de casa, exatamente como seu pai a havia descrito. Seus olhos terríveis estavam fechados, e sua mandíbula inferior pendia, relaxada pelo sono, expondo-lhe os dentes afiados num sorriso medonho. A cada vez ela que exalava sua respiração pesada, uma gélida corrente de ar atravessava a clareira.

Mauí ergueu a mão num sinal para que os pássaros ficassem quietos e sussurrou: — Meus amiguinhos, lá está ela adormecida: Hinenuitepo, a Grande Mãe da Noite. Lembrai-vos de minhas palavras, pois minha vida está em vossas mãos. Entrarei no seu corpo, mas de modo algum deveis rir enquanto eu não houver atravessado todo o corpo e saído por sua boca. Então podereis rir, se quiserdes. Mas se rirdes antes disso, estarei morto.

A essa altura, as pequenas aves estavam muito assustadas e lhe imploraram que desistisse do plano, que agora lhes parecia inteiramente louco. Mas Mauí zombou de seu medo, lembrando-lhes apenas que de modo algum elas poderiam rir antes da hora. Em seguida, aproximou-se da deusa. Despiu rapidamente toda a sua roupa e ficou nu, com a pele reluzindo sob a luz que escapava das pálpebras dela. Então, com um sorriso zombeteiro, agachou-se e num instante penetrou de cabeça no corpo de Hinenuitepo. Seus ombros e seu peito logo desapareceram. Os pássaros ficaram admirados com a agilidade de Mauí. Alguns não se atreviam a olhar, espiando por entre as penas. Outros prenderam o riso. O som dos pios começou a aumentar e a deusa se mexeu. Os pássaros se encolheram e prenderam o fôlego. A deusa tornou a se aquietar, e eles voltaram para assistir ao progresso de Mauí, que a essa altura estava enfiando a cabeça na garganta dela. Os pássaros agitaram-se num riso silencioso e, pensando que a vitória estava próxima para Mauí, procuraram desesperadamente se controlar. Então Mauí fez um grande esforço e deu um impulso para cima com os ombros, de modo que seu rosto apareceu de repente na boca de Hinenuitepo.

Isso foi demais para as pombas. Elas irromperam numa gargalhada estridente. A deusa acordou no mesmo instante e entendeu o que estava acontecendo. Apertou as coxas sobre Mauí e partiu seu corpo em dois. E assim terminou, em meio ao riso e à desgraça, a tentativa de Mauí de vencer a morte; e por causa de seu fracasso, os homens e mulheres continuam a trilhar o caminho tenebroso até Hinenuitepo.

COMENTÁRIO: O fim tragicômico de Mauí nos lembra que são inúteis nossas tentativas de vencer a morte. Histórias arquetípicas como essa demonstram que, em todos os cantos do mundo, as pessoas são iguais, com um medo universal da morte e uma esperança também universal de que, de algum modo, pela bravura, pela esperteza, pela bondade ou pela majestade, ela possa ser vencida. E, não importa quantas vezes fracassamos, persiste a esperança de um dia descobrirmos o segredo da imortalidade.

Ouvimos falar de remédios maravilhosos que curam todas as doenças e corremos, para nossos médicos, esperançosos; somos preservados criogenicamente, na esperança de podermos reviver no futuro; tentamos toda sorte de dietas e vitaminas, exercícios e regimes alimentares; procuramos curandeiros espirituais e curas milagrosas, na esperança de libertar o corpo dos "estragos" da idade. Pensando bem, não somos diferentes de Mauí.

Mas talvez essa história nos ensine que é mais produtivo vivermos nossa vida plenamente e experimentarmos a riqueza que está ao alcance de todos a cada dia, independentemente da situação material, do que gastar tanto tempo e energia na tentativa de vencer a morte. E sob muitos aspectos o medo da morte é idêntico ao medo da vida, pois, quando não somos capazes de viver plenamente o presente e não nos dispomos a aceitar nossa mortalidade, não estamos realmente vivendo. Nesse caso, temos de fato razão para temer o fim da vida, pois sabemos que desperdiçamos a dádiva de vida que nos foi concedida.

O estranho método pelo qual Mauí tenta dominar a Mãe da Noite é, na verdade, uma imagem do retorno ao ventre materno, pois ele penetra no corpo da deusa pela mesma abertura pela qual saiu do corpo de sua mãe ao nascer. Essa misteriosa equação de nascimento e morte num antigo mito maori faz eco ao que o pensamento psicológico moderno formulou em época muito recente: que o lugar intemporal de onde emergimos no nascimento e a imortalidade que buscamos depois da morte são idênticos na imaginação humana. O desejo de imortalidade é também o desejo de um retorno ao ventre e, embora Mauí esteja tentando se tornar imortal com esse ato, na verdade está secretamente buscando a morte. A imortalidade é um lugar estático, onde nada se modifica e nada cresce. É como o Jardim do Éden original, onde Adão e Eva vivem em completa inocência e ignorância das coisas, e é como a vida nas águas do útero antes do nascimento. E há muitas pessoas desejando que a vida seja assim — estática e imutável, sem conflitos, eternamente idêntica. Trata-se de uma espécie de morte em vida. O desejo de imortalidade de Mauí é, na verdade, uma recusa a viver a vida como um ser humano independente. Assim, sua morte é inevitável, pois, num nível profundo, é realmente a morte que ele quer. Embora suas muitas proezas no mito o retratem como um grande herói e um portador da cultura, seu caráter se aproxima estranhamente do dos homens muito comuns, de qualquer época e cultura, que ficam esperando que a bem-aventurança uterina que não conseguem obter no presente venha a ficar a seu alcance, de algum modo, se eles encontrarem a fórmula mágica que lhes permita viver para sempre.

A mãe de Mauí profetizou para ele a vida eterna. Mas seu pai cometeu um erro humano — esqueceu as palavras que garantiriam a imortalidade do filho. O pai de Mauí reconheceu essa falha e, ao fazê-lo, afirmou sua humanidade. Mas Mauí não. Sua arrogância, ou o que os gregos poderiam chamar de sua *hybris*, instigou-o a tentar o impossível. E, como sempre acontece na mitologia, essa arrogância foi prontamente punida pelos deuses.

Os pequenos pássaros riem por último, nesse mito, sob mais de um aspecto, pois compreendem o absurdo de nossa luta pela imortalidade e podem ouvir o riso cósmico que ressoa pela abóbada celeste quando tentamos nos transformar no que não somos.

ERRO ENTRE OS MORTOS

A morte é o começo da vida

O mito de Erro é narrado por Platão em *A república*. Ele nos fornece uma visão rica e complexa da morte e do além, que levanta questões importantes sobre algumas de nossas maneiras mais simplistas de encarar o que constitui o mistério mais profundo da vida. Independentemente do que nos tenham ensinado na infância, e daquilo em que acreditemos como adultos no que diz respeito ao que nos espera depois da morte, a história de Erro nos diz que o cosmo é uma unidade e que todos fazemos parte de um todo maior, que se move segundo leis ordeiras e harmoniosas. A morte, nesse sistema grandioso e ordeiro, é apenas uma etapa no continuum da unidade maior.

Erro era um bravo guerreiro que tombou numa batalha. Como o deram como morto, foi devidamente deitado sobre uma pira fúnebre. Seu corpo ali permaneceu durante doze dias, misteriosamente intacto. E no décimo segundo dia Erro surpreendeu os amigos ao acordar e lhes contar a história de sua viagem ao mundo das sombras.

Sua alma havia deixado seu corpo e se juntado a uma multidão de outras almas, num cenário estranho e maravilhoso, onde dois abismos abriam-se para o interior da terra e duas passagens subiam para o céu. Lá ficavam sentados os juízes que proferiam a sentença de cada pessoa. As almas dos justos eram instruídas a tomar um dos caminhos ascendentes, cada qual levando um papiro que resumia sua santidade. Outras, no entanto, levavam registros de suas más ações e eram instruídas a descer para o subterrâneo por uma das passagens descendentes. Ao chegar a vez de Erro, no entanto, os juízes decidiram que ele deveria levar de volta ao mundo dos vivos um relatório sobre o que tinha visto e ouvido entre os mortos.

Ele viu os mortos recentes seguirem seus caminhos distintos, alguns subindo para o céu, outros descendo para o inferno. Pela outra abertura do mundo subterrâneo, subiam das profundezas sombras cobertas de pó e sujeira, que iam se unir às que desciam, reluzentes e puras, da outra passagem celestial. Na planície, elas se misturavam, reconhecendo aqueles a quem tinham conhecido em vida e trocando notícias avidamente. Os justos estavam repletos de alegria, mas os iníquos lamentavam em prantos o que haviam suportado durante mil anos. Erro soube que cada ato praticado em vida era recompensado por um prazo dez vezes maior na vida das sombras, com castigos severos para os maus e ricas recompensas para os que haviam ajudado seus semelhantes.

As almas destinadas a retornar à Terra numa outra encarnação passavam algum tempo nesse lugar, e depois partiam para uma coluna de luz que reluzia como um arco-íris, só que mais brilhante e etérea. Essa coluna de luz, segundo Erro ficou sabendo, é o eixo do céu e da terra, e do meio dele pende o fuso diamantino da Necessidade, que ela gira nos joelhos para manter girando oito círculos de cores variadas. Esses círculos são as trajetórias do sol, da lua, dos planetas e das estrelas fixas. Em cada círculo gira uma Sereia, cantando uma única nota, de modo que suas oito vozes misturam-se harmoniosamente e compõem a Música das Esferas. Em volta do trono da Necessidade sentam-se suas três filhas, as Moiras — Láquesis, Clotó e Átropos. Suas vozes cantam no ritmo das Sereias. Láquesis canta o passado, Clotó, o presente, e Átropos, o futuro, e de tempos em tempos as três tocam no fuso para mantê-lo girando.

Enquanto Erro observava, as almas se apresentaram a Láquesis, que tinha no colo o quinhão a ser sorteado por cada uma. Um arauto fez então uma proclamação a todas. — Almas errantes, exclamou, estais prestes a entrar num novo corpo mortal. Cada qual poderá escolher seu destino, mas a escolha será irreversível. A virtude não respeita as pessoas; liga-se a quem a honra e foge dos que a desprezam. Em vossas cabeças estará vossa sorte: os deuses não serão culpados.

Primeiro as almas tiraram a sorte para ver em que ordem fariam sua escolha, com exceção de Erro, que foi convidado a ficar por perto e observar. O arauto listou diante delas todas as situações da vida humana — tirania, mendicância, fama, beleza, riqueza, pobreza, saúde e doença. Havia também vidas de animais, misturadas com as de homens e mulheres. O arauto, ministro das Moiras, exortou as almas a não serem precipitados na escolha.

Mas a primeira alma da fila escolheu avidamente uma vida que prometia grande riqueza e poder. Depois, examinando mais de perto seu quinhão, descobriu que estava destinada a devorar os próprios filhos, entre outras atrocidades, ao que então chorou amargamente, acusando a sorte, os deuses e qualquer coisa que não sua própria insensatez por essa escolha. Essa alma viera do Elísion e, em sua vida anterior, vivera num estado ordeiro, devendo sua virtude aos costumes e às expectativas coletivas, e não a uma sabedoria interior. Aliás, o mesmo se deu com muitas das almas do Elísion que fizeram escolhas equivocadas, porque, embora fossem "boas", segundo a definição popular, faltava-lhes experiência dos males da vida. Por outro lado, as que tinham sido libertas do mundo inferior freqüentemente estavam escoladas, tendo aprendido com seu próprio sofrimento e com o sofrimento alheio, a serem mais autenticamente bondosas e compassivas. E foi por isso que a maioria das almas trocou um destino bom por um ruim, ou um ruim por um bom.

Erro teve pena e se divertiu ao ver como as almas faziam suas escolhas, aparentemente guiadas pela lembrança de uma vida anterior. Viu Orfeu (*ver p.169-77*) escolher o corpo de um cisne, como que por ódio às mulheres, que o haviam despedaçado, esquecendo que devia seu nascimento a uma delas. Agamêmnon (*ver p.48*) agiu de modo semelhante, escolhendo a vida de uma águia, pois seu destino anterior também o deixara ressentido da humanidade. E assim continuaram, sendo o astuto Ulisses o último de todos. Lembrando-se dos percalços do passado, que lhe haviam afligido a alma em suas aventuras, ele procurou cuidadosamente, esquecida num canto, uma vida serena e simples, que todas as outras almas tinham desprezado. Em seguida, exclamou que, se tivesse sido o primeiro a escolher, não teria pedido nada melhor.

Depois de todas as almas fazerem suas escolhas, elas passaram enfileiradas diante de Láquesis, que deu a cada uma o gênio guardião que deveria acompanhá-la na vida e cumprir o destino ligado ao quinhão escolhido por essa alma. Esse espírito levava as almas até Clotó, que, fazendo o fuso dar uma volta, confirmou sua escolha. Todas as almas tiveram que tocar no fuso, sendo então conduzidas a Átropos, que retorceu o fio entre seus dedos, para tornar inquebrável o que Clotó havia fiado. Por último, cada alma e seu gênio curvaram-se diante do trono da Necessidade. E em seguida, dirigiram-se à planície deserta do Lete e passaram a noite junto ao Rio do Esquecimento, cuja água não podia ser contida em nenhum recipiente. Todas tinham que beber dessa fonte, e quase todas se precipitaram e beberam demais, e com isso perderam toda a lembrança do que havia acontecido antes. Em seguida, adormeceram. Por volta da meia-noite, entretanto, o estrondo de um trovão e de um terremoto despertou as almas, que se dispersaram como estrelas cadentes, em direção aos diferentes locais onde deveriam renascer.

Quanto a Erro, ele não foi instruído a beber da água do Lete. Mas não sabia como sua alma havia retornado a seu corpo. De repente, ao abrir os olhos, descobrira-se vivo, estendido sobre sua pira fúnebre.

COMENTÁRIO: Os estudiosos comumente entendem a história platônica de Erro como uma construção intelectual destinada a transmitir idéias platônicas específicas. Mas a imagem de um cosmo imenso e ordeiro — onde o que está em cima, no céu, reflete-se no que está embaixo, na terra, e onde toda ação humana tem antecedentes e conseqüências — não é uma construção de Platão. É uma antiga visão cósmica, cuja natureza é verdadeiramente mítica. Sua essência é que cada alma humana, como parte de uma unidade maior, deve assumir a responsabilidade por seu destino, e não podemos responsabilizar as circunstâncias nem Deus pelas situações em que nos encontramos. Ainda que possamos, como as almas da história, ter bebido demais das águas do Lete e esquecido a história que deixamos para trás, as raízes de nossa necessidade atual encontram-se realmente no passado — seja numa vida anterior, seja no psiquismo ancestral e familiar do qual viemos. Pelo menos metade da população mundial acredita na reencarnação, embora o Ocidente judaico-cristão costume pensar nela como uma prerrogativa do Oriente "místico". Platão, entretanto, era grego, e o mito que ele contou está profundamente arraigado no psiquismo ocidental, tornando a vir à tona na era moderna para recolocar a responsabilidade e a escolha individuais no centro da vida.

O mito de Erro nos apresenta a morte como um prelúdio da vida, e vice-versa. Vida e morte, portanto, são capítulos diferentes de uma narrativa cíclica, sendo cada um deles uma transição regida por um padrão cósmico ordeiro. A morte, assim, é um rito de passagem, e só é um fim no sentido de se encerrar um capítulo da história. Há nesse mito uma moral bem definida, já que os iníquos sofrem no mundo subterrâneo, enquanto os bons desfrutam da bem-aventurança das esferas superiores; mas nenhum deles fica por lá por toda a eternidade, e mesmo as recompensas e punições reservadas aos mortos recentes são de significado paradoxal. Adquirimos sabedoria pelo sofrimento gerado por nossos erros, e cometemos erros por não compreendermos o significado do sofrimento. Os bons podem atrair o mal para si por desconhecê-lo, e os maus podem ser transformados pelas conseqüências de seus atos. Para os que aceitam a filosofia da reencarnação, essas verdades profundas podem ser entendidas como relativas à maneira como vivemos nossa vida aqui e agora, já que criamos o futuro a partir do presente e do passado. Mas elas também podem ser relativas a uma única vida, que também é um processo cíclico com capítulos que têm começo e fim; e no curso de uma única vida podemos causar e suportar o sofrimento, ganhar sabedoria e fazer escolhas acertadas, ou professar que somos bons e fazer escolhas erradas, por ser essa bondade apenas superficial.

O mito de Erro gera mais perguntas do que respostas, e jamais saberemos ao certo de onde ele veio ou o que Platão pretendeu ao incluí-lo em sua obra. Mas essa visão grandiosa de um cosmo regido pela Necessidade e refletido nos padrões ordeiros dos planetas nos mostra uma percepção muito importante da morte. Se levarmos a vida sem compreender como nos ligamos uns aos outros e como toda ação implica conseqüências, teremos todos os motivos para temer a morte — seja por haver algum castigo terrível à nossa espera, seja por termos que ir para a escuridão sabendo que, em vida, nada fizemos para dissipar as trevas do mundo que nos cerca. Além de nos apresentar uma visão muito diferente e complexa da morte, a história de Erro é um mito sobre como viver a vida.

Indra e o Desfile das Formigas

O jogo da vida infindável

A história indiana de Indra e o desfile das formigas é uma das representações míticas mais delicadas e profundas da continuidade da vida. Ela nos oferece uma grande visão cósmica do fluxo e refluxo de todas as coisas — mas não como uma tentativa de diminuir os sofrimentos da vida, ou de nos prometer recompensas depois da morte. Trata-se de uma visão da verdadeira natureza da eternidade e do tempo. Nessa história, que é longa mas digna de reflexão, até o rei dos deuses é humilhado e levado a conhecer seu papel adequado no grande jogo da vida interminável.

Indra, o rei dos deuses, matou o dragão gigantesco que mantivera cativas em seu ventre todas as águas do paraíso. O deus disparou seu raio bem no meio das espirais desajeitadas do monstro, que estilhaçou como uma pilha de juncos secos. As águas se libertaram e correram pela terra, circulando mais uma vez pelo corpo do mundo. Essa enchente é a inundação da vida e pertence a todos. É a seiva dos campos e florestas, o sangue que corre pelas veias. O monstro tinha se apropriado do bem comum, mas agora jazia morto, e a vitalidade havia recomeçado a brotar. Os deuses voltaram para o topo da montanha central da Terra e passaram a reinar lá do alto.

O primeiro ato de Indra foi reconstruir as mansões da cidade dos deuses, que tinham rachado e ruído durante a supremacia do dragão. Todas as divindades do céu aclamaram Indra como seu salvador. Exultante com seu triunfo e com a força que agora sabia ter, Indra mandou chamar Vishvakarman, o deus das artes e ofícios, para que ele erigisse um palácio à altura de seu esplendor sem igual.

Vishvakarman construiu uma residência brilhante, repleta de palácios, jardins, lagos e torres maravilhosos. Mas, à medida que avançava o trabalho, as exigências de Indra tornavam-se mais rigorosas, e mais ele queria. Ele exigiu mais pavilhões, lagos, bosques e áreas de diversão. O artesão divino, desesperado, pediu socorro do alto. Voltou-se para Brahma, o grande deus-criador, que vivia muito acima da esfera de ambição, luta e glória de Indra.

Depois de ouvir a queixa do deus artesão, Brahma lhe disse: — Vai em paz. Logo serás aliviado de teu fardo.

Brahma, por sua vez, foi ver Vishnu, o Ser Supremo, de quem era apenas um agente. E Vishnu garantiu que o pedido de Vishvakarman seria atendido.

Na manhã seguinte, logo cedo, um menino carregando um cajado de peregrino apareceu no portão de Indra. Tinha apenas dez anos, mas tinha o brilho da sabedoria. O rei dos deuses se curvou ante o menino santo, que lhe deu alegremente sua bênção. Em seguida, o rei dos deuses disse: — Ó venerável menino, dize-me o propósito de tua vinda.

A bela criança respondeu: — Ó rei dos deuses, ouvi falar do majestoso palácio que estás construindo, e vim te fazer algumas perguntas. Quantos anos levará para que fique pronto? Que outras proezas de engenharia o deus artesão Vishvakarman será solicitado a realizar? Ó Supremo dentre os Deuses, nenhum Indra antes de ti conseguiu terminar um palácio como será o teu.

Indra divertiu-se com a pretensão do menino de conhecer Indras anteriores a ele. — Dize-me, criança, perguntou, são assim tão numerosos os Indras que viste, ou de quem ouviste falar?

O menino assentiu com um movimento de cabeça. — Ah, sim, vi muitos deles. E com estas palavras o sangue nas veias de Indra gelou. Conheci teu pai, o Velho Homem Tartaruga, prosseguiu o menino, progenitor de todas as criaturas da Terra. Conheci teu avô, Raio de Luz Celestial, filho de Brahma. E conheço Brahma, nascido de Vishnu, e conheço o próprio Vishnu, o Ser Supremo. Ó rei dos deuses, vi a terrível dissolução do universo. Vi todos perecerem, várias vezes, ao final de cada ciclo. Nesse momento terrível, cada átomo se desfaz nas águas puras da eternidade, de onde tudo se originou. Quem será capaz de contar os universos que desapareceram, ou as criações que brotaram de novo do abismo amorfo das águas? Quem saberá contar as eras que passam no mundo? E quem irá vasculhar as vastas infinitudes do espaço para contar os universos lado a lado, cada qual com seu Brahma e seu Vishnu? Quem há de contar todos os Indras, ascendendo um a um ao reinado divino, e um após outro desaparecendo?

Enquanto o menino falava, um cortejo de formigas havia surgido no salão. Como um batalhão militar, elas se deslocavam pelo piso. O menino as notou e riu. Depois, mergulhou num silêncio profundamente pensativo.

— Por que estás rindo?, gaguejou Indra, pois a garganta do orgulhoso rei tinha-se ressecado. Quem és tu?

O menino respondeu: — Ri por causa das formigas. Mas não posso te dizer a razão, pois é um segredo sepultado na sabedoria das eras, e não é revelado nem mesmo aos santos.

— Ó criança, suplicou Indra, com uma nova e visível humildade. Não sei quem és. Revela-me esse segredo de todas as eras, essa luz que dissipa a escuridão.

— Vi as formigas, retrucou o menino, enfileiradas num longo desfile. Cada uma delas já foi um Indra. Como tu, cada uma ascendeu à categoria de rei dos deuses. Agora, porém, através de muitos renascimentos, cada qual voltou a se transformar em formiga. A devoção e os atos superiores elevam os seres vivos ao reino glorioso das mansões celestiais. Mas os atos de maldade as fazem mergulhar nos mundos inferiores, em poços de dor e aflição. É pelos atos que se faz por merecer a felicidade ou a angústia, e que se vem a ser amo ou criado. Essa é a essência do segredo. A vida, no ciclo dos inúmeros renascimentos, é como uma visão onírica. Os deuses, as árvores e as pedras são como aparições nessa fantasia. Mas a Morte administra a lei do tempo e é senhora de todos. O bem e o mal dos seres do sonho são perecíveis como bolhas. Por isso, os sábios não se apegam ao mal nem ao bem. Os sábios não se apegam a coisa alguma.

O menino concluiu essa lição aterradora e olhou serenamente para seu anfitrião. O rei dos deuses, apesar de todo seu esplendor, tornara-se insignificante diante de seus próprios olhos. E então outra aparição entrou no salão de Indra. O recém-chegado era um eremita, com o cabelo em desalinho e as roupas esfarrapadas. Um estranho círculo de cabelos crescia em seu peito. Ele se agachou no chão entre Indra e o menino, e permaneceu imóvel como uma pedra. Então o menino perguntou ao eremita seu nome e seu objetivo, e indagou qual era o sentido do estranho círculo de pelos em seu peito.

O ancião sorriu. — Sou um brâmane. Meu nome é Cabeludo, e vim aqui olhar para Indra. Como sei que tenho a vida curta, não tenho lar, não construo casas, não me caso e não busco meu sustento. Vivo de pedir esmolas. Este círculo de pelos em meu peito ensina a sabedoria. Com a queda de um Indra, cai um fio de cabelo. É por isso que, no centro, todos os pelos se foram. Quando o atual Brahma morrer, eu também morrerei. De que servem, portanto, uma mulher, um filho ou uma casa? Cada piscar das pálpebras do grande Ser Supremo Vishnu registra a morte de um Brahma. Todo o resto é uma nuvem sem substância, que assume uma forma e torna a se desfazer. Toda alegria, mesmo celeste, é frágil como um sonho. Não desejo experimentar as diversas formas bem-aventuradas de redenção. Não desejo coisa alguma e me dedico exclusivamente a meditar aos pés incomparáveis do mais supremo Vishnu.

Subitamente, o santo homem desapareceu e, junto com ele, o menino. O rei dos deuses ficou só, atônito e admirado. Refletiu, e se perguntou se aquilo teria sido um sonho. Mas já não sentiu nenhum desejo de ampliar seu esplendor celestial. Mandou chamar Vishvakarman, cobriu-o de presentes e mandou o deus artesão para casa.

Indra desejou então a redenção. Tinha adquirido a sabedoria e, em sua amargura, desejava apenas se libertar. Resolveu entregar o fardo de seu cargo a seu filho e se refugiar na floresta, numa vida de eremita. Mas sua bela rainha caiu numa infinita tristeza. Implorou ao conselheiro espiritual do rei, Brihaspati, senhor da Sabedoria Mágica, que afastasse da mente de seu marido essa decisão radical. O hábil Brihaspati falou com Indra sobre as virtudes da vida espiritual, mas falou também das virtudes da vida secular, e deu a cada uma seu valor. Indra cedeu e a rainha voltou a ficar alegre. E assim Indra cumpriu o papel que lhe fora destinado no universo transitório do qual era parte, e não mais teve medo ou raiva do desfile das formigas, ou dos Indras que haviam existido antes, e que tornariam a existir, repetidamente, por toda a eternidade.

COMENTÁRIO: O mito de Indra e o desfile das formigas requer pouca elaboração; ele fala por si, lembrando-nos de que todos os nossos pequenos esforços humanos de compreender o que o cosmo pode significar e todas as nossas lutas por um lugar de importância no mundo perdem o brilho e a grandeza diante do grande mistério que é a própria vida. Não é preciso acreditar nos deuses hindus para apreender o que esse mito ensina: que a sabedoria e a realização estão em levar uma vida equilibrada, que se interesse pelo corpo e pelo espírito, e em nos contentarmos por sermos quem somos. Grande ou pequena, divina, humana ou "de formiga", cada centelha de vida faz parte de uma vasta unidade viva, cujas intenções e funcionamento são ordeiros mas estão, em última análise, além de nossa compreensão. Por sermos humanos, temos que nos esforçar e, talvez, como Indra, construir palácios, ou, como Fausto, buscar o conhecimento, ou ainda, como as almas nobres da narrativa de Platão, servir à humanidade. Mas enquanto cumprimos nosso destino individual, é uma boa idéia mantermos uma visão clara das coisas. E lembrarmos do desfile das formigas.

Bibliografia e leitura adicional

The Acts of King Arthur and his Noble Knights, John Steinbeck, Nova York, Noonday Press, 1993; Londres, Heinemann Ltd., 1979.

Celtic Myth and Legend, Charles Squire, Van Nuys, CA, Newcastle Publishing Co., 1987.

Classical Mythology, A.R. Hope Moncrieff, Londres, Studio Editions Ltd., 1994.

Gods and Heroes, Gustav Schwab, Nova York, Pantheon Books, 1977; Londres, Random House, 1977.

The Greek Myths, Robert Graves, Nova York, Penguin, 1993; Londres, Penguin, 1977.

The Illustrated Encyclopedia of Myths and Legends, Arthur Cotterell, Nova York/Londres, Macmillan, 1996.

King Arthur and the Grail, Richard Cavendish, Londres, Weidenfeld and Nicolson, 1978.

Larousse World Mythology, Pierre Grimal (org.), Londres, Hamlyn, 1989.

Maori Legends, Alistair Campbell, Paraparaumu, Nova Zelândia, Viking Sevenseas Ltd., 1969.

Myths and Symbols in Indian Art and Civilization, Heinrich Zimmer, Princeton, NJ, Princeton University Press, 1992.

Myths of Babylonia and Assyria, Donald A. McKenzie, Londres, Gresham Publishing Co., 1933.

The Niebelungenlied, Nova York, The Heritage Press, 1961; Londres, Penguin, 1965.

The Norse Myths, Kevin Crossley-Holland, Nova York, Random House, 1981; Londres, Penguin, 1980.

The Prophet, Kahlil Gibran, Nova York, Random House; 1996, Londres, Heinemann Ltd., 1973.

Sources of the Grail, John Matthews (org.), Hudson, NY, Lindisfarne Books, 1977; Edimburgo, Floris Books, 1996.

Índice remissivo

Os números de páginas em negrito referem-se às ilustrações.

Agradecimentos

Somos gratas aos autores de todos os livros de mitos que aparecem na bibliografia, para com os quais temos uma imensa dívida. Agradecemos também a Ian Jackson e Sophie Bevan por sua ajuda e apoio neste projeto, e a Barbara Levy por seu incentivo.

Este livro foi composto por TopTextos Edições Gráficas, em Minion e Stone Sans, e impresso por Cromosete Gráfica e Editora.